名著新译书系

WORLD CLASSIC
MASTERPIECES SERIES

哈克贝利·费恩历险记

[美] 马克·吐温/著　陶中锋/译

时代文艺出版社

图书在版编目（CIP）数据

哈克贝利·费恩历险记/（美）马克·吐温 著；陶中锋 译.
—长春：时代文艺出版社，2014.11（2018.1重印）
ISBN 978-7-5387-4668-6
Ⅰ.①哈… Ⅱ.①马… ②陶… Ⅲ.①儿童文学－长篇小说－美国－近代 Ⅳ.①I712.84

中国版本图书馆CIP数据核字（2014）第241869号

出 品 人　陈　琛
产品总监　郭力家
选题策划　方　伟
责任编辑　姜程程
装帧设计　孙　利
排版制作　李玉龙

哈克贝利·费恩历险记
[美]马克·吐温 著　陶中锋 译

出版发行/时代文艺出版社
地址/长春市泰来街1825号　时代文艺出版社　邮编/130011
总编办/0431-86012927　发行部/0431-86012957　北京开发部/010-63108163
官方微博/weibo.com/tlapress 天猫旗舰店/sdwycbsgf.tmall.com
印刷/三河市京兰印务有限公司
开本/710mm×1000mm　1/16　字数/236千字　印张/16.5
版次/2015年1月第1版　印次/2018年1月第2次印刷　定价/48.00元

图书如有印装错误　请寄回印厂调换

目　录

第一章　001

第二章　004

第三章　009

第四章　013

第五章　016

第六章　020

第七章　026

第八章　032

第九章　042

第十章　046

第十一章　049

第十二章　056

第十三章　062

第十四章　067

第十五章 071

第十六章 076

第十七章 084

第十八章 093

第十九章 103

第二十章 110

第二十一章 117

第二十二章 126

第二十三章 131

第二十四章 136

第二十五章 142

第二十六章 148

第二十七章 156

第二十八章 162

第二十九章 171

第三十章 180

第三十一章 184

第三十二章 192

第三十三章 198

第三十四章 205

第三十五章 211

第三十六章 217

第三十七章 222

第三十八章 228

第三十九章 234

第四十章 239

第四十一章 244

第四十二章 250

结　局 257

第一章

倘若没有读过《汤姆·索亚历险记》这本书，你肯定不知道我是谁，但这无关紧要。那本书的作者是马克·吐温，虽然书中的描述有些夸张，但他叙述了基本的事实。其实，这没什么。除了波莉阿姨、那个寡妇和玛丽，我还没见过哪个不撒谎的人。《汤姆·索亚历险记》一书对汤姆的波莉阿姨、玛丽和道格拉斯寡妇都有所介绍。就像前面我说的，虽然有些夸张，但大体上符合实际情况。

那本书的结尾说到汤姆和我发现了强盗藏在山洞里的钱，因此一夜暴富，每个人分得六千美元金币，堆积起来，金光闪闪，熠熠夺目。撒切尔法官把这些钱拿去放债，一年下来我们每人每天可获利一美元，多得简直让人不知如何是好。道格拉斯寡妇认我当她干儿子，还要教我读书写字，学习礼仪。但一想到寡妇那个沉闷乏味、墨守成规、正经古板的样儿，我就觉得生活在那个房子里是个灾难。所以当再也忍受不住的时候，我逃走了。我穿上破旧的衣服，再次钻进装满糖的大木桶，别提多自在了。不曾想，汤姆索亚找到我，说打算组建一帮盗贼团伙，说如果我想体面地回到寡妇那里，就应该加进来。于是我就又回去了。

为了我，寡妇哭得很伤心，说我是一只可怜的迷途羔羊，还说我是其他一些什么东西，但她其实并无恶意。她又给我穿上新衣服，我呢，站在那一动不动，浑身汗涔涔的，憋得透不过气来。唉，一切又回到原点了！一旦寡妇敲响午餐的钟声，你就不得不去。但是到餐桌后你还不能立马开吃，得等寡妇低着头朝饭菜嘟囔几句。实际上饭菜没什么不好，只不过每道都是分开做的。杂烩就大不一样了，各种东西混在一块，汤汁也拌一块，味道美极了。

晚饭后，她拿出一本书，给我讲摩斯和蒲草帮的事迹。我绞尽脑汁想去弄清关于他的一切，但过了一会儿她说摩斯早就死了。这时，我对他就不怎么上心了，因为我对死人不感兴趣。

过了会儿，我想抽根儿烟，希望寡妇能同意，但她不肯。她说抽烟是件很自私的事，还不卫生，让我必须戒了。这就是一些人的处事方式，对某件事一无所知却毫无根据地厌恶它。死去的摩斯与她非亲非故，也帮不上其他人，她却关心得乐此不疲。但即使我做了件好事，她也会鸡蛋里挑骨头，成心找碴儿。她自己也抽鼻烟。当然喽，这无所谓，因为是她自己抽嘛。

她的妹妹沃森女士是一个宽容大度、身材高挑的老妇人，鼻梁上架着一副眼镜。她刚搬过来跟寡妇道格拉斯住在一块，就拿着一本拼读书刁难我，一个钟头之后，寡妇才让她休息。我简直要崩溃了！接下来的一个小时更是沉闷无聊，我像热锅上的蚂蚁坐立不安。沃森女士说："哈克，别把脚放那儿，别缩成一团，坐直了。"过了一会儿，她又说："哈克，别那样打哈欠、伸懒腰。你怎么这么不规矩？"然后她跟说我"地狱"的事情，我说希望自己能到那儿。她顿时火冒三丈。但我并不是有意惹她生气的，我只是想出去走走，换个环境，我从不挑三拣四。在她看来我的话太不正经了，打死她也不会那么说，她会好好生活然后进"天堂"。但我看不出"天堂"有什么好，也就没想去争取。但事实上我从来不说出来，因为说出来没什么好处，只会招致祸端。

她喋喋不休地说个没完，说"天堂"所有的好，她说在那里一个人每天要做的就是拿着竖琴不停地唱歌、游走徘徊。我并不喜欢这样的生活，但同样我也没说出来。我问她汤姆会不会也去那里，她说不会。听到这，我就高兴得不得了，因为我希望他和我在一起。

沃森小姐对我依然是鸡蛋里面挑骨头，真让人烦得慌。过了会儿，他们带来几个黑人，做了祈祷后大家就各自回房睡觉了。我拿了一节蜡烛，放在卧室里的桌子上，然后坐在靠窗的椅子上，试着想些开心的事，但一点儿用也没有。唉，简直无聊死了。天上的星星眨巴着眼睛，树林里的叶子沙沙作响，仿佛是在演奏着悲伤的乐曲。远处一只猫头鹰在为死人而凄厉地叫着，一只三声夜鹰（常见于北美）和狗也在为垂死的人号哭，连风好像也在低声细语地跟我诉说着什么，我只感觉到自己冻得浑身直哆嗦，声音都辨别不清了。后来，树林里传来鬼叫声，当这些鬼想诉说心事却又不被理解时往往就会这样，在棺材里也不得安生，只得每晚悲凄地四处游荡。我既郁闷又害怕，希望能有人陪着我。就在这时，一只蜘蛛爬到我肩膀上，我顺手把它弹下来，没料想它落在了蜡烛上，还没等我把它救走，就烧成灰烬了。有人说这是不祥之兆，会带来厄运。一想到这儿，我就更加害怕了，差点儿把衣服抖掉了。我站起来，在原地来来回回走了三次，每次都在胸前画着十字，然后用绳编了一撮头发来辟邪，但我不确定这有没有效果。在你丢马蹄钉的时候，你就会照着这来做，而不是把它钉在门框上。但是从来没有人跟我说过这也能驱除因为杀死蜘蛛而带来的厄运。

我又坐那儿了，浑身发抖，便拿出烟斗抽了一口，屋子里面死一般的沉寂，所以寡妇压根不会知道发生什么事了。过了很久，我听到镇上的钟“咚、咚”地响了十二下，之后世界便又再次陷入沉寂之中。过了不久，树林深处传来枝丫折断的咔嚓声音——有东西在动。我一动不动地仔细听着，只听见“喵喵”声。这感情好！“喵喵”，我也轻声回应着，然后吹灭蜡烛，从窗户爬到棚上，再滑到地上，一溜烟儿爬进树林里。一点儿不错，是汤姆索亚在那等我呢。

第二章

我们俩踮着脚尖，顺着树林里的小路朝寡妇家的花园尽头走去，一路猫着腰，这样树枝就不会蹭到头了。经过厨房时，我摔了一跤，弄出一阵声响，我们赶紧一动不动地蹲下。吉姆是沃森小姐家一个魁梧的黑奴，此刻他正站在厨房门口，因为他身后有灯光，所以我们看得一清二楚。他站起来，伸着脖子往外看了一分钟，竖起耳朵仔细听，接着问：

“谁啊？”

他又观察了一会儿，然后走过来，正好站在我跟汤姆中间，几乎都能碰到他了。三个人离得很近，好几分钟之内没有发出任何声响。我脚背上有个地方很痒，但却不敢伸手去挠，接着耳朵和后背也痒了起来。再不挠我就快痒死了。唉，这样的事我遇到好多次了。要是你跟那些达官贵族在一起，或者参加葬礼，或是毫无睡意的时候去睡觉，总之就是在你不能挠痒的时候，浑身上下有千处地方都会不分场合地痒起来。不久，吉姆说：“快说，你是谁？干什么的？要说我没有听到声音，那才怪呢。好了，我知道该怎么做了，我就坐在这再仔细听听。”

他坐在我和汤姆中间，背靠着树，腿伸出来，都快碰到我的腿了。这时，我的鼻子开始痒了，痒得我都快哭了，但还是没敢挠。一会儿，鼻子里也痒了，接着是下面。我都不知道还怎么待下去了。就这样，煎熬了六七分钟，甚至可能比这还长，全身有十一个地方在痒，我都觉得自己一秒也撑不住了，但还是咬紧牙关挺着。就在这时，吉姆的呼吸声加重了，接着开始打呼。瞬间，我舒服多了。

汤姆嘴里发出的声响提醒了我，我们俩匍匐着爬行了十英尺后，他凑在我耳边，说想捉弄吉姆，把他捆在树上。我不同意，觉得会弄醒他，他们要发现我不在房间里，可就麻烦了。之后汤姆说他拿的蜡烛不够，想回厨房多拿一点儿。我不想他这么干，说吉姆可能会醒来追我们。可是他想冒一次险，所以我们就到厨房拿了三根蜡烛，汤姆还在桌子上放了五分钱，算是蜡烛钱。我们火急火燎地溜了出来，但汤姆非得爬到吉姆身边捉弄他一下。我在那儿等了好大一会儿，整个世界再次变得静悄悄的，令人感到特别孤独。

汤姆一回来，我们就沿着花园栅栏旁的小路飞奔，一路跑到房子对面陡峭山丘的山顶上。汤姆说他要把吉姆的帽子拿走，挂在他头顶上的树枝上，当时吉姆动了动，好在没有醒。后来，吉姆说是女巫对他施了魔法把他催眠，骑着他走遍全州后再把他放在树下，把帽子挂在树枝上，以便让他知道是谁干的。下次，吉姆索性说他们把他带到新奥尔良，再之后他每次都添油加醋地夸张一番，直到说他们把他带到全世界，还累得半死，背上生的全是暗疮。吉姆很得意，都有点儿看不起其他黑奴了。有些黑奴从几英里外赶来听他说故事，这样一来他在乡里越发受到尊重。外乡的黑奴张着嘴站着打量着他，就好像他是个奇葩。夜深人静的时候，黑奴经常围在厨房火炉旁聊女巫的故事。但只要有人为了显得自己无所不知大说特说时，吉姆就会插嘴，说："哼，你知道什么是女巫啊？"然后那个人便默不作声地坐到后面。吉姆的脖子上经常挂着用绳子串起来的五分钱硬币，说是魔鬼亲身给它施了魔法，除了能包治百病外，只要他愿意并且说几句话，还能召唤女巫咧。四面八方的黑奴蜂拥而来，为了能看一眼这神奇的五分硬币，他们把所有值钱的东西都给了吉姆，但却连碰都不敢碰，因为吉姆说魔鬼亲手摸过。由于觉得自己曾看见魔鬼和被女巫骑过，吉姆这个仆人开始目中无人，都不知道自己几斤几两了。

我和汤姆爬到山顶后，回头往村子那儿看了一眼，只见三四处灯光在黑夜中摇曳，兴许是有人生病了。我们头顶上的星星眨巴着眼睛，亮晶晶的。村子旁边有一条河，足足有一英里宽，河水平缓壮观。不久我们下山了，路上碰到乔·哈伯、本·罗杰斯，还有另外两三个男孩，都躲在一个废弃的制革厂里。我们解开一个小艇的绳索，沿着河流向下划了两英里半，在山坡的一块大岩石旁上了岸。

上岸后，我们钻进灌木丛。在我们发誓严守秘密后，汤姆这才告诉我们洞在哪儿——就在灌木丛最茂密的地方。我们点亮蜡烛，手膝并用往前爬了大约两百码后，一个岩洞出现在面前。汤姆在几条通道里来回摸索着，不一会儿就猫着身体钻进一面石壁里。要是不注意，你压根不会想到这会有个洞口。我们沿着狭小的洞走，一直走到一间阴冷潮湿的房子前才停下来。汤姆说：

“今天，我们成立一个强盗帮，就叫汤姆·索亚帮。入帮的每一个人都必须宣誓，用血写下自己的名字。”

大家纷纷表示同意。随后汤姆拿出写好了誓词的宣誓纸，大声读了出来。誓词要求每个人对帮派忠心耿耿，永不泄露秘密。倘若有人胆敢伤害帮派成员，就派人杀死他全家。被指派的人就算不吃不睡也得完成任务，最后还得在尸体胸膛上画上本帮的标记——十字符号。非本帮成员不得使用这个标记，一经发现就会受到指控，如若再犯，格杀勿论。本帮成员一旦泄露秘密，就割断他的喉咙，焚烧尸体，连骨灰也不留，然后用鲜血把叛徒的名字从帮名册中除掉，永远不许再提及，永世受到诅咒和遗忘。

大家觉得誓词写得很好，问是不是汤姆自己写的。他说有一些是，其余就是从海盗书、强盗书中抄来的，还说每一个高级帮派都有誓词。

有些人觉得应该将泄露帮派秘密的人的家人杀死。汤姆说这个主意好，就拿起笔把这一条加在誓词里。可是本·罗杰斯说：

“哈克·费恩没有家人，那该怎么办？”

“嗯，他没有爸爸吗？”汤姆·索亚说道。

“有倒是有，但你找不到。以前他喝醉了，就在制革厂跟猪猡睡在一块，但这两年连他的人影都见不到了。”

他们商量了一会儿，决定将我除名。他们认为每个成员都得有家人或者可以杀的人，不然对其他人不公平。唉，没人能想出什么法子——大家面面相觑，一动不动地坐着。我都快急哭了，这时，我说他们可以杀沃森小姐。大家说：

“嗯，行，行。好了，哈克可以加入了。”

随后，他们戳破手指用血写下自己的名字，我也这么做了。

“那我们帮派现在要做什么呢？”本·罗杰斯问。

“啥都不干，只管抢劫、杀人。”汤姆说。

“但抢劫谁呢？是入室偷盗、偷抢牲口，还是……”

“胡扯，偷牲口能算抢劫吗？那只是偷。”汤姆·索亚说，“我们不是不入流的小偷，我们是拦路强盗，要蒙面打劫驿车、马车，更要杀人越货才是。”

“一定要灭口吗？”

“一定，这样最好了。即使有些老手不这样想，但最好是灭口。除非你把他们带到洞里好生看管着，直到有人用赎金赎回去。”

“赎金？赎金是什么呀？”

“我也不清楚，但别人都是这样干的。我在书上看的，所以我们也得这么做。”

“但既然不知道那是什么，我们怎么干呢？”

“管它呢，就先这么干了。我没告诉你这是书上写的吗？你是不是不想照着书来做，把事情搞砸？”

“嘿，汤姆，赎金说起来蛮容易，但如果不知道怎么做，我们怎么从他们身上搞赎金呢？这个我想弄清楚。你怎么看呢？”

“我不知道。可能是把他们关起来直到有人来赎，也就是说关到死为止。”

“嗯，我差不多明白了。你咋不早点儿说？咱们就把他们关到赎死为止。不过这也够麻烦的，他们肯定会吃光所有的东西，还整天想着逃跑。”

“本·罗杰斯，你说啥呢？我们派人看守着，他们要是胆敢动一下就直接开枪打死，还敢逃吗？”

“有人守着，嗯，这好。那就得有人没日没夜地看着了。呵呵，我觉得有点儿蠢。为什么不能直接给他们一棒，然后再尽快索要赎金呢？”

“因为书上没这么说。好了，本·罗杰斯，你到底想不想按规矩办事？你不觉得写书的人知道怎么做才是对的吗？你离他们还差一大截呢。咱们要按规矩勒索赎金。”

“行，我无所谓，只是觉得办法太笨了。对了，女人也杀吗？”

“本·罗杰斯，要是我像你一样无知，我才不会表现出来哩。女人的话，书上没讲。你可以把她们抓到山洞，对她们好一点儿，渐渐地她们就会爱上你，连家也不想回了。”

“呃，虽然我同意这个方法，但觉得不可行。洞里很快就都挤满等着赎回去的妇女和男人了，连我们自己也没地方待了。但，怎么说呢，放手干吧，我绝不含糊。”

小汤米·巴恩斯睡着了，大伙把他叫醒后，他害怕得哭了起来，说想回去找妈妈，不想当强盗。

大伙取笑他，说他是爱哭鬼。这下可气坏他了，说要把秘密全盘吐出来。汤姆给了他五分钱，让他不要哭，还说我们可以回家了，下个星期再碰头，然后干一场，杀几个人。

本·罗杰斯说他只有星期天才能出来，想那一天动手，但其他人说星期天杀人越货实在是丧尽天良，就给否决了。他们同意再碰个面，然后尽快定个日子。我们选汤姆·索亚为队长，乔·哈伯为副队长，接着就回家了。

我赶在天亮之前爬上屋棚，再从窗户钻进去。新衣服上沾满油渍和泥巴，累得像条狗。

第三章

第二天早上，沃森小姐一见我的脏衣服，就一顿痛骂。寡妇不但没有责备我，还把衣服上的油渍和泥巴擦掉，她一脸自责，不由得让我觉得自己该规矩点儿。之后沃森小姐把我带到内屋祷告，其实也祷告不出来什么。她让我每天都做祷告，说能心想事成，要什么来什么。但其实没用，我试过一次。有一次，我得到一根钓鱼线，但缺个鱼钩，没鱼钩要鱼线也没用啊，于是就做了三四次的祷告，希望能得到鱼钩，但怎么样也不管用。后来有一天，我让沃森小姐替我求一次，但她说我傻，可是从来不告诉我原因，我自己也琢磨不出来个所以然。

有一回，我坐在树林后面苦思冥想了好一阵子，心想：要是祷告真能让人心想事成，那迪肯 · 韦恩怎么拿不回他在猪肉上赔的钱呢？寡妇怎么找不回被偷的银鼻烟壶？沃森小姐怎么长不胖呢？我心想，原来都是些骗人的把戏。我跑过去跟寡妇这样说，她说做祷告给人带来的是“精神礼物”。我理解不了，她又解释了一通，说是我应该尽力帮助和照料其他人，而不是自私自利。依我看，这肯定也包括沃森小姐喽。我跑到树林里，反反复复想了好久，但想不出这有什么好处，对于她说的“其他人”倒是蛮有好处的。后来，我索性不管了，随它去吧，没啥可担心的。寡妇有时会把我拉到一边，给我讲上帝的事，讲得让人直流口水。可是第二天，沃森小姐兴许就对我讲另外一套，把寡妇讲的全推翻了。我能看见两个上帝，在寡妇说的上帝那里，一个穷光蛋终有出头之日；可是在沃森小姐的上帝那里，要出头就难于上青天了。我想了个遍，觉得只要他肯收下我，就应该相信寡妇说的那个上帝。不过我是如此愚昧无知、出身低劣而且脾气暴躁，也不知道收下我后他的生活会比之前好到哪去。

一年多没看到老爸了，真痛快，我巴不得一辈子不见他呢。以前只要他没喝醉，抓住我就猛揍。所以，他在家的大部分时间，我常躲在树林里。不过这次，有人发现他淹死在镇子河流上游十二英里的地方，还断定就是他，身材一样，衣衫褴褛的，还有那长得出奇的头发，但是脸无法辨认，因为长时间浸泡在水里已经没有面貌了，尸体背部朝上浮在水面。他们把尸体打捞上来，然后埋在岸边。我的快活没有多久，因为时不时会想起一些事儿。我清楚地知道淹死的人不会是背朝上，而是脸朝上，所以觉得那个人不是老爸，而是一个穿着男人衣服的女人。一想到这，我就又不开心了。虽然不希望老爸回来，但估计他迟早会出现。

估摸有一个月的光景，我们隔三岔五地扮强盗，可后来我就干不下去了，其他小伙伴一个接一个也退出了。一个人也没抢到，更别说杀人了，都是装装样子罢了。我们从树丛里跳出来，冲向猪贩子和驾着装满蔬菜的马车赶集的妇女，可一个也没抓住。汤姆·索亚把猪称为“大块头”，萝卜之类的是“珠宝首饰”。大伙一回到洞里，就不着边际地吹嘘都干了什么事，杀了多少人，给多少人身上画帮派标记。可是我看不出这有什么意义。有一次，汤姆派一个男孩举着火棍在镇子里转悠，他说这是个“标语”（帮派集合的标志），还说从密探那里得到消息，明天会有一伙西班牙商人和阿拉伯富豪在霍洛洞安营扎寨，随行的有两百头大象、六百头骆驼和一千多头“驮”骡，满载着钻石，但总共才四百人负责看守。所以，我们就照汤姆说的，设下埋伏，只管杀人越货。尽管我们连装满萝卜的马车也追不上，他还是让我们做好准备，刀擦亮，枪满膛。其实说白了，刀枪都是板条和扫把做的，哪怕你累个半死把它擦亮了也搞不出什么名堂来。我不相信我们能打败这一大帮西班牙和阿拉伯人，但是想看看骆驼和大象长啥样，所以第二天也就是星期六我也去了，做好埋伏，收到信号后立马跳出树丛，往山下冲。可是没有西班牙、阿拉伯人的影子，甚至连一头骆驼、大象都没看到。眼前就只是主日学校聚餐，尽是些小学生。我们冲散了聚餐，把学生赶到山谷，除了甜面圈和果酱，一无所获，本·罗杰斯倒是弄个玩具娃娃，乔·哈伯搞个赞美诗课本和小册子。不一会儿，领队老师气势汹汹地赶过来，吓得我们扔了东西，拔腿就跑。我跟汤姆·索亚说没见着钻石的影子，他偏说有，还说不仅有钻石，还有大象哩。我就问怎么什么都看不到？他说要是我肚子里有墨水，读过《堂吉诃德》就不会这么问了，还说这一切都是敌人魔法师搞的鬼，为了泄恨，他就施法把守卫、大象和珠宝变成幼儿主日学校。我说，那好吧，我们得去找魔法师才行。汤姆·索亚却说我是个蠢驴。

他说："别去，到时魔法师会召唤无数妖怪，他们像闪电一样快，没等你缓过神来就把你剁成肉酱了。他们有树这么高，教堂这么大。"

"嗯，或许我们也可以请些妖怪帮忙——这样不就能打败他们了吗？"

"怎么请？"

"我不知道。那人家是怎么请的？"

"用手使劲儿摸一盏旧锡皮灯和铁环，之后妖怪就驾着雷电、乘着浓烟一溜烟儿出现了，叫干啥就干啥，就连推倒炮弹塔、抽打主日学校校长或其他人的脑袋也不在话下。"

"那谁能请得动这些妖怪呢？"

"只要有人摸一下锡皮灯和铁环，他们就对他言听计从。无论是用钻石盖一座四十英里长的宫殿，在里面装满口香糖或者你喜欢的任何东西，还是从中国抓来一个公主跟你成亲，他们都会照做，而且是第二天天亮之前就能完成。对了，他们还能把宫殿搬到全国任何你想去的地方，厉害吧？"

"哦，"我说，"他们就是一群傻瓜，好好的宫殿不住，却在那浪费时间。我要是他们，才不会因为人家摸了一把旧锡皮灯，就放下正事不干，大老远跑过去找他呢。"

"哈克，胡说啥呢？等真摸了，就由不得你了，来也得来，不来也得来。"

“怎么，我有树这么高，教堂这么大吗？好吧，还是来吧。可没准会把他吓得爬到乡里最高的树上。”

“我呸，跟你说话简直是对牛弹琴。你啥都不知道，纯粹就一蠢驴。”

我琢磨了两三天，打算试一试到底有没有这么灵验。我拿个旧锡皮灯和铁环，钻进树林里，摸呀摸，摸得汗像下雨似的往下掉，一心想摸出个宫殿，然后卖出去。但一切都是白费力气，连妖怪的影子都没见着，汤姆就是在说谎。他觉得是阿拉伯人和大象，可我认为那就只是个主日学校罢了。

第四章

三四个月一晃而过，接着就是冬天了。这段时间我天天上学，学会了拼音，也能读点儿书，写点儿字了，连乘法口诀都能背到六七三十五了[①]。我对数学实在提不起一点儿兴趣，再学下去，非要了我的命不可。

一开始我打心眼儿里是讨厌学校，可慢慢地竟然也习惯了。赶到哪天累坏了，就直接逃课得了。第二天虽然免不了挨一顿打，但我总能快活起来。上学的时间越长，就越是这样。我也适应了寡妇的性子，她们俩对我不算坏，让我住家里，睡床上，穿得臃肿得像个熊。可是三九寒冬来临之前，我常常溜出去，睡在树林里，在那好好休息一番。我留恋过去的生活，但也喜欢现在的生活。寡妇夸我进步了，进步虽然慢，但很扎实，做事让人放心，也不嫌弃我了。

有一天吃早饭时，我不小心打翻了盐罐子，赶紧伸手抓点儿往左肩膀后面扔，以免触了霉头。沃森小姐站在我面前，为我画了个十字，说："哈克，把手拿开，看你做的啥好事。"虽然寡妇为我说了好话，但我心里清楚免不了要倒霉。吃过早饭后我就出去了，一路上很担心，路都走不稳，老琢磨着会在什么地方倒什么样的霉。有些霉运可以设法消除，但这一次明显不一样。一想到这，我就索性撒手不管了，一边有气无力地闲逛着，一边三步一回头地提防着。

---

① 可见主人公学的水平。——译者注

我走到前庭花园，穿过梯子后越过高高的篱笆墙。地面上积了一英尺厚的雪，还有脚印。从脚印判断，他们是从采石场来，在梯子那儿逗留了一会儿，然后沿着花园篱笆墙走了出去。好玩的是他们站了这么久，最后竟然没有走进来，我也没琢磨出个所以然来，这一点真有点儿奇怪。我想四处看看，一探究竟，不过先要仔细看看脚印。起初并没有发现什么异常，但再一看就不一样了：靴子的铁钉脚跟处有个十字架，显然是用来辟邪的。

我打了一个激灵，站了起来，接着往山下狂奔，隔三岔五地回头看看，但后面一个人影儿都没有。我飞似的跑到撒切尔法官家。他问：

“哎，孩子，你咋这么不要命，跑得上气不接下气的？来拿利息吗？”

“不是的，先生，”我说，“不过，有我的利息吗？”

“咋能没有？昨晚刚收了半年的，足足有一百五十多块呢，你小子发财了。我看最好还是跟你那六千块本金在一起放债，要是拿出去了，你非得挥霍一空不可。”

“我不干，”我说，“我不花了，钱我都不要了，那六千块也不要了，你收着吧，全都给你。”

他诧异地看着我，像丈二的和尚——摸不着头脑。接着问：

“什么？孩子，你说什么？”

“我求求你别问了。你会收下的，不是吗？”我说。

“呃，我有点儿糊涂。出什么事了吗？”

“你就收下吧，”我说，“什么都别问我，免得我撒谎。”

他思考了一会儿，说：

“哦，我明白了。你是想把财产卖给我——而不是送给我。我说得没错吧？”

说完他在纸上写着什么，接着从头到尾读了一遍，说：

“喏，你瞧，上面写着是‘有偿’呢，意思就是说我出钱买了你的东西。这一块钱是给你的，签字吧。”

我签完字就走了。

沃森小姐的黑奴吉姆有个拳头般大的毛球，是他从牛的第四个胃里取出来的，他常用来变戏法，还说毛球里面住着一个上知天文下知地理的精灵。那天晚上，我到他家跟他说我爸回来了，因为在雪地上发现了他的脚印。我想问吉姆我爸回来干什么，是不是待着不走了？他拿出毛球，冲它念叨了几句，然后拿起来再丢到地上。毛球稳稳地落在地上，但只滚动了一英尺。吉姆拿起来又试了两次，可依然还是老样子。吉姆跪在地上，耳朵凑在毛球旁听了听，然后说如果不给钱，它有时就不肯开口。我告诉他，我有一枚二十五美分的假币，但成色不好，因为银币表面都露出里面的铜了，肯定不能拿出去花了，就算没有露出来铜，也不行，因为它很滑，油腻腻的，每次别人一眼都能看出个真假。(我才不跟他说撒切尔法官给了我一块钱呢）我说虽然是假钱，但毛球或许会收下，因为它可能区分不出真假。吉姆接过假币，又是闻，又是咬，又是擦的，最后说他有办法让毛球以为这钱是真的。他说只消切一个生的白马铃薯，把钱放进去，搁它一夜，第二天一早保你就看不出铜的影子，摸起来也不会油乎乎的，给谁谁要，更不用说毛球了。呃，好吧，我连马铃薯这个用处都给忘了。

吉姆把硬币放在毛球下面，猫着腰竖着耳朵又听一回。这次，他说毛球肯开口了，说如果我愿意，它就为我这一辈子算上一卦。我说，那就算吧。于是，毛球就说给吉姆，吉姆再传话给我。他说：

“你老爸搞不清自己要干什么，有时想出去闯闯，有时又想待在家里，你最好就安心地随他折腾去吧。他身边围着两个天使，一个是白的，闪着光，另一个是黑的。白的那个领着他走向正道，黑的那个随即又搞乱他的生活，没人知道最终哪个天使会控制住他。不过你的命不错，有大悲，也有大喜。有时你会受伤、生病，但每次都能逢凶化吉。你生命中有两个女孩，一个黝黑贫穷，一个白净富有。你先娶了前一个，接着是后面那个。你还得尽可能地远离水，别贪恋冒险，因为你注定会被吊死。”

那天夜里，我点亮蜡烛，走到楼上卧室，却发现老爸坐在那儿！

第五章

我关上门，转身看到他坐在那儿。我向来就很怕他，因为他老是揍我。本以为现在也很害怕，但不一会儿就发现自己想错了。起初，你也看到我吓得心都提到嗓子眼儿了——他来得那么突然，但不一会儿我就不那么担忧害怕了。

他快五十岁了，看着也有着一把年纪，头发又长又乱，油乎乎的，胡乱散着，透过这枯草似的头发，你能看到他那双闪闪的眼睛。他满头黑发，没有一丝灰白，连乱糟糟的长胡子也是这样。脸上血色全无，只要是露在外面的那部分就都一片煞白，不是常人的那种白，白得让人反胃，浑身起鸡皮疙瘩——既像是雨蛙的白，又像鱼肚皮的白。身上的衣服呢，简直就是破烂罢了。他把一只脚脖子放在另一条腿的膝盖上，那只脚上的靴子早已开裂，露出两个脚趾，还时不时地动一下。帽子丢在地上，那是顶黑色的旧帽子，帽檐耷拉下来，活像一个盖子。

我站在那儿看着他，他也坐那儿看着我，椅子往后翘了翘。我放下蜡烛，发现窗户在开着，原来他是从屋棚爬进来的。他上下打量了我一番，过了一会儿说：

“穿得倒是人模狗样，是不是以为自己是个大名人了？”

“可能是，也可能不是。”我回答道。

“别跟老子耍嘴皮子，”他说，“从我走后，你摆上不少架子了，脾气见长啊。这回非得跟你算算账不可。他们说你是文化人，能读会写了。你现在是不是因为你老子是个瞪眼儿瞎就觉得你自己高人一等？老子得挫挫你的锐气。谁跟你说可以干那些蠢事的？谁？”

“是寡妇说的。”

“嘿，那个寡妇？谁跟她说可以狗拿耗子，多管闲事的？”

“没人跟她说过。”

“那好，我倒要教教她怎么来多管闲事。听着，以后不准你再去学校，听到没？我要给他们一个教训，谁让他们让你在老子面前摆架子摆谱，还装出一副高人一等的样子？别让我逮到你在学校里鬼混，听到没？你妈到死斗大的字不识一个，咱家人老几辈也没一个文化人，我也不是。你小子现在倒是显摆起来了，老子可不吃你这套。听见没？来，读几句给我听听。”

我拿起一本书，开始读华盛顿将军和战争的故事。刚读了半分钟，他就猛地把书抢走，顺势扔到屋子那头，说：

“果然你小子是有两把刷子，一开始我还不信呢。你看着我，听好了，别摆什么臭架子，老子不吃这一套。咱们走着瞧，你这个自作聪明的家伙，哪天要是在学校附近逮着你，非得狠狠地揍你不可。首先，你要知道，一上学，你就会信教。我还从来没见过你这样的不孝子。”

他拿起一张印有几头牛和一个男孩的蓝黄相间的卡片，然后问：

“这是什么东西？”

“这是他们给我的，好让我学好课文。”

他把它撕碎，说：

“让我来给你个更好的——给你一顿牛皮鞭子。”

他坐那咕哝了一阵，然后说：

“你小子真爱打扮，不是吗？喏，又是床，又是被子，又是镜子的，地上还铺了一层地毯——你亲爹还得睡在制革厂的猪圈里呢。我可没见过你这么个不孝子。老子非得治治你的毛病不可。嗬，你的架子可摆不完。——他们说你发财了，嗯，这怎么回事？”

“他们在胡扯——就是这样子。”

“听着，咋跟我说话呢？老子现在可是在跟你好好说话，别给我顶嘴。我在镇上待了两天，净听人说你有钱了，在河下游我就听说了，所以才来这儿。明天把钱拿给我，我需要钱。”

“我没钱。”

“胡扯，钱在撒切尔法官那儿，快去拿，我需要钱。”

“跟你说了没钱。就是问撒切尔法官，他也这样说。”

“行，我这就去问，非得让他把钱吐出来，不然可得给我个说法。嗨——你口袋里有多少钱？都给我。”

“只有一块钱，打算用来——”

“老子才不管你用来干什么，都拿给我。”

他接过硬币，咬了咬，看是不是真的，然后说要去镇上买点儿威士忌酒，说一整天没沾酒了。他刚爬到屋棚顶，又折了回来，骂我摆臭架子，想压他风头。过一会儿，我以为他走了，但他又回来了，把头探进屋里，说让我把学校的事记在心上，要是还去上学，非得逮到我好好揍一顿。

第二天，他喝得醉醺醺的，跑到撒切尔法官家，逼他把钱交出来，可没办成。之后，他扬言要让撒切尔法官吃官司。

法官和寡妇找到法院，要求判我跟他脱离关系，由他们俩其中一个当我的监护人。但主事法官是个新来的，压根不清楚我爸是什么样的人，说家庭内部能解决的事情，法院就无权干涉，更不能随便拆散一个家庭，还说不支持把我从爸爸身边带走。听到这儿，撒切尔法官和寡妇只得打消念头。

这么一来，那老头高兴得连觉都睡不着。他说要是我不给他搞钱花，非得把我打个鼻青脸肿。我向撒切尔法官借了三块钱，老爸接过钱就去买酒，喝得醉醺醺的，到处乱踢乱踹，又是骂，又是喊的。他拿个铁锅，又敲又打，整个镇子都不得安生。最后，他们把他送到拘留所，第二天又把他告上法院，最后关了他一星期。可是他说自己很满意，自己管着儿子，想让他怎么着就怎么着。

老爸出狱后，那位新任法官说他打算帮他变成真正的男子汉，把他带到自己家，给他穿得干干净净、舒舒服服的，一日三餐也让他跟家人一起吃。对他来说，这可真是个天大的荣幸。晚饭后，法官还劝他戒酒，说得他都哭了，连说自己是浑蛋，以前只知道混日子，现在想洗心革面重新做人，不让别人瞧不起她。还说希望法官能帮他，更别看不起他。那个法官说他听得都恨不得抱抱他，接着就哭了，他老婆也哭了。老爸说之前老遭人误解，法官说这话他信。老头还说失落之人需要的是同情，法官表示赞同，接着俩人又哭了。赶到睡觉的时候，这老头腾地站起来，伸出手，说：

"老少爷们儿，你们看看，请握紧这只手。以前呢，它就是个'猪蹄子'，但现在不一样了，现在它是一个开始新生活的人的手，要是我还狗改不了吃屎，就让我去死。请记住我的话，别忘了。这只手现在干净了，请紧紧握住它，不要害怕。"

于是他们一个接着一个地转着跟他握手，都流下眼泪，法官的妻子还亲了一下。接着，这老头写下保证书，记下刚才说过的话。法官说这可以称之为有史以来最神圣的时刻。之后，他们把他领到一间装饰精美的客房。半夜里，他酒瘾上来了，便爬到门廊顶，顺着柱子滑下来，用新大衣换了一壶威士忌酒，然后再爬回去，痛饮一番。天刚亮，他醉醺醺地又爬出去，不料从门廊顶上滚了下来，左胳膊两个地方都摔断了，等太阳出来有人发现的时候，他都快冻死了。他们进到客房一看，满地都是酒，连下脚的地方都没有。

法官有点儿恼火，说非得拿枪指着他，他或许才能改过自新，除此以外，他想不出啥法子了。

第六章

老头很快就能下床走动了，他到法院找到撒切尔法官，逼他把钱交出来。我呢，还是继续上学，所以他就去找我，好多次抓着给我一顿痛扁。可我还是照样去上学，每次要么躲着他，要么跑得比他快。要在以前，我才不想上学哩，但现在我想成心气气他。法院判决迟迟不下来，好像他们从不审理一样。我只得隔三岔五地从法官那借个三两块钱给他，免得又挨揍。他拿到钱就去买醉，一喝醉就在镇里闹事，一闹事就被关起来。这样他才舒服哩——这是他的拿手好戏。

他整天在寡妇家附近转悠，寡妇最后只得警告他，要是再这样下去，就准让他吃不了兜着走。唉，难不成他疯了？他说会给她瞧瞧到底谁是哈克的主子。于是，入春后的一天，他一把逮住我，用小船把我带到河流上游三英里处，过河到了伊利诺伊州岸边，一眼望去都是树，荒无人烟，树林深处只有一间破木屋，不知道的人肯定发现不了。

他整天看着我，我也逮不到逃跑的机会。我们住在那间破屋子里，他经常把我锁里面，到了晚上，就把钥匙放在自己头底下。他有一把抢，估计是偷来的。我们靠捕鱼打猎维持生活。隔几天他就把我锁屋子里，自己到离渡口三英里的一家铺子里，用鱼和猎物换些威士忌，一回到家就喝个酩酊大醉，然后揍我一顿。寡妇最终打听到我的下落，派人来接我，但被老爸拿枪吓走了。渐渐地我习惯并喜欢这儿的生活了，不过挨揍除外。

日子过得是既懒散又快活，整天只消舒舒服服地在屋里躺着，抽抽烟，捕捕鱼，也不用读书学习。两三个月就这样一晃而过，我的衣服变得又脏又破，我都搞不懂自己当初怎么会喜欢寡妇家那一套：每天洗澡、梳头，就着盘子吃饭，按时睡觉、起床，还有看不完的书，另外还要听沃森小姐唠叨个不停，我可不想回去了。原本我已经改掉满口污言秽语的习惯，因为寡妇不喜欢。但现在我又变回老样子了，因为老爸在这方面从来不管我。

老爸动不动就用核桃棍子打我，实在是让人吃不消，全身都肿了起来。他还经常出去，把我关屋子里。有一次，他把我锁起来，三天没见人影。我一个人很孤单，都觉得他肯定被淹死了，我自己一辈子也肯定出不去了。一想到这，我就很害怕，决心想办法离开这个鬼地方。我试了很多次，但都不行，这里就连能让狗钻过的窗户都没有，烟囱又太窄了，爬不出去。门是橡木板做的，又厚又结实。老爸出去时很小心，屋子里没留下小刀之类的东西，我在屋里都找个上百遍了。我差不多一直在找，因为这是消磨时间唯一的方法。但这一次，终于让我找着了，我找到一把生锈的没有把手的木锯，就放在椽子和屋顶隔板中间。我给它擦了点儿油，就开始动手干活。屋子另一头桌子后面的横木上钉着一块旧马毯，免得从裂缝蹿的风把蜡烛给吹灭了。我钻到桌子底下，掀起毯子，打算把横木底下那一大块锯掉，这样我就能钻出去了。不过这可是个很费时的活儿，就在我快干完的时候，树林里传来老爸的枪声。我赶紧把东西收拾干净，放下毯子，把锯子藏起来。不一会儿，老爸进来了。

他心情很低落——于是他真实的那一面展现出来了。他说自己到了镇上，却发现没一件称心事。他的律师说只要接着上诉，就能赢了官司，把钱拿回来。可是人家有法子使劲儿拖延，撒切尔法官更是懂得其中的门道。他说有人告诉他对方也会到法院告他，让我跟他脱离父子关系，还让寡妇当我的监护人，他们还说对方这次一定会胜诉。这可把我吓得不轻，我才不想回寡妇家接着受管教，学他们心中所谓的规矩。老头接着就骂骂咧咧，只要是能想到的人，就被他反复咒骂个不停，一个也不放过。之后，他又是一通骂，就连那些不知道名字的也骂，直接说“那个谁谁的”，凡是提到的，就是一通骂。

他说倒想看看寡妇有没有本事把我弄走，还说自己会小心提防着，要是他们胆敢玩把戏，就把我藏在六七英里外一个地方，就算他们跑断了腿，也找不到我。我心慌了起来，不过一会儿就好了，我想等他有那机会，我也早就不在这儿了。

老头叫我去船上拿他搞回来的东西，有一袋五十磅重的玉米面，一块熏猪肉，一些弹药，四加仑的威士忌酒，一本旧书，两份当填料的报纸，还有一些绳子。我抱回来一些，然后折回去坐在船头那歇息一会儿。我左思右想，觉得可以带着枪和钓鱼线逃跑，逃到树林里。我也不能老待在一个地方，白天就到处流浪，靠打猎钓鱼维持生活，离老头远远的，也让寡妇找不到。只等哪天老爸喝醉了，我就锯出个大窟窿逃出去。我一个劲儿地只知道想这事，却没注意待了多长时间，直到老爸喊我，问我是睡着了还是淹死了。

等我把所有的东西都搬回屋，天都快黑了。我做饭那会儿，老头又喝了一两口，来了兴致后又猛灌起来。他在镇上曾喝醉过，一整夜躺在臭水沟里。那样子，可真够有的瞧了。全身都是泥，不知道的人还以为他就是亚当呢。每次只要一发酒疯，他就拿政府出气。这次，他说：

“这也配叫政府？我呸，看看它是什么玩意儿。法律老是算计着把儿子从他亲生父亲身边夺走，这可是老子一把屎一把尿费尽心血拉扯大的。老子辛苦地把儿子养大了，赶上能给我干活挣钱，让我享几天清福了，法律却要把他夺走。就那，人还说这是政府！狗屁都不是！法律给撒切尔法官撑腰，老子连自己的财产都要不回来。这就是法律干的好事。法律夺走一个人的六千多块钱，逼得他窝在这间破屋子里，穿着猪都不要的破烂衣服到处晃悠。就那，人还说这是政府！这个所谓的政府保护不了人的权利。老子真想永远离开这个鬼地方，一了百了。对，老子就是这么跟他们说的，还当面告诉撒切尔那个老东西。我的话他们都听到了，也都能说得出来。在这儿，我啥都不是，真想狠下心离开这个地方，永远不回来。我就是这么说的。看看我的帽子——要是你觉得还叫帽子的话——冒顶外翻，帽檐耷拉着，都到我下巴那儿了，压根不是帽子，我的脑袋倒像是塞进一节烟筒似的。看看吧——我就戴着这么一顶帽子——要是法律能保护老子的权利，老子倒是镇子上一个大款呢。”

“哦，这政府可真了不得。要说为什么嘛，你看，这有个从俄亥俄州来的自由黑人，是黑白混血儿，皮肤跟白人一样，穿着顶白的衬衫，白得你都没见过，戴着闪亮的帽子，镇子里没一个人有他穿得像样。他还有一只金手表，金链子和一根头上镀银的手杖——可以称得上是全州最受人尊敬的一个头发花白的老爷子。你觉得怎么样呢？他们说他是个大学教授，会讲各种语言，上知天文，下知地理。这还不算最厉害的，他们说他在当地有选举权，这可把我搞糊涂了，心想这个国家以后会成啥样。选举的日子到了，要是那天我没醉，能走过去的话，我就去投票，可是他们告诉我竟然有个州允许黑人投票，一听到这儿，我就折回来了，再也不去投票了。这话就是我说的，他们听得一清二楚，就算国家烂透了，我只要有一口气，就不投票。再瞅瞅那黑鬼神气活现的样儿，要不是我挤一下，他才不会给我让路哩。我问其他人，为啥没把他拍卖了？——我想不通这一点。你猜怎么着？他们说只要他在州里未待满六个月，就不能拍卖，而他离六个月还远着呢。你瞧，这就是个活生生的例子。一个自由黑人在州内没待满六个月就不能出售，就这人们还管它叫政府。这就是个自封的政府，装成一副政府的样儿，自以为是，可到头来不还得等上六个月，才能抓住一个行踪诡秘、贼眉鼠眼、穷凶极恶的穿着白衬衫的自由黑人，还有……”

老爸唠叨个不停，丝毫没注意到那两条跌跌撞撞的老腿会走到哪去，结果给那桶腌猪肉一拌，栽了个底儿朝天，左右小腿擦破一层皮，这下可好了，他满嘴喷的全是最狠毒的话了——大部分都还是骂黑人和政府，偶尔也骂几句木桶。他疼得左右脚轮换着在屋里乱跳，握着一只小腿，接着是另一只，末了冷不丁地伸出左脚，狠狠踢了木桶一脚。这一脚踢得可不好，因为他靴子破得露出脚趾头，疼得他嗷嗷叫，叫得人头发都竖了起来，后来他索性躺在地上，抱着脚趾头打滚，这时他骂得更厉害了，比之前都厉害。后来，他自己也是这么说的。年轻时，他听过索伯里·哈干那老头骂人，他说自己这次骂得比他痛快多了，不过在我看来，这话说得有点儿夸张。

晚饭后，老爸拿起酒壶，说里面的威士忌酒够他醉两回，外加要一次酒疯。这话他常挂在嘴边。我断定他一个钟头内肯定会醉得不省人事，到时就偷走钥匙，或者锯个大窟窿逃出去，怎么样都行。他喝了一口又一口，最后醉倒在毯子上，可是我并没有这么走运。他睡得一点儿不安生，一会儿呻吟抱怨，一会儿翻来覆去，折腾了老久。到最后，我困得也实在睁不开眼，迷迷糊糊地就睡着了，蜡烛还在点着。

不知睡了多久，突然一阵尖叫声把我惊醒，原来是老爸。他发了疯似的蹿来蹿去，大声喊有蛇，说蛇都爬到他腿上了。接着他又是跳，又是叫，说蛇咬到他脸了——可是我连蛇的影子都看不到。他一个劲儿地在屋子里打转，大声号叫："把它撵走！把它撵走！都快咬我脖子了！"我没见过哪个人眼神这么惊恐。他一会儿就累瘫了，倒下来喘气，接着在地上打滚，滚得还挺快，看到啥踢啥，两手在空中乱打乱砸，一边叫，一边说鬼要来抓他。没多久，他就没劲儿了，一动不动地在那躺一会儿，嘴里还时不时冒出呻吟声，到最后是一点儿声音都没有了。远处树林里传来猫头鹰和狼的吼叫声，一切静得可怕。他躺在墙角，不一会儿，却站了起来，歪着头听着什么，低声说：

"踢踏——踢踏——踢踏，阎王爷来了，踢踏——踢踏——踢踏，他们来抓我来了。我不走——啊，他们来了！别碰我——别！快松手——手好凉啊；饶了我吧，放过我这个穷鬼吧！"

只见他四肢着地，爬着求他们放他一马，接着裹个毯子，钻在旧松木桌底下打滚，嘴里求个不停，最后还哭了起来。就是隔着毯子，我也能听到哭声。

不一会儿，他从桌底下滚了出来，猛地站起来，跟发了疯似的。他看着我，冲了过来，手里拿着折叠刀，追了一圈又一圈，说我是死亡天使，要杀了我，这样就不会有人抓他了。我求他，跟他说我是哈克，但他尖声笑了笑，边吼边骂，接着继续抓我。有一回，我刚转身，打算从他胳膊下逃过去，他一把抓住我夹克领子，我都以为自己要完蛋了，可是我闪电般地甩掉衣服，救了自己一命。很快，他就没一点儿力气了，倒在那儿，背靠着门，说休息一会儿，然后再宰了我。他把刀藏在身子底下，说要睡一会儿，恢复体力，到时再看谁厉害。

一转眼，他就睡着了。过了会儿，我搬来那把底部开了裂的椅子，尽量不出声，蹑手蹑脚地爬上去，取下猎枪，捅了捅枪管，确实是装满火药，就把枪放在萝卜桶上，枪口对准老爸，自己坐在后面，看他是啥动静。时间一秒一秒地走，要多慢有多慢，要有多安静有多安静。

第七章

“起来！你在搞什么鬼？”

我睁开眼，环顾下四周，想弄清自己在哪。太阳已经升起来了，看来我睡得很死。老爸站在我身边，看起来很生气，但仍旧一副病恹恹的样子。他说：

“你拿枪干什么？”

我猜他肯定不知道自己昨晚干了什么，就说：

“有人想闯进来，我在这等着对付他。”

“干吗不叫醒我？”

“呃，我叫了，但没用，推不动你。”

“好了。别站在这废话，快出去看看钩上有没有鱼，好用来做早饭，我一会儿就去。”

他打开门上的锁，我就直奔河岸去了，到了那儿发现河里漂着树枝之类的东西，零星还有一些树皮。我知道这是要涨水了。我想要是自己现在在镇子里，肯定过得很快活。六月里涨水，一直都能给我带来好运，因为一涨水，就会从上游漂来些木材和木筏子，有时还会有成捆的木材，我呢，只需要把它们捞上来，转手就能卖给木材厂和锯木厂。

我顺着河岸往上游走，一边留意老爸来了没有，一边看河里冲来什么。突然，我看到一只漂亮的独木舟，足足有十三四英尺长，像只鸭子漂在河里。我像青蛙一样猛扎进河里，连衣服都没来得及脱，就向小舟游去。原本我还以为有人躺在里面，因为经常有人这样捉弄人，等有人划着小船快靠近了，他们就站起来冲着人哈哈大笑一番。不过这回里面可没人，就只是一艘独木舟。我爬上小舟，把它划上岸，心想要是老头看到了，心里肯定非常高兴——能卖十块钱呢。可是，到岸后，并没看到老爸，我把它划进一条小沟，牢牢地系在树藤和柳树上。这时，我想到一个点子：把它好生藏着，等哪天逃跑的时候，就不用钻进树丛里，只消顺着河流划上五十英里，找个地方住下来就可以了，也不用受奔波流浪那份儿罪了。

这儿离那木屋很近了，仿佛都听到了老头赶来的声音。把独木舟藏好后，我走了出去，往一片柳树丛看去。这不，老头一个人沿着小路走过来，正拿枪瞄准一只鸟，所以刚才的一切他什么都没看见。

待他走到跟前，我正在费劲儿地收鱼线。他责怪我干活慢手慢脚，我说自己掉河里了，耽误些时间。我就知道，他看到我全身湿漉漉的样子，肯定会问东问西的。我们从鱼线上取下五条鲶鱼，接着就回家了。

吃过早饭，我们便躺那儿好好睡上一觉，一大早忙得累乏了。我开始想些法子，免得老爸和寡妇盯着我不放。这远比在他们找到我之前侥幸跑到远处保险多了。你知道，什么事都有可能发生，一时我还真想不出好点子。不一会儿，老爸起来了，又喝了桶水，然后说：

"下次要是再有人在附近转悠，你就叫醒我，听见没？他来这肯定不安好心，我一枪崩了他。下次，你就叫醒我，听见了吗？"

说完，他就躺下睡觉了。不过他这么一说，倒让我想到一个主意，我心想：这下有办法了，没人盯着我不放了。

十二点左右的时候，我们出去了，沿着河岸往上游走。河水涨得很快，很多浮木冲了下来。后来，一块残缺的木筏漂了过来，只剩下九根伐木捆在一块。我们划船把它拖上岸，之后就回家吃饭了。要是其他人，肯定会等上一整天，看能不能多捞点儿东西，但老爸没这么做，这不是他的作风。一次能捞九根木筏就很不错了，他还得运到镇上去卖呢。于是，三点半的时候，他把我锁在屋子里，划着船去托木筏了。我猜他今晚肯定不回家了。我等了一会儿，估摸着他走远了，便拿出锯子去锯那根木棍。还没等他划到河对面，我就从窟窿里钻出来了，一眼看去，他和他的木筏都成河面上的黑点了。

我把那袋玉米面搬到藏独木舟的地方，拨开树藤和树枝，把它放里面。那片腌猪肉和威士忌酒壶也被我拿过去了。我拿走屋里所有的咖啡、糖和火药。无论是装火药的填料，还是木桶、葫芦、勺子、铁杯子，统统被我拿走了。那把旧锯子、两条毯子、平底锅还有咖啡壶也都被我拿走了，还有钓鱼线、火柴以及其他所有的东西，都被我拿走了，哪怕只值一分钱。屋子里被我搜刮得一干二净。我还需要把斧子，但屋里没有，外面木柴堆那倒是有一把，但我不能带走，这我心里有数。至于那杆猎枪，我也一并带走了，这下什么都齐了。

我从窟窿里爬出来的时候，一路拖着这么多东西，所以地上留下很多痕迹。我觉得应该从外面开始往地上撒一层灰，好把磨平的地方和木屑盖住。接下来，我把锯下来的那根木棍放回原处，底下再垫两块石头，其中一块顶着它——因为木棍原来那地方折了，够不着地。要是你站在四五英尺外，又不知道被锯过，就肯定发现不出来。再说了，木棍在木屋后面，没人会闲着没事在这瞎转悠。

从木屋到独木舟，一路都是草地，所以没有留下什么痕迹。我向四周看了看，又站在岸边上往河面看，没一个人影。于是我拿着枪，钻进树丛，准备打些鸟。就在这时，我发现一头野猪。这是一头从草原农庄逃出来的猪，过不多久就变得很狂野。我把它打死，然后带回家。

我抡起斧子就砸门，门被劈开了。我把猪拖进屋，放在桌子跟前，又在脖子那给它一斧子，再扔在地上放血——我说地上，因为确实是地上——硬硬的泥地，连木板都没有。接着，我拿出一个旧袋子，尽可能地往里面装石头——能装多少装多少，从猪身旁开始，把袋子拖到门口，穿过树林一直到河边，然后扔进水里，一转眼沉下去就看不见了。你很容易就发现有东西从地上拖过。要是汤姆·索亚在就好了，他对这可感兴趣了，总能想出些奇思妙想，这方面，谁也没他在行。

赶到最后，我揪下几根头发，再给斧子涂上血，接着把头发黏在斧子背面，然后就把它扔在屋角。我抱起那头猪，搂在怀里，还用夹克裹着（这样就不会滴血了），走了离屋前好一段距离，把猪扔进河里。这时，我想到了另外一件事。于是跑到独木舟那儿，把那袋玉米面和那把旧锯子拿回屋。我把袋子放回原处，在底部锯出一个洞，因为屋里既没刀，也没叉——做饭的时候，不管做什么，老爸都是用那把折叠刀。等这些都做完，我拖着袋子，穿过草丛和房屋东面的柳树丛，大约走了一百码，最后到了一面五英里宽的浅湖，湖面满是水草——赶上季节，估计还会有野鸭子。那儿还有一片沼泽地，一条小溪从对面蜿蜒而过，绵延几英里。我不知道它要流往哪儿，但肯定不是那条河。玉米面撒了出来，一路上留下一道痕迹。于是，我把老爸的磨石扔在那儿，装成是不小心掉的。我又用绳子系住袋子的那道口子，这样就不会漏了，然后扛着它，带着锯子，回到独木舟里。

这时天快黑了，我把小舟放到岸边柳树底下的河面上，然后等着月亮升起来。把小舟拴好后，我吃了口东西，然后躺在舟里抽烟，心里琢磨着制订一个计划。我心想：他们肯定会顺着石头的痕迹找到岸边，然后沿河一路找我。他们也还会顺着玉米面的痕迹找到湖边，沿着湖的小溪找到不仅杀死我，还抢走我东西的强盗。他们不找别的，就找我的尸体。如此一来，他们便会失去耐心，就不会再管我的事了。这下好了，我想去哪就能去哪，杰克逊岛是个不错的地方，我非常熟悉，也没人去过那岛。等晚上的时候呢，我就可以划船到镇上，到处转悠，拿些想要的东西。行，就去杰克逊岛。

我累极了，倒头就睡着。醒来时，一下不知道自己在哪儿。我站起来，环顾四周，一时感觉有点儿害怕。过一会儿，我想起来了。一眼望过去，河有几英里宽。月儿明亮洁白，就算是几百米外顺着水流漂来的木材，都能看清，虽然它黑乎乎的一动不动。周围死一般的安静，看起来天色很晚，“闻”起来也晚了。你知道我想表达什么——我就是不知道该用哪个合适的词。

我打个哈欠，伸个懒腰，正要解开绳子出发时，听到远处水面传来的声响。我竖着耳朵听着，一下就搞明白了，原来是深夜船桨在桨架上划动时发出的低沉却有节奏的声音。我躲在柳树丛后面悄悄地看了一眼，河对面有一条船，但看不清里面有几个人。它不停地划过来，赶到跟我并起的时候，我看到里面只有一个人。我心想，有可能是老爸，虽然我不希望他过来。他顺着水势停在我下面，在静水处晃晃悠悠地上了岸。他走过去的时候，离我很近，我要是伸手拿枪，准能碰到他。唉，这人就是老爸，一点儿不假——从划桨的姿势来看，他还没醉。

我不敢耽误一点儿时间，飞快地顺着岸边的树荫向下游划去。划了两英里半后，突然想到一会儿经过渡口时，兴许会有人看见我，然后跟我打招呼，因此我又朝河中心划了四分之一英里。我顺势划到漂流的木材中间，然后躺在船底，索性任它漂着。我躺在那儿，好生休息一番，又抽了口烟，抬头看着天空，没有一片云，躺在月光下，天空看起来就很幽远，我以前还没注意到这儿。再说了，在这样的夜里，一个人在水面上能听多远呢！我听到有人在渡口交谈，每个字都能清楚地听到。有个人说现在渐渐地昼长夜短了，另一个人说他觉得今晚可不短——接着他们哈哈大笑，那人重复了一遍，于是他们又笑了。过会儿，他们叫醒另一个同伴，说给他听，说完又笑了。可这个人没笑，反而骂骂咧咧的，说别惹他。第一个发话的人说他想说给他的婆姨听——她肯定觉得很好笑，但又说这要是跟当年说的比，真是小巫见大巫。我又听到有人说现在三点了，还说希望可别等上一星期，天才亮。再之后，谈话声变得越来越远，我都听不清讲什么话，只有咕哝的声音和隔三岔五的笑声，但好像很远很远了。

我现在离渡口已经很远了，便起身站了起来，前面就是杰克逊岛了，就在河下游两英里半中央那地方。岛上树木茂盛，看起来又大又黑又坚固，就像一艘没灯的汽船。岛尖沙洲那块一点儿影子都看不到——现在全都被水淹了。

我很快就划到岛边，水流很急，我快速地划过岛尖，然后来到静水处，在朝着伊利诺伊州河岸的那边上了岸。我把独木舟划到熟悉的岸边一个凹进去的地方，想进去的话还得拨开柳树枝。拴好后，从外面看的话，谁都看不出来里面藏个小舟。

我上了岸，一屁股坐在岛尖的一根木头上，抬头向水面和黑黑的浮木看去，三四盏灯摇曳在三英里外的镇子里。河流上游一英里远的地方漂来一个大得出奇的木筏，中间还放着一盏灯笼。我盯着它漂过来，等快到我站脚的地方，我听到一个人说“嘿，注意尾桨！头往右转”。声音很清晰，好像他就在我身边说话一样。

这个时候，天边泛出一点儿灰。于是我钻进树林，想着赶在早饭前再打个盹儿。

第八章

一觉醒来，太阳已经升得很高了，估计着都有八点多了。我躺在凉凉的草地上思考一些事情，既舒服，又惬意。阳光穿过树叶的一两个空隙洒在我的脸上，周围郁郁葱葱的都是树，显得有点儿昏暗。透过树叶，阳光在地上留下许多斑驳的光影，微风过处，光影也随之移动。一对松鼠站在树枝上，亲切地冲我吱吱喳喳地叫着。

懒洋洋地躺在那里好不舒服，我才不想起来做早饭呢。行，我再打个盹吧。就在这时，从河面传来轰的一声闷响。我赶紧起来，支着胳膊肘仔细听，很快又传来一声。我跳了起来，躲在树丛中，从树叶空隙中往外看，只见上游很远的水面上——靠近渡口的地方——升起一股烟，渡船上载满了人，船正顺着河流漂下来。这下，我明白是咋回事了。轰的又是一声，白烟从渡船一侧喷了出来。你瞧，他们在对着河面打炮，想把我的尸体轰出来。

我饿极了，但还不能生火做饭，不然他们就会看到烟，于是就索性坐在那儿，看炮烟，听炮声。河面有一英里宽，在夏日的早晨看起来很美，所以看他们不停地找我的尸体也蛮快活，要是有东西垫肚子就更好了。这时，我突然想起，他们经常把水银涂在面包上，然后放在水上任由它们漂，因为它们会直奔溺亡的尸体，然后停在旁边。这下，我要留意点儿了，要是有面包漂到我这儿，我可要给他们点儿颜色看看。我挪到小岛面对伊利诺伊州的一个边角，看能有什么样的运气，不过，可没让我失望。一个加倍大的面包漂过来，我用一根长棍去捞，都快得手了，不料脚一滑，它又漂远了。当然喽，我待的是水流最靠近岸边的地方——这我很清楚。过了一会儿，又漂来一个面包，这回我得手了。我拔掉上面的塞子，抖掉水银，张口咬了一口。这可是面包师傅的上等手艺——绝不是下等玉米面包。

我在树林丛里找个好地方，坐在一根木头上，一边啃面包，一边看着渡船，很是惬意。突然，我想起一件事，寡妇、牧师或是其他人肯定祈祷着这面包能找到我，而它也做到了，其中肯定有玄机。像寡妇或牧师这样的人做祈祷时，总能成功，而轮到我，就怎么也不行了，我猜是遇到对路的人才会灵吧。

我点了烟斗，长长地抽了一口后，又接着看。渡船顺着水流一直漂着，等它漂过来的时候，我就有机会看看上面是谁了，因为它会像面包一样靠近。在它正对着我漂来时，我熄了烟斗，挪到捞面包的地方，趴在岸边一块空地的圆木后面，从木叉子那往外看了。

过一会儿，船来了，离岸边很近，只要搭个木板，他们就可以走上岸。大家都在船上，有老爸、撒切尔法官、贝茜 · 撒切尔、乔 · 哈伯、汤姆 · 索亚、波莉阿姨、锡德和玛丽，还有其他人，他们都在讨论凶手是谁，船长插话说：

“大家注意了，这儿离岸最近，说不定他被冲到岸上，缠在岸边的矮树丛里了。我希望是这样。”

我可不这么希望。他们涌过来，靠近船边栏杆上，几乎正对着我，他们站在那一动不动，全神贯注地看着。我看他们看得一清二楚，但他们却看不到我。接着，船长大声喊“都闪开”，在我面前轰隆就是一炮，我耳朵都快被震聋了，炮烟都快迷瞎我的眼了，差不多快要上西天了。要是装上子弹，估计他们就能找到我的尸体了。还好，谢天谢地，我没有受伤。渡船接着往前漂，绕过岛岬就看不到踪影了。我时不时还能听到炮声，不过声音越来越远，一小时之后，什么都听不到了。这个岛有三英里长。我猜他们已经到了岛尾，估计就要放弃了。但他们没有，而是掉过头，朝着密苏里那边的河道驶去，还偶尔开一次炮。我穿过去，走到那边，看着他们。他们到了岛尖后，就不开炮了，而是把船停在密苏河岸，接着就回家了。

这下自己安全了，没人再来找我了。我把独木舟里面的东西搬出来，在密林里搭建了一个宿营地，又用毯子做了一顶帐篷，把东西放里面，这样雨水就不会打湿它们了。我抓到一条鲶鱼，用锯子把它剖开。傍晚的时候，生起一堆篝火，美美地吃了一餐。之后，我用鱼线钓了些鱼，当作明天的早饭。

天黑以后，我坐在篝火旁抽烟，特别有满足感。但是没过多久，就感觉很孤独，于是坐在岸边听流水哗啦的声音，一会儿数数天上的星星，一会儿数数从上游漂来的浮木和木筏，然后就睡觉去了。一个人的时候，这是消磨时间最好的方法了，但也不会老是这个样子，总会熬过去的。

三天三夜就这样过去了，没什么变化—— 一切都是老样子。第二天，我深入岛上探索了一番。我现在就是岛主，全都归我，理应对它了如指掌，但其实我主要还是想打发时间。我找到一些熟透的上好草莓，还有些没熟的野葡萄和树莓，青黑莓才刚刚露头。过些时日，它们就可以吃了。

我在树林深处闲逛着，最后离岛尾都不远了。我把枪也带在身上，但什么东西也没打，就是为了防身，等快到家时顺手再打些野味。就在这时，我差点儿踩到一条硕大的蛇，一溜烟儿，它就钻进花草丛里了。我在后面追着，想逮到机会给它一枪。正在我飞快地奔跑时，踩到一堆冒着烟的篝火灰上。

我的心怦怦跳个不停，还没看个究竟，就赶紧拉下扳机，踮起脚飞快地溜回去。我躲在茂密的树叶里，隔三岔五地停下来仔细听听，可是我喘不过来气，什么都听不见。我又溜到其他地方，又听了一会儿，就这样反复折腾了几次，都把树桩看成人了，脚踩断一根木棍，感觉就像是别人砍断我的气，我呢，只剩小半口气了。

回到宿营地之后，我再也不敢掉以轻心了，胆子都快吓没了，这下可没时间去瞎转悠了。以防万一，我又把所有的东西搬回独木舟，这样他们就看不见了，然后熄灭火，把灰往四周一撒，让人看上去就像去年的宿营地，最后自己再爬到一棵树上。

在树上都待了两个钟头了，可还是什么都看不到，什么都听不见——只是以为听到或看到千百个东西。唉，老待在树上也不是办法啊，后来就下来了，但还是躲在树丛深处，时刻留神观察着。能吃的东西只有浆果和早上的剩饭。

到了夜里，我的肚子饿得咕咕叫。等天一黑，趁月亮没出来，我悄悄划出岸，向伊利诺伊州岸划去——大约有四分之一英里远。上岸后，我到树林里做了一顿饭，正打算在这待上一宿，这时传来“嗒、嗒”的声音，我心想，有马过来，然后就听到人的说话声。我飞快地把东西搬回独木舟，然后从树林里爬过去看看是什么情况。还没有爬多远，就听到一个人说：

“要是没什么好地方，我们就在这里宿营吧，马都快累趴下了。我们四处再看看。”

我随即就撑起船划走，然后把它拴在老地方，以为这样就可以在独木舟里睡一觉了。

可是我睡不好，心里总惦记着事。每次醒来，都以为有人在掐我脖子，一直睡不安稳。最后，我心想可不能老这样子，得看看岛上到底是谁。要是不弄个明白，不被折磨死才怪。这么一想，顿时我就感觉舒服多了。

于是我拿起桨，从岸边划出一两步远，然后让独木舟在树影底下顺流漂下去。月光皎洁如玉，树影之外的地方像白昼一样。就这样过了一个钟头，四周依然静悄悄的，好像一切都睡熟了。这个时候，我差不多已经到了岛尾。凉爽的微风过处，激起水面的波纹，仿佛在说天快亮了。我用桨打个转，让船头对着岸，然后拿起枪，溜上岸，钻进树丛。我坐在一根木头上，躲在树叶后面往外看。此时，月亮沉下去了，河面一片黑暗。不一会儿，天边露出一抹鱼肚白，天就要亮了。于是，我拿起枪，向篝火堆靠近，每隔一两分钟就停下来听一听。但不知怎的，我的运气好差，找来找去就是找不到那个地方。后来，我看到远处树林里有一道火光。我小心翼翼、慢慢地靠近它，不一会儿，就走到跟前，原来地上躺着一个人，真吓我一跳。他的头被毯子盖着，火都快烧到头了。我蹲在大约六英尺远的灌

“我赶紧跑下山，本想着在镇子上游偷条船，但那儿来来往往有好多人，于是我就藏在岸边一个破旧的箍桶铺子里，等着他们走开，就这样待了一夜，可老是有人走个不停。早上六点钟左右，小船一条条过去。八九点的时候，每条经过的船都在谈你老爸是怎么到了镇上，还说你被人杀了。老少爷们儿都坐上船去事发地一看究竟，有时候他们停靠在岸边休息，于是，我从他们的谈话中知道你被杀的事。哈克，我一听到你被害了，就很难过，不过现在见到你，就不难过了。

“整整一天，我就躲在刨花堆底下，虽然很饿，但一点儿不害怕，因为我知道沃森女士和寡妇吃完早饭后，就会去参加布道会，一去一整天。她们知道我天一亮就去放牛，一整天不在家，不到晚上绝想不起我。至于其他下人呢，也是这样，两个老人一走，他们就出去玩了。

“天黑以后，我沿着河边往上游走，两英里多也不见人烟。我知道该怎么做了。你也知道，要是步行的话，狗就能顺着足迹找到我；偷一条船的话，他们也会发现，就会知道我在对岸什么地方上岸，到时顺藤摸瓜把我逮住。所以，我说小木筏正是我需要的，它不会留下任何踪迹。

“后来，我看到尖岬那闪出一点儿灯光，于是就下了水，推着一根圆木往前游，差不多过了河中间，再钻到浮木里头，尽量降低头，逆水游过去，直到木筏漂过来。我游到木筏后面，紧紧地一把抓住它。那时，乌云密布，水面一片漆黑。于是，我爬上木筏，躺在上面。木筏上的人坐在有灯光的地方。河水一直在上涨，水流很急。到了早上四点钟，我就大概向下游游了二十五英里远，天亮之前，我又悄悄下水，直奔伊利诺伊州河岸边的树林里。

“可我一点儿都不走运。差不多到岛顶的时候，一个人提着灯走了过来。我看在那干等着也没用，就从木筏上划出来，朝小岛游过去。本来以为随便找个地方就能上岸呢，可是不行——岸太陡峭了，最后差不多到岛尾的时候，才找到一处上岸的好位置。我钻进树丛，一想到他们老是提着灯照来照去，也就再不想回到木筏上了，好在藏在帽子里的烟斗、烟叶和火柴都没湿，这下我就放心了。”

“也就是说这么些天，你没吃一口肉，没吃一口面包？你咋不逮几只泥龟打打牙祭呢？”

“怎么逮啊？你总不能悄悄走过去用手抓吧。再说了，用石块怎么能打得着？夜里怎么逮？白天我才不敢在岸边暴露自己呢。”

“嗯，也是，你还得一直躲在树林里。你听到他们的打炮声了吗？”

“哦，听到了。我知道他们是来抓你的，我在树丛后面看到他们打这儿过去。”

几只小鸟飞了过来，每次飞一两码就停下来。吉姆说这是要下雨的征兆，还说家里的鸡每次要下雨时就是这样，所以觉得鸟儿这样飞也是要下雨了。我想逮几只，但吉姆不让。他说它们是死神的化身，说有次他老爸生重病，有人抓了一只鸟，他的老奶奶就说他老爸命不久矣，最后果然死了。

吉姆还说出许多不能用来做饭的东西，日落后不能抖桌布，不然准会倒霉。他还说，要是养蜜蜂的人死掉了，就必须在第二天日出之前跟蜜蜂报丧，要不然这些蜜蜂就都会得病，什么都干不了，最后全一命呜呼。吉姆说蜜蜂不蜇傻瓜，这我可不信，因为我亲身试过好多回，它们并不蜇我。

这些事情我也听过，但不全。吉姆懂得就多了，他什么都知道。在我看来，好像这些征兆都会带来厄运，所以就问他有没有吉兆。他说：

“少——再说了，对人也没用。为什么要知道什么时候交好运？难不成想躲开它？”他还说，“要是你胳膊上、胸脯上长满毛，就意味着你要成大款了。这种征兆倒还管用，因为还远着哩。你也知道兴许还得过上大半辈子的苦日子，要是不知道自己总有一天能发起来，你非得郁闷得自杀不可。”

“吉姆，那你胳膊上、胸脯上长毛了吗？”

“这不废话吗，你没看见有吗？”

“嗯，那你发财了吗？”

“没，不过发过一回，以后也会发的。我曾有十四块钱，但被我拿去投机了，最后分文不剩。”

“吉姆，你投的什么机？”

“唉，起先我买了一头牲畜。”

“什么牲畜？”

“一头牛，我花十块钱买了一头牛。但从此再也不打算把宝押在牛身上了。才到手，那牛就死了。”

“也就是说这十块钱是白忙活了？”

“这倒没有，没全白忙活，大约损失了九块钱。牛皮、牛尾巴卖了一块一毛钱。”

“你身上剩下的五块一毛钱又用来做投机生意了吗？”

“对呀。你知道布拉迪斯老先生家的那个独腿的黑奴吗？他开了一家银行，说不管是谁，只要存上一块钱，年底就能得四块钱。所有的黑奴都去存了，但他们没多少钱。我是唯一一个有钱的。我存上四块钱，然后说要是拿不到钱，就自己开家银行。当然喽，那个黑奴可不想让我跟他抢生意，还说没那么多生意，不够两家银行做的。于是，他说我可以存上五块钱，在年底时候付我三十五块。

“我同意了，想着以后再拿着三十五块钱投资，让钱滚起来。有一个叫鲍勃的黑奴，他捞到一只木筏，但是他主人并不知道。我把筏子买了下来，告诉他年底时去取那三十五块钱。但是，就在那晚，筏子被人偷了。第二天，那个独腿黑奴说银行破产了。到头来，谁都没捞到钱。”

“剩下的那一毛钱干什么了呢？”

“嗯，我本来打算把它花掉的，但是做了一个梦，梦里有人让我把钱交给一个叫巴鲁姆的黑奴——大家都称他为巴鲁姆的驴。你知道，他可是个傻瓜大王。但他们说他走运，而我总是这么倒霉。梦里有人说让巴鲁姆拿这一毛钱去投资，他会帮我赚一笔。巴鲁姆拿了钱，后来，他在教堂听牧师说，谁要是把钱给穷人，以后就能得到百倍的回报。于是他就把钱给了穷人，等等看会有什么结果。”

“嗯，结果怎么样？”

“什么都没影儿。我和巴鲁姆都拿不回钱。以后要是没担保，我就再不把钱借出去了。牧师口口声声说有百倍的收益，要是能收回那一毛钱，就算是公平，运气不错了。”

“嗯，这别放在心上，反正，你早晚有一天会再发财的。”

“就是，我现在就很有钱，你看，我自由了，能值个八百块钱呢。要是能有这么多钱就好了，我又不贪心。”

第九章

我想到岛中央去找之前去过的一块地方，刚走不久就找到了，毕竟这岛只有三英里长，四分之一英里宽。

这块地方是个既长又陡的山丘或者山脊，大约有四十英尺高，两边的路很陡峭，灌木丛也很密，我们费了好大劲儿才爬到顶。我们在山顶四周艰难地转了转，最后在对着伊利诺伊州那边的山顶岩石里发现一个很大的山洞，有两三间房间连起来那么大，吉姆在里面都能直起身子。山洞里面很凉快，吉姆想立马把东西搬进来，但是我说，我不想一天到晚爬上爬下的。

吉姆说如果我们找个好地方把独木舟藏起来，再把东西搬到山洞里，万一有人来岛上，我们就可以冲到那儿，要是没有狗，他们就休想找到我们。他还说，鸟儿已经告诉我们要下雨了，难不成我想眼睁睁地看着东西被淋湿？

于是，我们回到独木舟上，把小舟划到山洞附近，把东西搬到洞里。接着，我们把独木舟藏在附近茂密的柳树丛里，又从鱼线上取下几条鱼，再把鱼线放回去，然后开始做晚饭。

洞口大到足够滚进一只木桶，洞口一侧的地面往外凸出了一点儿，地面很平整，是个做饭的好地方，于是我们就在那搭台做饭。

我们把毯子铺开当地毯用，坐在上面吃饭，又把其他东西放在洞最里面方便拿取的地方。很快，天黑了下来，又是打雷，又是闪电的，看来关于鸟的征兆是对的。接着就下雨了，雨像瓢泼的一样，还没见过这么大的风。在夏天，这样的暴风雨倒是很常见。天很黑了，外面一片蓝黑色，格外美丽。雨下得很急很密，近处的树一眼看去模模糊糊的，像一层蜘蛛网；有时，一阵风吹过，树就弯了腰，露出苍白的叶背；再一阵狂风，树枝就咔咔嚓嚓地乱甩，像发了疯似的。接下来到了天最蓝最黑的时候，只见一道闪电劈了过来，蔚为壮观；还能看到几百码外的树冠在暴雨中挣扎；一会儿，天又黑了，这个时候只听见又是一声雷轰隆劈来，一路隆隆地从天空翻滚到地面，就像空木桶从长长的楼梯上滚下来，滚出老远一段距离。

“吉姆，这山洞可真不赖，”我说，“其他地方我哪都不想去。给我再来块鱼和热玉米面包。”

“好吧，要不是有我，你肯定不待这儿。你肯定会在树林里，没得吃，差点儿被淹死，肯定的，我的小乖乖。鸡知道什么时候下雨，鸟也知道，你还是太年轻了，啥都不懂。”

河水连续涨了十天或十二天，最后都漫过河岸了。岛上低洼的地方和伊利诺伊州低地的水有三四英尺深。那一边的河水有好几英里宽，但密苏里这边还是老样子—— 一英里半——因为密苏里河岸是一座断崖壁。白天，我们划着独木舟在岛四周转悠。即使外面是艳阳高照，丛林深处还是又冷又暗。我们在树林里穿来穿去；有时藤蔓太紧，我们就不得不倒回去走其他路。在每一棵刮断的老树上，你都能看见兔子和蛇之类的动物。小岛被淹没一两天后，它们饿得很温顺，只要你想，就可以直接划过去，摸摸它们，但蛇和乌龟除外——它们会一溜烟儿钻到水里。我们山洞所在的山脊上满是这些动物，只要想，就能逮很多。

有天晚上，我们捞到一小块木筏——全是上好的松木板，有十二英尺宽，大约十五英尺长，顶部露出水面六七英寸，是块结实的好地板。白天的时候，我们有时可以看到锯好的圆木漂过去，但没有去捞，我们白天才不现身呢。

又一个晚上，在天亮之前，等我们登到了岛的顶端，看见从西边漂来一座两层楼的木板房子，倾斜得很厉害。我们划了过去，从楼上一个窗户爬了进去，但里面一片漆黑，啥都看不到。于是，我们就拴好小舟，坐在里面等天亮。

还没到岛尾，天就蒙蒙亮了。我们趴在窗户上往房子里面看，里面有一张床、一张桌子、两把旧椅子，地上也有好多东西，墙上挂着几件衣服，远处墙角的地方躺着一个东西，好像是个人。于是，吉姆就喊：

“嗨，你好啊！”

但他依然没动，吉姆说：

“那人不是睡着了，是死了。你站这儿别动，我去看看。”

他走过去，弯腰看一下，说：

“是个死人，一点儿没错，身上啥都没穿呢。他背上有一支枪，我猜是两三天前死的。哈克，你进来，不过别看他的脸——太吓人了。”

我压根就没看。吉姆往那人身上扔了一些破布，其实没必要这样做，我压根不想看他。地上散着一堆油腻腻的旧纸牌、旧的威士忌酒瓶子，还有两个黑布面具；墙上用木炭胡乱涂满了让人不知所云的字和画，还挂着两件又旧又脏的印花棉布裙子、一顶遮阳帽、一些女式内衣，还有几件男人的衣服。我们把里面许多东西搬到小舟上，指不定哪天就能派上用场。地上那顶脏兮兮的男式旧草帽，我也顺手拿走了。还有一个牛奶瓶子，瓶口有一个破布做的奶嘴，是小孩吸奶用的。我们本打算把瓶子拿走，但可惜破了。屋里还有一个破旧的衣柜和一个带毛箱子，但铰链处都坏了。两个箱子都敞开着，里面空无一物。从满地散落的东西来判断，那些人走得很匆忙，来不及把东西全带走。

我们找到一个旧铁皮提灯，一把没柄的杀猪刀，一把崭新的小折刀（这玩意不管到哪都能卖个两毛五），还找到许多蜡烛、一个铁皮烛台、一只葫芦、一个铁皮杯子，床上还有一条破烂被罩，还有一个装着针线、蜂蜡和纽扣之类东西的网袋，一把短柄小斧和一些钉子，一根足足有我小指这么粗的渔线，线上还拴着几个大得吓人的鱼钩，一卷鹿皮、一个皮质狗项圈、一块马蹄钉，还有几个没贴标签的药瓶子。正要离开时，我又找到一把上好的马梳，吉姆也找到一把很破的提琴弓和一条木质假腿，假腿上的皮带虽然断了，但还算不错，不过这个假腿对我来说太长，对吉姆来说又有点儿短，尽管我们四下寻找，但还是找不到另一条假腿。

总的来说，这次收获颇丰。等我们要离开时，已经漂到小岛下游四分之一英里的地方。那时，天已大亮，于是我让吉姆平躺在独木舟里，再用被子蒙住，要是他站起来的话，人们打老远就能看出来他是个黑奴。我向伊利诺伊州河岸划去，往下游约莫划了半英里。我沿着岸边往死水处划，一路上没出什么事，更没看到一个人影。最后，我们平安到家了。

第十章

吃过早饭后，我想谈谈那个死人，猜猜他是怎么被杀的，可吉姆不愿意。他说，这会招来厄运，那死鬼说不定会来缠我们，还说比起那些安葬好的死人，没下葬的人更会到处瞎转悠。这话听起来蛮有道理，所以我就不再多说了。但我还是忍不住去琢磨，要是能知道凶手是谁以及为啥杀他就好了。

我们翻了翻捡回来的衣服，在一件旧毛毯大衣的里子里找到八块银圆。吉姆说他觉得大衣是那木板房子里的人偷来的，因为要是他们知道那里头藏有钱，就不会把它扔那儿了。我说我觉得是他们杀了那个人，但吉姆并不想谈论这个问题。我说：

“你觉得那会触了霉头。可是前天我在山顶捡回一个蛇皮的时候，你说了什么？你说我的手这下触了天底下最大的霉头。喏，这就是你所谓的霉头！我们捡了一大堆东西，还有八块钱。吉姆，要真像你说的那样，我倒希望天天都倒霉。”

“亲爱的，可别说了，别说了。你也别高兴得太早，就要倒霉了。记住我的话，就要倒霉了。”

倒霉事果然来了。我们说那番话的时候，正是星期二。星期五晚上吃过饭后，我们俩躺在山脊坡上的草地上，后来烟都抽完了。于是，我回山洞去拿些，但发现一条响尾蛇。我把它打死，藏在吉姆的毯子下面，然后把毯子整回原样，心想等吉姆发现下面的蛇，定会有好戏看。到了晚上，我把蛇的事情忘得一干二净。我点灯那会儿，吉姆往毯子上一躺，那条死蛇的配偶正好在那，咬了他一口。

他惨叫着跳了起来，灯光下只见那条蛇弓起身子，打算再来一口。我立马拿根木棍打死它，吉姆拿起老爸的威士忌酒就猛灌。

当时吉姆光着脚，蛇正好咬到他脚后跟。都怪我太愚蠢了，无论把死蛇扔到哪，它的配偶总会爬过来盘在它周围，我把这茬儿给忘了。吉姆让我砍掉蛇头，然后扔了，再剥掉蛇皮，烤一块蛇肉。我照他说的做了，他吃了蛇肉，说能帮他疗伤。他让我砍掉蛇的响尾，再系在他手腕上，说这也有帮助。然后，我悄悄走了出去，把蛇扔进树丛里，主要是不想让他发现是我搞的鬼，还是尽量不让他知道为好。

吉姆灌了一口又一口的酒，时不时把头伸出来，翻来覆去地痛叫。每次他醒来，就喝几口酒。他的脚肿得老高，腿也一样。但没过多久，酒精就起作用了，他应该没什么大碍了，但我宁可被蛇咬一口，也不愿喝老爸的酒。

躺了四天四夜后，吉姆脚上的肿块消失了，也能四处走动了。有了这次教训后，我决心再也不用手碰蛇皮什么的了。吉姆说以后我就应该听他的话，说玩蛇皮会招致最恐怖的厄运，说不定还要吃不了兜着走。他说他宁可往左后方回头看一千次新月，也不愿用手碰一次蛇皮。好吧，虽然我觉得那样看月亮挺粗心，挺愚蠢的，但渐渐也觉得有一番道理。汉克·邦克老先生曾那么干过一次，还到处吹牛，但还没过两年，他就喝醉酒从炮弹塔上摔了下来，摔成了肉饼。其他人把他塞进旁边仓库门做的棺材里，然后埋了。我倒没亲眼看见，这都是老爸告诉我的，但无论如何，都是因为傻啦吧唧地那样看月亮。

日子一天天过去，河水也退到河堤以下了。我们把一个剥了皮的兔子挂在钩上当诱饵，下在河里，最后钓了条有人这么大的鲶鱼，足足有六英尺两英寸这么长，两百多磅重。我们当然拉不动，说不定它还会把我们摔到伊利诺伊州那边去，索性就坐在一边看它折腾个够，一直到淹死为止。我们在鲶鱼肚里找到一个铜纽扣、一个圆球，还有其他乱七八糟的东西。

我们用小斧子把球劈开，发现里面还有一个线轴。吉姆说那线轴在里面已经好久了，最后东西缠一块形成一个球。我觉得这是在密西西比河抓到的最大的一条鱼，吉姆也说他还没见过比这大的。这条鱼在村子里定能卖个好价钱。像这样的鱼一般在集市上是论磅来卖，各家各户都会买上一点儿，肉质鲜嫩，煎出来可香了。

第二天一大早，我说日子过得太慢太无聊了，想找点儿乐子，打算溜到对岸看看有没有什么动静。吉姆同意了，但他说我一定得天黑再去，还要特别留神点儿。他想了一会儿，然后问我何不穿上一些旧衣服，装扮成小姑娘的样子？这主意还真不错。于是，我们把一件印花棉布袍子裁短一些，我又把裤角卷到膝盖那儿，再穿上衫子。吉姆用钩子把衫子背后收紧，这样衣服就很合身了。我戴上遮阳帽，把带子系在下巴底下，要是有人看我的脸，就像从一节烟筒里看下去差不多。吉姆说即使是大白天也很难有人认得出我。我练习了一整天，好让自己适应这身打扮，没过多久我就收放自如了，但吉姆还是说我走路不像女孩子，必须改掉撸起褂子掏裤兜的习惯。我注意了一下，装得就更像了。

天一黑，我就乘着独木舟向伊利诺伊州河岸划去。

我从渡口下游一点儿的地方朝镇子方向划去，顺着水流漂到镇子尽头。我把小舟子拴好，然后沿着岸边走，突然看见灯光从一个废弃许久的棚屋里照出来，谁会在那住着呢？我蹑手蹑脚地走过去，透过窗户往里看，屋子里有一个四十岁左右的妇女，在借着松木桌上面的烛光打毛线。我不认识她，她是外地人，因为镇子上没有哪个人是我不认识的。这下可走运了，因为我心里也是七上八下的，来了以后开始害怕，生怕别人听出我的声音，认出我。但只要这个女人在镇子上待了两天，她就能告诉我所有想知道的事儿。于是我敲了敲门，心里还想着千万别忘记自己现在是个女孩。

第十一章

"请进。"那女人说，于是我就进来了。她又说，"请坐。"

我坐了下来。她用那双闪闪的小眼睛上下打量着我，然后问：

"你叫什么名字啊？"

"莎拉·威廉姆斯。"

"你住哪？附近吗？"

"不是，我住在呼科维尔，离这有七英里远。我一路走过来的，现在很累。"

"你也很饿吧，我给你拿点儿东西吃。"

"不用了，我不饿。刚才我在离这两英里远的农场那儿吃了一顿，现在不饿了。这也是我这么晚才走到这儿的原因。我妈妈病得厉害，钱也花光了，家里一贫如洗，所以我赶来告诉我叔叔艾伯纳·摩尔。我妈说他住在镇子上角，可我是第一次来这儿。你认识我叔叔吗？"

"不认识哎，这儿的人我认不全。我在这儿才住了两个星期。这离你说的地方有段距离。今晚你最好就住在这儿。把帽子摘掉吧。"

"还是不了，"我说，"我歇一会儿就走，我不怕走夜路。"

她说不会让我一个人走，她丈夫可能一个半小时后就回来，到时让他陪我一起去。然后，她跟我讲她丈夫，讲她跟左右亲戚邻居之间的关系，讲他们以前的生活多么好，但偏偏糊里糊涂地搬到这儿。听到最后我都觉得找她打听镇子上的事是个错误，但没多久，她把话题转到老爸和那起凶杀案上来，这个我倒是很愿意听她说下去。她说我和汤姆·索亚发现那六千块钱（她说成了一万块），说老爸的事，又说到老爸和我过的苦命日子，最后她又说到我被杀的事。

“谁干的？我们在呼科维尔听了很多，但还是不知道是谁杀了哈克·费恩。”

“嗯，我觉得这儿的人应该知道凶手是谁，有人认为就是他老爸亲手杀的。”

“不会吧，真的吗？”

“一开始很多人都这样认为。他都不知道自己差点儿被大伙动私刑处死了。可是天黑之前，大伙又改变了想法，觉得是那个逃跑的黑奴吉姆杀的。”

“为啥是他啊？”

我住了嘴，觉得还是不出声为好。她压根没注意到我插话，又接着说下去：

“就在哈克·费恩被杀的那晚，那个黑奴逃跑了。有人悬赏三百块钱捉拿他，另外又悬赏两百块钱捉拿费恩那个老东西。你也知道，凶杀案发生后的那天早上，吉姆来到镇子上通报大家，随后跟他们一起上渡船找尸首，但后来就溜走了。天黑前，他们想动私刑处死他，但你瞧，他撒腿溜了。第二天，他们才发现那个黑奴跑了，从凶杀案发生的那天夜里十点就不见他踪影了，所以他们便认定是吉姆杀的。就在大家忙得团团转的时候，费恩那个老东西跑了回来，到撒切尔法官家撒泼要钱，说是去伊利诺伊州抓那个黑奴。法官给了他一点儿钱，那晚费恩老头喝得醉醺醺的，深更半夜还跟几个鬼鬼祟祟的陌生人在一起，最后竟然跟他们一起走了。唉，打那以后，他就再也没回来过。估计不等过了这一阵风头，他是不会回来的，因为大家都认为是他杀了自己的儿子，还把案发现场搞得让人误以为是强盗干的，这样他就不用耗那个时间打官司，轻而易举地就能拿到哈克那笔钱。有人说他怯懦无能，干不了那个。哦，我看这人蛮狡猾的。要是一年不回来，他就没事了。你可抓不住他什么把柄。啥事到最后都会平息下来，到时候他不费吹灰之力就能把哈克的钱搞到手。”

“是呀，我也这么觉得，看不出他能碰到什么岔子。现在大家都认为不是黑奴吉姆干的吗？”

“哦，不，并不是所有人。许多人依然认定凶手是吉姆。不过，他们很快就能把他抓回来，到时或许能逼问出来。”

“为啥呀？他们在抓他吗？”

“唉，你真幼稚！三百块钱赏金是随随便便就能捡回来的吗？有些人觉得吉姆没跑多远。其实，我也这么觉得——只不过没说出来而已。几天前我跟隔壁木棚屋里的老两口聊天，他们无意中说还没人去杰克逊岛找。我问有人住那儿吗？他们说没有。我没说话，心里一直在琢磨。我几乎可以确定一两天前看到烟从岛尖儿冒出来，估计黑奴吉姆就藏在那里；不管怎么样，有必要去那儿搜寻一番。但打那起，我就再没看到烟，所以如果是吉姆的话，或许都已经跑了，但我丈夫和另外一个人打算去查看下。他已经到上游了，今天刚回来，两个钟头前他一回来我就告诉他了。”

听到这，我紧张得坐立不安起来，得干点儿什么才行，于是拿起桌子上的针做起针线活儿来，可是手抖个不停，线也穿不进去。那女人不说话的时候，我抬起头，她也在好奇地看着我，还笑了笑。我放下针线，装作一副感兴趣的样子——我也确实感兴趣，然后说：

“三百块也是一大笔钱。要是我妈妈能拿到就好了。你丈夫今晚就去杰克逊岛吗？”

“嗯，对。他跟同伴去镇子上搞条船，再看看能不能借杆枪，过了半夜十二点，就动身。”

“白天过去不是更看得清楚吗？”

“是的，但那黑奴看得也清楚啊，对吧？但半夜的时候，他很可能在睡觉，这样他们就能悄无声息地溜进树丛，而且如果他生了篝火的话，黑夜中就更容易发现了。”

“这我倒是没想到。”

她好奇地看着我，让我很不自在。不一会儿，她说：

“孩子，你刚才说你叫什么来着？”

“玛——玛丽·威廉姆斯。”

好像我刚才说的不是玛丽，我头低着，不敢抬起来，一想起刚才我说的可能是莎拉，就觉得这下死定了，生怕被她看出来个一二。我巴不得她再多说点儿话，她越是不说话，我就越紧张。不料，她说：

“孩子，我记得你进来的时候说的是莎拉吧。”

“嗯，是的，我确实是这么说的，我叫莎拉·玛丽·威廉姆斯。莎拉是我的名。有人叫我莎拉，有人叫我玛丽。”

“哦，是这样吗？”

“嗯，是的。”

这时候，我心里才舒坦点儿，但不管怎样，我还是想尽快离开这儿。我连抬头看她一眼都不敢。

接着，她就开始说他们一家命有多么苦，日子多么难，家里老鼠有多么多，就像鼠窝一样。听到她把话题转到这，我就不怎么紧张了。她家老鼠确实多，时不时就能看见老鼠从洞里探出鼻子来。她说她一个人在家的时候，手边得备着东西去砸它们，不然就会被闹得不得安宁。她给我看揉成一团的铅块，说她基本上每次都是百发百中，可是一两天前扭了胳膊，不知道现在能不能扔准。她看准机会，就砰地对准一个耗子砸过去，但偏了好远，痛得“哎哟”一声，胳膊伤到了。然后，她让我过会扔一次试试。我想在她丈夫回来之前离开，不过还是装成一副不露声色的样子。我捡起铅块，对准那只露出鼻子的老鼠砸过去，要不是它溜得快，一准砸它个脑袋开花。她说我扔得不错，再有老鼠出来，肯定一砸一个准。她走过去捡回铅块，又拿来一绞毛线，让我帮她绕成线团。我举起双手，她把线放在我手上，然后接着讲她跟她丈夫的事儿。但她话锋一转，又说道：

“眼睛盯着老鼠，最好把铅块放在大腿上，好随时去砸。”

于是，她就把铅块扔过来，我大腿一并正好接住，接着她继续说她的。但只过了一分钟左右，便取下绞线，直勾勾地看看我的脸，和善地说：

“行了，你到底叫啥？”

“呃，什么？”

“你到底叫啥？比尔、汤姆还是鲍勃？或者其他？”

我当时浑身上下哆嗦得像一片树叶，不知所措。但我还是说：

“大婶，你可别跟我这个可怜的小姑娘开玩笑了。要是你嫌弃我的话，我这就——”

“说什么呢？没嫌弃你。你老老实实地坐着。我不会伤害你，也不会告发你。相信我，告诉我你的秘密吧。我不仅不把它说出去，还会帮你。如果你需要我家老头子的帮助，他也可以帮你。瞧，你就是个逃跑的学徒，就是这样而已，没什么大不了，不要紧。你受到虐待，才决定逃跑。愿上帝保佑你，我的孩子，我不会告发你的。全都跟我说说吧，这才是好孩子。”

再继续装下去也没什么用，索性跟她坦白，一五一十说出来，但她得信守诺言。我跟她说我父母双亡，法院把我判给一个脾气暴躁的农民，他住在离河三十英里的乡下，对我很不好，一点儿都让人受不了。有次，他出门几天，我这才逮着机会，偷了几件他女儿的衣服，逃了出来。这三十英里，我走了三夜。我夜里赶路，白天就藏起来睡觉，从家里带出来的一袋面包和肉够我一路吃的，还剩不少哩。我说，我相信艾伯纳·摩尔叔叔会收留我，所以就来高申镇了。

“高申镇吗，孩子？这儿是圣彼得堡，高申在河上游十英里远呢。谁跟你说这儿是高申镇啊？”

“哎呀，今天早上天刚亮，我正要钻进树丛里睡觉时，碰到一个人。他跟我说这是路口，往右手边那条路拐，再走五英里就能到高申镇了。”

“我猜他是喝醉了，他讲反了。”

“嗯，他确实像个醉鬼，不过现在无所谓了，我得赶路了，天亮之前就能赶到高申镇了。”

“等一等，我给你拿些点心吃，你也许用得着。”

她给我拿些点心，然后，说：

“你说，一头躺在地上的牛起来了，哪一端先站起来？赶紧回答，不

“我真想一枪崩了你！也应该崩了你，你这个卑鄙小人。”

躺在地上的那人吓得浑身打哆嗦，说：“比尔，求求你别杀我，我不说出去。”

每当他这么说，提着灯的那个人就会发笑，然后说：

“你当然不会说出去！你没说过比这更实在的话了，对吧？”接着他又说，“听他这会儿苦苦求我们！要不是咱俩抓住把他绑起来，说不定他还杀了我们呢。要说为啥？啥也不为。只是因为我们在坚持自己的原则——就这个原因。不过，吉姆·特纳，你再也伤不了谁了。比尔，把枪收起来吧。”

“杰克·帕卡德，我要一枪崩了他——他不也是这样杀了哈特费尔德的吗——他不该死吗？”比尔说。

“但我不想杀了他，我自有道理。”

“愿上帝保佑你，杰克·帕卡德！只要我活着，我就不会忘了你的大恩大德。”躺在地上的那人哭着说。

帕卡德并不理会他，只是把灯挂在钉子上，然后朝我这黑灯瞎火的地方走来，还示意让比尔一起过来。我飞快地往后退了两码，但是船体倾斜得厉害，我没退路了。为了不让他们撞到，被他们抓住，我爬到上面一间专用舱。帕卡德在黑暗中摸索过来，等进了我所在的那个专用舱后，他说：

“这儿，来这儿。”

他进来了，比尔跟在他身后。但赶到他们进来之前，我又爬到上铺，唉，真后悔进来，被他们堵在这儿。他们站在那，手搭在床铺沿说话。虽然看不见他们，但我闻着他们身上的威士忌酒味也知道他们在哪。我庆幸自己没喝威士忌，但其实也没啥影响，他们也不会逮到我，因为我屏住呼吸了。但说实话，我害怕急了，再说了，谁听到这样的对话都喘不过来气。他们急促地小声谈着，比尔想杀了特纳。他说：

“他说他会说出去的，他肯定会说出去的。现在我们跟他吵了一架，还那样对他，就算把我们那份给他，也于事无补。他肯定会把我们供出来。你现在就听我的，杀了他万事大吉。”

“我也是这么想的。”帕卡德缓缓地说。

“靠，一开始我还以为你不是这么想的呢。嗯，行。我们动手吧。”

“等一下。我还没说完呢。一枪崩了他固然很好，但如果非杀不可的话，还有其他更掩人耳目的方法。我的意思是，如果能在不冒任何风险的情况下搞定现在的问题，就犯不着到法庭要求处以绞刑。你说是吧？”

“嗯，有道理。那你说这该怎么办？”

“听好了，我的主意是，咱们四处转转，看看还有什么东西落在特等舱里，然后把东西收好藏在岸上，我们在那等着就行了。这破船两个钟头之内就会垮掉，然后被水冲走。喏，到时他就会被淹死，也怨不得别人，只能怪他自己。这比直接杀了他好多了。只要能想到其他法子，我就不赞成杀人，不明智，也不道德。你说对吧？”

“是，你说得对。但万一船垮不了，也冲不走呢？”

“嗯，我们就先等两个钟头看看再说，行吧？”

“好，那我们走吧。”

于是他们出去了。我浑身冒冷汗，急急忙忙往前溜。那儿一片漆黑，伸手不见五指，我压低声音喊：“吉姆！”他呜呜地应了一声，就在我胳膊肘旁边，我说：

“吉姆，快，没时间闲逛和呜呜了，他们是一帮杀人犯，要是我们不找到他们的船，把它解开顺水漂下去，让他们逃不出这艘破船，他们中就有人倒霉了。但是，如果我们能找到他们的船，那他们个个都倒霉，因为治安官会逮到他们。快——快！我去找左舷，你去找右舷。你先从木筏开始，然后——”

“哦，天哪，我的天哪！木筏呢？木筏不见了，绳子断了，漂走了！——我们跑不了啦！”

第十三章

我大喘一口气，几乎昏了过去。真是倒霉到家了，竟然跟那帮人困在这艘破船上！可现在不是发牢骚的时候，得尽快找回那条船——为了我们自己用。于是，我们战战栗栗地从右舷走下去——非常慢，像是一个星期才能走到船尾。可依然没有船的影子。吉姆说他一点儿也走不动了——吓得浑身无力。我让他再坚持一下，要是困在这破船上，就完蛋了。于是，我们继续往前摸，到了最高甲板舱的船尾，又一口气爬上天窗，从一个百叶窗移到另一个，因为天窗已经淹在水下了。快到过道门口的时候，我们发现那条小船，千真万确！勉强能看见它，真是谢天谢地。本来我可以立马跳上小舟的，但就在这时，门开了。一个人伸出头，离我只有两英尺左右，我以为这下真要完蛋了，但他又缩了回去，说：

“比尔，把那该死的灯扔一边去。”

他往小船上扔了一包东西，然后上船坐了下来，原来是杰克·帕卡德。接着，比尔也走过来，上了船。帕卡德低声说：

“预备——走了！”

我没多少力气，手快扒不住百叶窗了。这时，比尔说：

“等一等——你搜过他全身吗？”

“没，你呢？”

“我也没。这么说来，他那份钱还在他身上。”

“那么，走吧——拿了东西，却把钱留下，这可不值得。”

“你说——他会不会怀疑咱俩打什么主意啊？”

“或许不会。但无论如何，我们都得把钱拿到手。走吧。”

于是，他们走出去，进了那艘船。

船倾斜着的那一侧的门砰的一声关上了。我立马跳到小船上，吉姆在后面跌跌撞撞地跟着。我拿出小刀，割断绳子，撑着小船就走了。

我们没有划桨，没有说话，也没有耳语，甚至不敢大声喘气，就只是顺水径直飞快往下漂，没出一丝声响，很快就过了明轮壳和船尾，不一会儿离那艘船就有一百码远了，黑夜完全吞噬了它，不留一点儿影子，这下我们脱险了。

到了下游三四百码的时候，我们回头看着挂在最高甲板舱门口的灯，灯光像小火星一样。那两个坏蛋找不到他们的船后，肯定落得和吉姆·特纳一样的下场。

然后，吉姆开始划桨找我们的木筏。这是我第一次为那些人担心——以前从未有过。在我看来，即使是杀人犯，落得那种境地也够悲惨的，指不定哪天自己也会变成杀人犯，到那时候自己会怎么想？于是，我对吉姆说：

“见到灯光的时候，我们就在它下游或上游一百码的地方靠岸，你和小船藏在隐蔽的地方，我去拿些绳子，叫人去把他们救出来，等有机会了，再送他们上绞刑架。”

但是，我这个想法夭折了，因为很快就又来了一场暴风雨，比原先一场更大。雨下个不停，看不到一点儿灯光，估计大家现在都在睡觉。我们顺着河水往下游漂，边寻找灯光，边找我们的木筏。过了很久，雨才停下来，但依然乌云密布，电闪雷鸣。过不久，一道闪电劈来，照亮漂在我们前面的一个黑糊糊的东西，我们冲它划过去。

原来是我们的木筏，能再登上它，我们高兴极了。这时，我们看到一道光，就在岸上靠近右边的地方。于是，我说我们就去那儿。小船一半的地方堆得都是那帮坏蛋从破船上偷来的东西。我赶紧把它们堆在木筏上，然后让吉姆顺水漂下去，告诉他等差不多漂了两英里远的时候，点上一盏灯，一直亮到我回来；接着，我就操起桨，朝着灯光处划去，一路上又在山坡上看到三四盏灯。原来是个村子。我向岸上的灯光处靠近，放下桨，漂过去。靠近一看，原来是盏挂在一艘双层渡船旗杆上的灯。我环顾下四周，看看守夜人睡在哪儿，他睡在系缆桩旁，头埋在两膝盖中间。我推了推两三下他的肩膀，然后哭了起来。

他猛地惊醒了，一看是我，他打个哈欠，伸个懒腰，然后说：

“嗨，怎么了？别哭，孩子，出了什么事？”

我说：

“爸爸，妈妈，姐姐，和——”

然后我说不下去了。他说：

“唉，该死。别哭得这么伤心，谁不有个三长两短呀，一切都会好的。他们怎么了？”

“他们——他们——你是这艘船的守夜人吗？”

“是的，”他颇有几分自豪的味道说，“我是船长和船主，是大副，引航员，是守夜人，还是水手，有时还权当货物和乘客。我虽然没有老吉姆·赫尔贝克有钱，不像他对汤姆、迪克和哈瑞那么大方，也不像他那样出手阔绰，但我跟他说过好多次了，我不会跟他调换职位，因为我要当一辈子的水手。要我住在小镇外两英里那个鸟不拉屎的地方，我他妈的才不去呢，给再多钱我也不去。我说——”

我打断他，说：

“他们摊上大事了，而且——”

“你说谁？”

“老爸，老妈，姐姐，还有胡可小姐。要是你肯把船开到那边去——”

“哪边？他们在哪？”

“在破船上。”

“什么破船？”

“不是只有一艘破船吗？”

“你指的是瓦尔特·斯科特号吗？”

“嗯，是的。”

“哦，天哪！他们去那儿干吗？”

“呃，他们不是故意上去的。”

“我猜他们也不敢。天哪，如果不赶紧离开，就没命了！他们到底怎么沦落到这般困境的？”

“这个简单。胡可小姐要去镇子上走亲戚。”

“嗯，布斯渡口——你接着说。”

“她到布斯渡口那边走亲戚，天刚蒙蒙黑的时候，她带着黑人女佣，搭一条运马匹的渡船过河，准备去朋友家过夜，她朋友的名字我倒记不得了。但他们的掌舵桨掉河里了，船尾朝前跌跌撞撞地顺水往下漂了两英里，最后一头撞到瓦尔特·斯科特号上，船家、黑人女佣和马匹都被冲走了，只有胡可小姐一把抓住，然后上了那艘破船。天黑后的一个钟头，我们搭着那艘做生意用的敞舱驳船开过来，外面一片漆黑，等撞到那艘破船后，我们才发觉，这下我们也撞翻了。除了比尔·惠普尔——天底下最好的人，其他人都得救了，我要是能替他去死就好了。”

“天哪！这是我听到的最惨的事了。你们后来怎么了？”

“我们大声呼喊救命，但河面很宽，没人听得到。老爸说派人上岸找人帮忙。里面就我一个人会游泳，我说我去，胡可小姐说要是找不到人帮忙，就到这儿找她叔叔，她叔叔会想办法救我们。我在下游一英里处上了岸，求他们帮帮忙，但他们说‘什么？天这么黑，水这么急，我们帮不了忙，你去找轮渡吧’。要是你愿意去的话——”

“好，我去，我不去才怪哩，可是谁付出船费？你爸爸吗？”

“嗯，那不要紧。胡可小姐还特别嘱咐我，说她叔叔赫尔贝克——”

“啊！他是她叔叔？听着，你快去那个有灯光的地方，到了再往西拐，大约走四分之一英里后就到一家酒馆，让他们带你去吉姆·赫尔贝克家，他会付出船费。别磨蹭，因为他肯定想知道这个消息。告诉他，我会在他到镇子之前，把他侄女平安送回来。你快去，我去街角把轮机员喊醒。”

我向灯光处奔去，等他一拐过街角，我就折了回来，上了我的小船，把船里的水往外舀，然后在六百码远的静水区靠了岸，自己藏在几个木船中间。只要看不到轮渡出发，我就安不下心。不过，总的来说，只要能救那伙人，再麻烦我也心甘情愿，毕竟能做到这一步的人也不多。要是能让寡妇知道就好了，她肯定为我能救这帮坏蛋而自豪，因为寡妇和卫道士最爱过问坏蛋和二流子的事了。

不一会儿，那艘破船就漂下来了，一股黑压压、灰蒙蒙的气势。我浑身上下一阵哆嗦，然后赶了过去。船体大部分都在水面以下，一眼看上去，船上的人没有生还的机会。我围着它转了几圈，使劲喊了几声，但都没回应，依然死一般安静。一想到那伙人，我心情就很沉重，但也不是太难过，他们能受得了，我还受不了吗？

之后轮渡就开来了，于是我顺着水流向河中央划去，等人家看不到我的时候，才放下桨往回看。为了找胡可小姐的遗物，轮渡围着那艘破船绕了一圈又一圈，因为船长知道她的叔叔赫尔贝克想要它。但不一会儿，这轮渡就放弃找寻，朝岸边开去了。于是，我撑其船，嗖嗖地往下游划去。

感觉像过了好长一段时间才看到吉姆的灯，看上去像是在一千英里开外。等划到那地方，东方已经露出一抹鱼肚白。于是，我们划向一座小岛，然后把木筏藏好，又把小船沉在水里，再去睡觉，一觉睡得像死猪一样。

残枝败絮的声音。不一会儿，又听不到滩头传来的声音了，我只得到处寻找，这比找鬼火难多了。你还从来没听过这么一个躲来躲去的声音，还不停地变换位置。

有那么四五次，我不得不用手撑着，以防撞到河边的小岛，我觉得木筏肯定会时不时地撞到岸边，要不然早就漂走，听不见了——它漂得比我快多了。

最后，我好像到了一片开阔的水域，可是听不到一点儿叫喊声。吉姆有可能撞到礁石上了，这可完了。我累极了，躺在小舟子里，心想再也不用操这些事的心了。我当然不想睡，但实在是困得不行，心想打个盹儿就好。

不过，这个盹儿打得够长，一觉醒来后，天上的星星闪闪的，大雾也消散了，船尾顺着大河湾往前漂去。我不知道自己这是在哪，还以为是在做梦，脑子回想起的事情都好像发生在上个星期。

这是条很大的河，两边是又高又粗的树木，星光下，一眼望去就像是道坚固的城墙。我抬头往下游看，只见水中有一个黑点。我追了上去，等捞上来一看，才发现是两根捆在一块的圆木。随后，又看到一个黑点，追了过去；然后又是一个，这次我可没看错，正是那个木筏。

我走了过去，发现吉姆坐在那儿睡着了，头埋在膝盖中间，右胳膊搭在掌舵桨上。另外一支桨已经完全断了，木筏上遍地都是树叶、树枝和泥巴，看来此前它经历了千难万阻。

我拴好小舟子，躺在吉姆旁边，打了个哈欠，然后用拳头捅了捅吉姆说：

“喂，吉姆，我是不是睡着了？你咋不喊醒我？”

“我的天哪，是你吗，哈克？你没死——你没被淹死——你又回来了？真不可思议了，孩子，真不可思议。让我看看你，孩子，让我摸摸你。没，你没死！你又回来了，活蹦乱跳地回来了，还是那个哈克——还是那个哈克，谢天谢地！”

“吉姆，你怎么了？喝醉了？”

“喝醉了？我喝醉了吗？我还有时间去喝酒吗？”

“那你说话怎么一惊一乍的？”

“怎么一惊一乍的了？”

“怎么一惊一乍的了？你刚才不是说我回来了嘛，好像我离开了一样。”

“哈克——哈克·费恩，你看着我的眼睛，看着我的眼睛。你没离开吗？”

“离开？你到底说什么啊？我哪都没去啊。我能去哪？”

“听着，伙计，肯定有点儿不对劲儿。我还是我，要不然会是谁呢？我还是在这儿，要不然会在哪呢？这我可要弄个清楚。”

“你是在这儿，这是千真万确的。但是，吉姆，我觉得你是个脑子生锈的傻瓜。”

“我是个傻瓜吗？你告诉我。你有没有拿着小舟子里的绳子去到滩头上靠岸？”

“没有，滩头是啥子？我可没见过。”

“你没见过滩头？听着——绳子松了，木筏顺着漂下来，你呢，还待在雾里的小舟子里，这些你都忘了吗？”

“什么雾啊？”

“就是那场弥漫了整晚的雾。咱们俩还不停地喊，最后在一个小岛附近迷路了，你和我都走失了，谁也不知道自己在哪，这些你都忘了吗？我一个人在小岛周围转来转去，吓个半死，还差点儿被淹死了。不是这样的吗，伙计？——不是这样的吗？你说啊！”

“吉姆，我听得有点儿晕。我没看见什么大雾，也没看见小岛，更没碰到什么危险，啥都没看见。晚上我一直坐着跟你聊天，大约十分钟之前你睡着了，我差不多也睡着了。这么短的时间你肯定没喝酒，看来你是做梦了。”

“净瞎扯，十分钟怎么能做这么多的梦？”

“算了，甭管它了，你准做梦了，因为你说的全都不存在。”

“但是，哈克，我明明记得很清楚——”

“有多清楚这没关系，啥都没发生。这我知道，因为我一直在这儿。”

大约有那么五分钟，吉姆一声不吭地坐在那儿仔细想着，然后说：

“好吧，哈克，是我做梦了。真是该死，这是我这辈子做得最恐怖的一场梦了，以前没哪场梦能把我累成这样。”

“嗯，好了，这就对了，有时做梦真能把人累得半死。不过，你这场梦倒也蛮特别的——说给我听听吧，吉姆。”

于是，吉姆从头到尾都跟我说了一遍，不过中间也有所夸张。接着，他说他得重新开始，再解释一番，因为它是个警告。他说第一个滩头象征一个想帮助我们的人，水流代表着想把我们从那个人身边带走的人，叫喊声是隔三岔五给我们的警报，如果我们不尽力弄清叫声的含义，就会带来厄运，而不是教我们如何躲开。那些滩头就是那些跟我们吵吵闹闹的人和各种卑鄙小人制造的麻烦，但只要我们不多管闲事，不跟他们说话，不惹恼他们，就能渡过难关，从大雾中逃到自由州开阔干净的河流里，到时就啥麻烦都没了。

我刚到木筏那会儿，天还很黑，但现在又明亮起来了。

“嗯，好，吉姆，你解释得很好。”我说，“但这些东西又是代表啥？”

我指的是木筏上的树叶和垃圾，还有折断了的桨。一眼就能看到它们。

吉姆看看垃圾，又看看我，回头又看看垃圾。梦已经深深刻在脑子里，一时还摆脱不了，还不能跟实实在在的东西联系在一块。待他捋清思绪，他直直地看着我，脸上没有一丝笑意，说：

“他们代表啥？让我来告诉你吧。我一边划桨，一边还得叫你，实在很累，后来就睡着了。你走散后，我心里很难过，也不知道自己和木筏会怎样。醒来后，发现你平平安安地回来了，我忍不住哭了，恨不得跪下来亲亲你的脚，真是谢天谢地。可是，你满脑子想的却是如何说谎来戏弄我这个老吉姆。那些东西都是垃圾，垃圾就是扣在人头上，让他们丢人现眼的东西。”

然后，他慢慢站了起来，一声不吭地向棚屋走去。不过，那也够我受的了，我觉得自己很卑鄙，恨不得亲他的脚，让他收回刚才说的话。

十五分钟后，我才鼓起勇气向一个黑奴道歉——我确实道歉了，之后便不内疚了。我再也不戏弄他了，要是知道让他这么难过，我才不会那么做。

第十六章

我们几乎睡了一整天，到了晚上才出发，跟在一个很长的木筏后面，长得就像一支游行队伍。木筏四个角各有四支长桨，很可能上面拉了三十个人。木筏上五个隔得很开的大棚屋中间是一堆露天篝火，四个角各自竖着一根很高的旗杆，看起来有模有样的。要是能在这个木筏上当个掌舵人，那可真了不得。

我们漂到一个大河湾，到了晚上，乌云密布，天气闷热。河面很宽，两岸的参天树木好像一堵城墙，几乎看不到一丁点儿缝隙，更不用说光线了。我和吉姆聊到开罗，不知道到了以后能不能认出来。我说很有可能认不出来，因为我听说那儿只有几间房屋而已，要是他们都不点灯，我们经过时怎么能认出来呢？吉姆说如果两条河流在那儿交汇的话，就可以看到了。但是我说，或许我们觉得自己在经过一个岛脚，最后又回到原先那条河流。吉姆一听，就坐不住了——其实，我也一样。问题是，到底该咋办呢？我说，要不找个有灯光的地方靠上岸，跟人家说老爸是第一次出门做生意，在后面一个商船里，想问下离开罗还有多远。吉姆觉得这主意不错，于是我们一边抽着烟，一边耐心等着。

这会儿，我们只能睁大眼睛，免得那个镇子从眼皮底下溜走。吉姆说他肯定能看到，因为到时他就自由了，但是一旦错过了，就只能回到蓄奴区，再也没有自由的希望了。他每隔一会儿就跳起来说：

“就在那儿。”

可惜不是鬼火，就是萤火虫。于是他又坐那儿，干脆使劲儿盯着。吉姆说他一想到快重获自由，就浑身打战，兴奋不已。说实在的，听他这么一说，我也浑身打战，很兴奋，因为我在想他是快自由了——可这一切又是怨谁呢？怨我。良心上我过意不去，折磨得我坐立不安。以前我还没有弄明白自己干了啥事情，但现在搞清楚了，甩也甩不掉，一点一滴地折磨着我。我试着不去怪自己，毕竟我没有让吉姆从他合法的主人手里逃走，但这不顶用，每次良心就会说："你知道他要逃向自由，你本可以靠上岸，然后告诉其他人。"确实是这样——这一点我无法否认，问题就在这儿。良心对我说："可怜的沃森小姐哪一点儿对不起你了，你竟然一声不吭看着她的黑奴从眼皮底下逃走？沃森小姐哪一点儿对不起你了，你竟然对她如此刻薄？到底为什么？她供你读书，教你怎么做人，千方百计地对你好。她待你不薄啊。"

我觉得自己很卑鄙、很下贱，真想一死了之。我在木筏上一边来来回回烦躁不安地走着，一边暗自骂自己，吉姆也在我面前来来回回烦躁不安地走着。我们俩谁也安静不下来。每次他跳过来说"到开罗了"我就像吃了枪子，如果真是开罗，我不难受死才怪。

我自言自语的时候，吉姆一直在大声说话。他说等到了自由州，第一件要做的事情就是把每一笔钱都省下来，不乱花一分钱，攒够钱以后就去沃森小姐家旁的那个农场，把老婆赎回来，然后两口子再努力工作赎回他们的孩子，要是主人不肯卖的话，就请一个废奴派把孩子偷过来。

我听得目瞪口呆，他以前从不敢讲这样的话。看吧，他一知道自己快自由了，这变化多大。正如俗语所言：黑鬼贪得无厌，得寸进尺。我想，这都是我不动脑子的结果。这就是我帮着逃出来的黑奴，现在居然直接说要偷他的孩子——我并不认识孩子的主人，跟我也没啥过节。

听到吉姆说这话，我心里挺难过的，他这是自作孽。良心把我搞得比先前更难受了，最后我对它说："放过我吧——这还不迟——我一看见灯光就靠岸，然后告发他。"说完，我就自在、舒坦多了，身子轻得像根羽毛似的，所有的烦恼都随之烟消云散了。我睁大眼睛找灯光，嘴里哼着小曲。不一会儿，出现一道灯光。吉姆高兴得大声叫了起来：

“哈克，我们安全了，我们安全了！跳起来跺跺脚吧，这就是我们要找的开罗，就是它了！”

“吉姆，我划小舟子过去看看，有可能不是开罗。”我说。

他跳了起来，准备好小舟子，还把他的旧大衣铺在船底给我坐，然后递给我一支桨。我刚要撑走的时候，他说：

“过不久，我就可以开心地大声喊叫了，这都是哈克的功劳，是他让我成为一个自由人。如果没有哈克，我就不会有自由，是哈克解放了我。哈克，吉姆我不会忘记你的恩情的，你是我最好的朋友，也是我现在唯一的朋友。”

我刚划动小舟子，急得大汗淋漓地要去告发他，但听他这么一说，我感觉像泄了气的皮球。我慢吞吞地往前划，不确定此时此刻自己是高兴还是难过。划得有五十码远的时候，吉姆说：

“真诚的老哈克，你就这么去了。你是唯一一个对老吉姆说话算数的白人。”

我听得难受极了。但是我心想自己非得告发他不可，除此之外，别无他法。就在这时，来了一艘小艇，上面坐了两个人，手里拿着枪，见他们停了下来，我也停了下来。其中一个人说：

“那边是啥？”

“一个木筏。”我回答。

“是你的吗？”

“是我的，先生。”

“上面有人吗？”

“有一个人，先生。”

“嗯，今晚五个黑奴从河湾上头逃跑了。那个人是白人还是黑人？”

我没有立马回答。我倒是想说，但话到嘴边又咽回去了。我又试了一两秒钟，心想鼓起勇气说出来得了，但我没有那个胆量——连兔子都不如。我越来越没有底气，索性不挣扎了，便说：

“是个白人。”

“我们还是亲自看看为好。”

“也是，”我说，“那是我老爸，你们或许可以帮我把木筏拖到岸边有灯光的地方。老爸生病了——老妈和玛丽·安也病了。”

“哦，真扫兴！孩子，我们还有急事。不过，我们还是去帮下他吧。来吧——使劲儿划桨，一起使劲儿。”

我使劲儿划桨，他们俩也用他们的桨划着。刚划了一两下，我就说：

“老爸肯定打心里感谢你们。先前我找人帮忙把木筏拉上岸，他们都离得远远的，我一个人又拉不动。”

“嗯，真够没良心的，也有点儿奇怪。对了，孩子，你爸爸怎么了？”

“他——也没怎么了。”

他们停了下来。这时，离木筏已经不远了。其中一个人说：

“孩子，你撒谎。你老爸怎么了？快给我说清楚，这对你才有好处。”

“好的，先生，我老老实实地说——但求你不要扔下我们不管。老爸他——先生，只要你们一直往前划，我把绳子扔给你们，你们就用不着到木筏跟前——求求你们了。”

“约翰，把船划回去，把船划回去！”其中一个人说。于是，他们就往回划了。“走开，孩子——快到下风处。真是该死，这风怕是要往我们这边吹。你爸得的是天花，你明明知道得很清楚。为什么不说出来？你是想让大家都传染上吗？”

“呃，”我哭着说，“我之前告诉过每一个人，可他们扭头就走，扔下我们不管。”

“真可怜，说得蛮在理的。我们替你感到难过，但是我们——得了，直说了吧，我们可不想感染上天花。听着，我跟你说应该怎么办。你别一个人死撑着要靠岸，否则一切都完了。你就往下游漂二十英里，然后到河流左岸的一个镇子上。到那时，太阳早就出来了，找人帮忙的时候，你跟他们说家人得了伤寒。可别傻了吧唧地让人家胡乱猜了。我们这是好心帮你，所以你要离开我们二十英里远，这才是个好孩子。在灯光那儿靠岸并不好——那就只是个林场。我猜你老爸应该也很穷，真够可怜的，我在木板上撂二十块钱金币，等漂过去了，你就拿着。把你扔下不管，我也怪没良心的，可是，我的天哪！天花也不是闹着玩的，你不知道吗？”

“帕克，等一下，”另一个人说，“这二十块钱你也替我放那儿。孩子，再见，你就照着帕克说的做，一切都会没事的。”

“是的，孩子——再见，再见。你要是看见逃跑的黑奴了，就抓住他们，能大赚一笔呢。”

“先生，再见，”我说，“要是能抓住，我肯定不会让他们溜走的。”

他们走之后，我回来木筏上，心里很难受，很低落，因为我知道自己做了错事，即使自己想走正路也不顶用。一个人要是打小不正混，长大以后也没什么大出息——面临困境时，他没有支撑自己继续努力的东西，终究落得一败涂地的地步。我想了一会儿，对自己说，等等——就算把吉姆交出来，也会比现在好过吗？不，我肯定很难过——像现在一样难过。走正路麻烦上身，做错事惹不了麻烦，而两者的代价是一样的，那走正路还有什么用呢？一时我卡住了，回答不上来。所以，我还是不操这份心为好，以后遇到事了，怎么方便怎么做。

我走进棚屋。吉姆并不在，我四处看了下，还是找不到他。我说：

“吉姆！”

“哈克，我在这儿。他们走了吗？你小点儿声。”

他躲在木筏后面桨底下的水里，露出一个鼻子。我说他们都走远了，他这才上了木筏。他说：

“我一直在听你们的谈话，然后躲在水里，要是他们到木筏上，我就游到岸上。等他们走了，我再游回来。但是，哈克，你可真会骗他们！这一招真绝！孩子，你救了老吉姆——我一辈子也忘不了你的恩情。”

后来，我们聊到那笔钱。这一下赚得可不少，每人足足二十块呢。吉姆说我们可以买票坐轮船的甲板舱，这笔钱足够我们坐到自由州任何地方。他说，对于木筏来说，二十英里并不远，但他巴不得我们现在就在那儿。

天快亮时，我们靠了岸，为了把木筏藏好，吉姆废了好大一番周折。

他一整天都在忙着捆东西，把一切都准备好，等着离开木筏。

那天晚上十点左右的时候，我们看见从左手河湾下游的镇子上传来的灯光。

我划着小舟走了过去，打算问一问。过不久，我就发现水面船里的一个人，他正在放钓鱼线。我划过去问道：

“先生，请问那是开罗镇吗？”

“开罗？不是的。你可真是个大傻瓜。”

“先生，那是哪个镇呢？”

“你要是想知道，就自己过去看看。要是再烦我半分钟，就有你好受的。”

我划回木筏处。吉姆很失落，我说没关系的，可能下一个地方就是开罗了。

天亮之前，我们又经过一个镇子，我本想再划过去的，但那儿地势高，就没过去了。吉姆说开罗周围地势不高。我倒是把这茬儿给忘了。我们俩坐在左手边岸上的一个滩头上打发时间，俩人一肚子问题。我说：

“起大雾那晚我们可能错过了开罗。”

“哈克，别说这个了。我这个可怜的黑奴运气不好，我一直怀疑响尾蛇皮的事还没过去。”

“吉姆，要是我没看到那个蛇皮就好了——我真不应该瞟它一眼。”

“哈克，错不在你，一开始你也不知道。别自责了。”

天一亮，我们就发现岸这边的的确确是清澈的俄亥俄州河水，外边是那条泥浆河（指密西西比河）。看来我们确实是错过开罗镇了。

我们俩掏心窝子谈了谈。沿着岸边走回去肯定不行，逆流划着木筏往上游去当然也不行。只有等到天黑，再坐小舟子里往回去试试运气。于是，我们在棉木林睡了一天，打算恢复力气再干活，不料等天快黑了，去木筏那一看，小舟子却不见了。

我们好大一会儿都说不出话来，更没什么要说的，还是响尾蛇皮作的怪，多说又有什么用呢？只能说明我们在找碴儿，只会招致更多的霉运——而且还源源不断地来，多到我们乖乖闭上嘴。

过了一会儿，我们商量着应该怎么办，最后发现只得划着木筏往下漂，直到找个机会买一艘小舟子，然后再赶回来。我们才不学老爸趁着四下没人“借”一艘过来，那样只会招来人追我们。

天黑以后，我们坐在木筏上往前走。

看到响尾蛇皮给我们带来的一切，起初那些不相信蛇皮是碰不得的人现在就会信了，如果他们接着往下读，还会知道更多。

能买到小舟子的地方离岸边的木筏不远。可是我们看不到有木筏停在岸边，便沿着岸边走了三个多钟头。夜色灰蒙阴沉，除了大雾天就数这种天气最令人讨厌了，既看不到河流，也看不到前面有多远。夜渐渐地深了，一片寂静，这时来了一艘上行轮船。我们赶紧点上灯，这样它就能看见我们了。一般来说，上水轮船不会向我们靠近，它们驶出去，沿着沙洲寻找水流平缓的河道。但是在这样的夜里，它们只得逆流往河流上游走。

轮船轰轰隆隆的声音一直回响在我们耳旁，但直到开过来才看清船的模样。轮船是朝着我们开来的。他们经常这样干，就是为了看看能靠多近，而且还不会撞到。有时船轮撞断桨，领航员就伸出头大声发笑，觉得自己很了不起。喏，它来了，眼看就刮到我们的胡子了，但还没一点儿停下的意思。这是一艘大型轮船，速度还挺快，看起来就像一团四周围着萤火虫的黑云。突然间，它变得很大，令人不寒而栗，一排敞开的锅炉门看起来像血红的牙齿，巨型的船头和防护装置向我们压来。有人朝我们喊了一声，接着响起停止发动机的铃声，还有一阵咒骂声和蒸汽声——就当我和吉姆从木筏两侧跳进水时，它直直地把木筏撞碎。

我一头扎进水里——想潜到河底获得更多空间，因为那三十英尺的轮船就在我头顶。一般来说，我能在水里待上一分钟，这一次估计可以待一分钟半。之后我迅速蹿到水面，再不出来，肺都要憋炸了。我露出头，从鼻孔往外喷水，又吐了几口水。水流很急很急，不用说，这是轮船停了十秒后又发动引擎了，他们才不关心筏夫的死活。它又往上游去了，虽然能听到它的声音，但最终还是消失在漆黑的夜里。

我喊了十几声吉姆，但没有一丝回应。“踩水”的时候我碰到一个厚木板，便抓住它往岸边游去。但我注意到水流流向我左手边的那岸，也就是说我在一个横渡口，所以就朝那边游去。

那是一个长达两英里的斜渡口，我花了好长一段时间才游过去。我安全地上了岸。眼前除了几条小路之外啥也看不见，我沿着这坑坑洼洼的地面慢慢走了四分之一英里多，不知不觉来到一栋很大的两层老式木屋跟前。我本想直接快点走过去，但突然蹿出来几条狗，冲我叫个不停，我还是站着不动为好。

第十七章

大约过了半分钟，有个人往窗外说话，但头没有伸出来，他说：

“孩子们，准备好！外面是谁？”

“是我。”我说。

“谁呀？”

“先生，我是乔治·杰克逊。”

“有啥事？”

“没啥事。我就是打这儿路过，但这几条狗不让我过去。”

“都这么晚了，你鬼鬼祟祟地来这儿干吗？——嗯？”

“先生，我没有鬼鬼祟祟的，我从轮船上落到水里了。”

“哦，你落水了，是吗？来，来人把蜡烛给我点开。你刚才说你叫什么来着？”

“乔治·杰克逊，我只是个小孩。”

“听着，如果你没撒谎，就没必要害怕——没人会伤害你。你站着别动，就站那儿。来人，去把鲍勃、汤姆叫来，拿着枪。乔治·杰克逊，还有人跟你一块吗？”

“没有了，先生。”

我听到屋里走动的声响，还有烛光。那人大声说：

“贝琪，你这个傻子，把蜡烛拿过去——你没脑子吗？把它放在前门后面的地上。鲍勃，如果你跟汤姆准备好了，就各就各位。”

“准备好了。”

“好，乔治 · 杰克逊，你认识谢佛逊一家人吗？”

“不认识，压根没听过。”

“嗯，你说的可能是实话，也可能不是。好了，准备好。乔治 · 杰克逊，你走上来。注意了，别走太快——慢慢走过来。要是你旁边有人，就让他退后——他要是走过来，我就一枪崩了他。过来吧，慢慢走过来，自己把门推开——推开一点，能挤进来就行，听见没？”

我走得并不急，就是想也不行啊。我一步一步地走过去，四下没有一点儿声音，都能听到自己的心跳声了。那几条狗和人一样也安静下来，但还是跟在我后面。我一直走到三级木质门阶前，听到他们开锁、移动门闩、拔开门闩的声。我把手放在门上，一点点推，直到有人说“好，可以了——把头伸进来”。我照他说的做了，可又担心他们会摘掉我的脑袋。

地上放着蜡烛，他们全都在那儿，我们足足瞅了对方二十多秒。三个大人拿枪指着我，吓得我腿都软了。那个年龄最大、头发花白的大概有六十岁，其他两个有三十多岁——他们长得既壮又帅，还有一位满头白发、和蔼可亲的老太太，她身后站着两个年轻的女人，看得不是很清楚。那位老先生说：

“嗯——看来没事了，进来吧。”

我一进屋，那个老先生就锁上门，插上门闩，然后让那两个年轻人拿着枪走进来，他们走进一间铺着碎呢地毯的大客厅，站在离窗户很远的角落里——屋里那边没一扇窗户。他们拿起蜡烛，好好打量我一番，然后说他不是谢佛逊家的人—— 一点儿都不像。随后，那个老先生说要搜我的身，看看有没有武器，希望我不介意，他并没有恶意——只是想确认一下。他没有搜我的口袋，只是用手在外面摸一下，然后说没有问题。他让我放松点儿，就像在自己家一样，再讲讲自己的事，但是那个老太太说：

“天哪，索尔，这个可怜的小家伙全身都湿透了，你不觉得他饿了吗？”

“你说得对，雷切尔——我把这给忘了。”

于是，老太太说：

“贝琪（一个女黑奴），你快去给他拿些吃的，越快越好，这小家伙怪可怜的，你们两个女孩谁去把巴克叫醒，告诉他——哦，巴克在这儿。巴克，把这个小家伙带过去，脱掉他身上的湿衣服，把你的干衣服找出来给他换上。”

虽然个子比我大，但巴克看起来年龄跟我相仿——差不多十三四岁。他只穿了一件衬衫，头发乱糟糟的，打着哈欠，揉着眼睛走了过来，手里还拖着一杆枪。他说：

“谢佛逊家的人没来吗？”

他们说没有，只是虚惊一场。

“嗯，”他说，“要是他们过来，我准能抓住一个。”

他们都笑了，鲍勃说：

“巴克，这可不一定，像你这么慢悠悠的，他们说不定会剥了我们呢。”

“唉，没人叫我，这可不行，我老是逮不着露一手的机会。”

“巴克，你别介意。”老先生说，“会有机会的，别苦恼了。去吧，听你妈妈的话。”

我们到了楼上他的房间，他给我拿一件粗布衬衣，一件短夹克和一条裤子，我就穿上了。我穿衣服的时候，他问我叫什么名字，可我之前已经告诉他了，然后他就开始跟我说他前天在树林里捉到的蓝雀和兔子，还问我蜡烛熄灭的时候，摩斯在哪儿。我说我不知道，以前从来没有听过这个。

“那你猜猜。”他说。

“我听都没听过，怎么猜呢？”我说。

“可是，你完全可以猜啊，不是吗？很容易的。”

“哪一根蜡烛？”我问。

“哪一根都行。”他说。

“我不知道他在哪，”我说，“在哪呢？”

“他在黑暗中！就在那儿！”

“你明明知道他在哪儿，怎么还问我？”

“唉，你也真是的，看不出来这是个谜语吗？对了，你要在这儿待多久？你可要一直待在这儿。这样我们就可以玩个痛快了——现在不用上学。你有小狗吗？我有一个——它能下水把你扔的碎片给衔回来。星期天的时候你喜欢像个傻子一样，把头梳得油光铮亮的吗？我可不喜欢，但老妈非这样要求我。虽然我很不情愿，而且外面很热，但我还是穿上这旧裤子吧。你好了吗？嗯——走吧，伙计。”

凉玉米饼、冷咸牛肉、黄油和脱脂牛奶——这就是他们为我准备的，我还没见过比这更丰盛的。除了那个退下去的女黑奴和两个年轻的女人，巴克、他妈妈以及其他人都抽玉米芯烟斗。他们一边抽烟，一边说话，我也一边吃，一边说。两个年轻的女人身上披着棉毯，头发垂在背后。他们问了我许多问题，我跟他们说我们一家人住在阿肯色州南边一个小农场里，姐姐玛丽·安离家出走跟别人私奔了，杳无音讯；比尔出去找他们，可最后他也没了下落，汤姆和莫特也死了，只剩下我和老爸两个人。老爸疾病缠身，骨瘦如柴。农场不是我们的，老爸死后，我就带着留下的东西，买了张统舱票到上游去，不曾想却落到水里，结果就来到这儿了。他们说，只要我愿意，想住多久就住多久。此时，天已经快亮了，大家都去睡觉了，我和巴克也去睡觉了，但要命的是等我一觉醒来却忘了我说自己叫什么了。于是，我坐那儿想了一个小时，等巴克醒了，我说：

“巴克，你会拼读吗？”

“会呀。”他说。

“我敢打赌你拼不出我的名字。”我说。

“我打赌，我会。”他说。

“那好，”我说，“拼吧。”

“G-o-r-g-e，J-a-x-o-n——齐了。”他说。

“原来你会啊，我还以为你不会呢。”我说，“这名字不难拼，不用想就能拼出来。”

我偷偷把它记下来，接下来可能有人会让我拼自己的名字，我要记得滚瓜烂熟的。

这一家子待人很友好，房子也很大。我还没在哪地方看到如此漂亮、气派的房子。房子大门那儿既没有铁门闩，也没有系着鹿皮绳的木门闩，用的是跟城里一模一样的黄铜把手。客厅没有床，不过城里的客厅没放床。屋里还有一个底座是用砖头砌成的壁炉，因为冲水和用其他砖块擦洗的缘故，砖头上一尘不染，通体发红。他们有时也学着城里人那样用红色水彩漆（他们管它叫西班牙棕色漆）把砖头刷一遍。还有一个能够容得下锯木的大铜架。壁炉架正中间放着一座钟，钟面玻璃下方喷着一幅城市的画，中间一个圆圈是太阳，钟摆在后面摆动着，嘀嘀答答的声音很悦耳。钟匠有时也会过来给它擦擦油，捯饬得好好的，能一口气敲一百五十下才会停下来。无论出多少钱，这钟他们也不卖。

钟的两侧各有一只白石膏做成的奇特的大鹦鹉，涂得花红柳绿的。两只鹦鹉旁边各放着一个陶器制成的猫和狗，用手去按，还会发出吱吱的声音，但它们的嘴并不张开，表情也没啥异样。叫声是从底座发出的。这些东西后面还放着一对野火鸡翅膀做成的大扇子。屋子中间桌子上放着一个可爱的陶器篮子，里面堆着苹果、橘子、桃和葡萄，比真的更红、更黄、更漂亮，但这些水果并不是真的，透过剥落的表皮，你可以看出里面的白石灰之类的东西。

桌子上铺的是一张漂亮的漆布，上面画着红蓝相间展翅飞翔的雄鹰，四周是彩绘的花边。他们说，这是一路从费城运来的。桌子四角整整齐齐地堆着一些书。其中一本是家用大部《圣经》，里面有许多图画。还有一本《天路历程》，讲的是一个人离家出走了，但没有说离家出走的原因。我还拿过来看一看，写得很有意思，但就是太晦涩了。另一本书是《友谊的奉献》，里面有许多优美的句子和诗歌，但是我没有读那些诗。还有亨利·克雷的演讲集和耿医生的《家庭医药大全》，后一本书告诉你如果有人生病或死了应该怎么做。还有一本赞美诗和其他几本书。屋里还有几把结结实实的竹藤椅——椅子中间不像旧篮子那样塌着或是裂着。

他们在墙上挂着几幅画——主要是华盛顿、拉法耶特和高地·玛丽之类的人物和战争图，还有一张是《独立宣言签署图》。另外几张蜡笔画是他们死去的十五岁女儿亲手画的。她画的这些画跟我之前见的都大不一样，颜色比一般的要重。其中一张画的是一个穿着束身黑裙子的女人，胳肢窝下面用带子束得紧紧的，袖管中间鼓得像大白菜，头上戴着一顶硕大的黑帽子，帽檐挂着面纱，两个又白又瘦的脚脖子系着黑带子，脚上穿着小得像凿子似的黑色拖鞋。她站在一棵垂柳旁，右手肘靠着一块墓碑，满脸愁容；另一只手垂着，手里拿着白手帕和手提包，整幅画下面写着"我们至此永别吗"。另一幅画是一个年轻的姑娘，她把头发盘在头顶，然后在梳子前面打个结，好像一个椅背。她掩着手绢在哭，另外一只手上躺着一个四肢朝天的死鸟。这幅画下面写着"从此我再也听不到你甜美的歌声了吗"。还有一个年轻的姑娘站在窗前抬头望月亮，脸颊满是泪水，手里拿着一封拆开的信，信封一端沾着黑色火漆，嘴上贴着一只带着项链的锦盒，画下面写着"你走了，你真的走了"。这些画都很漂亮，但我不怎么喜欢，因为只要我有点儿郁闷，看着它们就会让自己更难受。她的死，让大家都很难过，因为她本打算画更多这样的画，从她的画作就能看出她为这个家庭带来多大的损失。但是，我却觉得以她的性格，她在九泉之下过得也会很开心。他们说她生病的时候正在画一幅最伟大的画，她每日每夜都在祈祷能多活几天，好让她完成这幅画，但最终还是无济于事。那是一幅画着穿着白色长袍的年轻姑娘的画，她站在桥的栏杆前准备纵身跳下去，头发披散在背上，仰望着月亮，两行泪水流在脸上，双手交叉在胸前，另有两只手向前方伸去摘月亮——她在试哪一双看起来效果最好，然后再把另外的擦掉。可是，我刚才说了，还没完成她就去世了。他们把这幅画挂在她房间的床头，每到她生日那一天，就在画前放些花，其他时候就用一小块布盖着。画里面的那个年轻姑娘笑起来很甜美，但是胳膊那么多，总觉得她像个蜘蛛。

这个年轻的姑娘在世的时候有一个剪切本，上面有从《长老会观察报》上剪来的讣告、事故和病人遭受病痛的事例，后面还有她自己写的诗歌，诗歌写得很美。下面就是她写的一首诗，说的是一个名叫斯蒂芬·道林·伯茨的男孩掉在一口井里淹死了。

纪念斯蒂芬·道林·伯茨

年少的斯蒂芬病了吗？
年少的斯蒂芬夭折了吗？
悲者愈悲？
亲人的恸哭声是否还飘荡着？

不，年少的斯蒂芬·道林·伯茨，
命非如此。
身边的恸哭声撕心裂肺，
但他绝非因病而逝。

无论是斑斑点点的麻疹，
还是百日咳，都无法入侵他的身子。
病魔夺不走斯蒂芬·道林·伯茨，
这个无法泯灭的名字。

单相思之苦，
并没有煎熬这个满头卷发的年轻人，
也不是胃病，
夺走了，
斯蒂芬·道林·伯茨。

哦，不，请噙泪默听，
我来娓娓道来他的命运，

他，灵魂已逝，飞离这片冷冰的世界，
只因坠入井中。

虽救起，肚里水已排出，
但，一切皆晚。
他的灵魂冉冉升起，
飘向极乐之境。

不到十四岁的艾米林·格兰杰福特竟然能写出这么好的诗，要是她还在世，真不知道能达到什么高度。巴克说她作诗是脱口而出，想都不用想，说她突突地写一行，要是找不到与之押韵的，就直接擦掉，重新写一行，再接着写下去。她对内容不挑剔，只要是伤感的，你随便出什么，她都能写。每次哪个男的、女的或者小孩死了，她总能赶在尸骨未寒之前写好悼词，她说是悼词。左右邻居说第一个赶来的是医生，然后是艾米林，最后才是送葬的——没有哪次送葬的会赶在艾米林前面，除了那次她为了押死者惠斯勒的韵绞尽脑汁而迟到外。打那以后，她身体就大不如以前。她从不怨天尤人，但还是一天天消瘦，没挨多久就去世了。这个姑娘真可怜！许多次看她的画看得郁闷，对她有成见时，我就走到她的小房间，拿出那本剪切本来看一看。我喜欢这一家人，无论是已经去世的，还是尚在的，我不想彼此之间存在隔膜。可怜的艾米林在世的时候为死人写了许多诗，如今她去世了，没人为她写点儿什么，这也说不过去。于是，我试着憋出来一两句，但不知怎么的，一点儿也写不出来。他们把艾米林的房间收拾得干干净净，所有的东西都放成生前她喜欢的样子，房间还一直空着，没人在那儿睡。虽然家里有很多黑奴，但老太太坚持自己照管这个房间，她经常来这儿做针线活儿，读《圣经》。

刚才我说的那个客厅，窗户上挂着漂亮的白色窗帘，上面画着许多图画，有垂着藤蔓的城堡，还有低头饮水的牛群。屋里放着一架旧式小钢琴，我猜里面放了些铁皮锅。听着年轻的姑娘唱《余情已尽》，弹着《布拉格之战》，真是悦耳极了。每个房间都粉刷过，地上大都铺着地毯，整栋房子外侧刷得白白净净的。

这个房子分为两栋，中间是一块既有屋顶又有地板的空地，有时中午的时候就在那儿放着一张桌子，那儿既凉爽又舒服，没有比这更好的了。饭菜香甜可口，保准你吃得直打嗝。

第十八章

格兰杰福特上校出身显贵，是一位绅士，全身散发出这种气质，他家人也是如此。寡妇道格拉斯曾说过，马和人都是讲出身的，没人能否认她是我们镇子上的一等贵族。甚至老爸也经常这么说，虽然他自己连一条泥鳅也不如。格兰杰福特上校又高又瘦，面色微暗苍白，没有一丝血色。每天早上，他都要把自己的瘦脸刮得干干净净的。他嘴唇薄，鼻孔细，鼻梁高挺，浓眉黑，眼睛凹进去，看上去就像是从山洞里往外瞅着你似的。他额头很高，头发又直又黑，一直披在肩膀上。他的手很纤细，从头到脚每天都要穿着干净的亚麻布衬衫和西服，白得让人看着不舒服。每逢星期天，他就换上带有一排铜扣的蓝色燕尾服，拄着一根银头红木手杖。他做事沉稳，从不大声说话，待人也非常和气——这个你可以感受出来，连你自己也有了自信。有时他笑起来很好看，但是当他挺得像旗杆一样直时，眉毛下便露出一道光，让你不禁想爬到树上，然后再看看到底发生了什么。他不需要告诉别人注意下自己的言行举止——只要有他在，大家都文质彬彬的。大家很喜欢跟他待在一起，他总是能带来阳光——我的意思是，他让人觉得天气一派晴朗。但是，当他满脸愁容时，整个世界就会漆黑一片，即使只是半分钟，这也够人受的了。此后，一个星期之内都不会出什么岔子了。

早上格兰杰福特上校和老太太一下楼，其他人站起身来，向他们问安，等他们俩入座了，这才坐下。随后，汤姆和鲍勃走到盛放玻璃瓶的餐具柜那儿，调配一杯苦啤酒，然后端给格兰杰福特上校，他拿着酒，一直等到汤姆和鲍勃的酒也调配好。这时，他们鞠着躬说“敬您二老”，上校和老太太微微倾下身子，说“谢谢各位”，随后，一饮而尽。鲍勃和汤姆往他们酒杯里加一点儿威士忌酒或者苹果白兰地，再放一匙水和糖，然后递给我和巴克，我们俩也向二老敬酒。

鲍勃年龄最大，其次是汤姆。他们俩长得人高马大，风度翩翩，宽阔的肩膀，棕色的肤色，头发又长又黑，眼睛黑黝黝的。他们跟老先生一样，从头到脚穿着白色亚麻布，头上戴着一顶巴拿马草帽。

夏洛特小姐呢，她二十五岁，长得很漂亮，身材高挑，高贵冷艳，不生气时，为人和善，可是一旦生起气来，就像他父亲一样令人不寒而栗。

她的妹妹索菲亚小姐跟她气质截然不同。索菲亚只有二十岁，温柔可爱得像一只鸽子。

每个人都有伺候自己的黑奴——巴克也有。我的黑奴就轻松多了，因为我不习惯使唤别人，但巴克的黑奴就忙得歇不住脚了。

这就是他们这一大家子，但以前有很多——三个被打死的儿子，还有去世的艾米林。

老先生有许多农场，手底下有一百多个黑奴。有时候，一群人骑着马从方圆十或十五英里外赶到这儿，住上五六天。白天在河边游玩，在树林里跳舞、聚餐，到了晚上就在家里开舞会。这些人大多是这一家人的亲戚，男的随身带着枪，都是些达官显贵。

附近还有另外一个贵族部落——有五六家——大部分都是谢佛逊族人。他们跟格兰杰福特家族一样，出身显赫，非富即贵。谢佛逊和格兰杰福特家族共用一个轮船码头，离我们住的地方大概有两英里远。所以，我跟大伙去那边的时候，经常能看到骑着骏马良驹的谢佛逊人。

有一天，我和巴克在树林里打猎，突然听到马儿奔驰的声音。那时，我们俩正要穿到路那边。巴克说：

“快！钻到树林里！”

我们钻进去了，躲在树叶后面向外张望。不一会儿，奔来一个年轻的英俊小伙，他稳稳地坐在马背上，看起来像个士兵。他把枪横放在马鞍桥上。我跟他有过一面之缘，是年轻的哈尼 · 谢佛逊。忽然，耳边传来巴克打枪的声音，哈尼的帽子应声从头上掉下来。他拿起枪，直直地向我们藏身的地方跑来。但没等他过来，我们就一溜烟跑进树林。树林不是很密，所以我时不时回头看看，以便躲开枪子，有那么两次我看见哈尼端着枪瞄准巴克，但之后他就原路折回去了——估计是去捡帽子去了，不过看不见他人影。我们一刻不停地往家跑。有那么一分钟，老先生的脸上露出喜悦的光芒——可能因为高兴吧——然后脸才平静下来，他温和地说：

“我不喜欢躲在树丛后面放枪。为什么不走到路上，孩子？”

“老爷，谢佛逊家的人不这样做啊。他们净会偷袭。”

巴克说话的时候，夏洛特小姐像个女王一样仰起头，鼻孔张着，紧闭着眼睛。那两个年轻小伙一言不发地沉着脸。索菲亚小姐脸色苍白，但听到那人没有受伤后，很快就恢复了脸色。

后来，我把巴克拉到树底下的玉米堆旁边，我说：

“巴克，你想杀了那人吗？”

“嗯，想。”

“他怎么着你了？”

“他？他啥也没怎么着我。”

“那你为啥要杀了他啊？”

“不为什么——就是因为世仇。”

“啥是世仇？”

“你在哪长大的啊？连世仇是什么都不知道吗？”

“从来没听过——你跟我说说吧。”

“嗯，”巴克说，“世仇是这么一回事：一个人跟另一个人吵架，然后把他杀了。另一个人的兄弟替他报仇，把那人给杀了，然后双方的兄弟互相杀对方。接着堂兄表亲也都掺和进来——等大家都死了，也就没世仇了。但过程很慢，要过好长一段时间。”

“巴克，你们和谢佛逊家的世仇有段时间了吗？”

“嗯，我猜大概是三十年前开始的吧。一开始是一点儿琐事，后来打起官司来。有一方官司打输了，就一枪把对方打死了——当然咯，他肯定会这么干，大家都是这样。”

“巴克，为了什么琐事呢？——土地吗？”

“可能是吧——我也不清楚。”

“那是谁先开枪的呢？——是格兰杰福特族的人还是谢佛逊？”

“天哪，我怎么知道？都过了这么久了。”

“没人知道吗？”

“哦，对了，我猜老爸和一些老人知道，但是他们现在也不知道一开始究竟为了什么而吵。”

“死了很多人吗，巴克？”

“是的——经常能看到许多出殡的，但也不是经常杀人。老爸身上就有几颗弹子儿，不过他倒没怎么在意，反正也伤不到哪里去。鲍勃曾被猎刀砍过几次，汤姆也受过一两次的伤。”

“那今年有人被打死了吗？”

“有，双方各打死一个人。三个月前，我十四岁的堂兄弟巴德骑着马穿过河那边的树林，傻乎乎地连武器也没带，到了一个僻静的地方后，他听到背后传来一匹马的声音，回头一看，原来是宝迪·谢佛逊老头在跟着他，手里拿把枪，花白的头发在风中飞舞；巴德以为能比他跑得快，就没有跳下来躲到树丛里。他们俩一前一后飞奔了五英里多，那老头一路穷追不舍，最后巴德看着没辙了，就停下来，转过头，以便能看到对方的枪眼儿。老头奔过来，一枪把他打死了。但他也没得意多久，一个星期后我们的人就送他上西天了。”

“巴克，我觉得那老头是个软蛋。”

“我并不这么觉得，他一点儿也不软。谢佛逊家没有一个软蛋—— 一个也没有，格兰杰福特家也没有。有一天，那老头一个人跟我们这边三个人打，一直打了半个钟头，最后竟然赢了。他们仨全骑着马，后来他跳下来躲在一个小木材堆后面，让马在前面挡子弹；我们这边的三个人依然坐在马背上，围着向他开火，他也顽强地反击。最后他和他的马一瘸一拐地滴着血回家了，而我们这边三个被抬回来了——一个当场死亡，另一个到了第二天也死了。不，伙计，要是有谁想到谢佛逊家找软蛋，那纯粹是白费力气，因为他们家没一个软蛋。”

下个星期天，我们骑着马到了三英里外的教堂。男人随身都带着枪，巴克也是，或是夹在腿当中，或者竖在墙边方便拿的地方。谢佛逊家的人也都一样。那天的布道无聊极了——都是关于什么兄弟情深之类的无聊东西。可是大家都说讲得很精彩，回去的时候一路还说个不停，说什么信仰、善行、恩泽、宿命啦。我啥也不懂，对我来说，过得没有比这个星期天更糟糕的了。

午饭一个小时后，大家都去打瞌睡了，有的躺在椅子上，有的在房间里，这个点儿说多无聊就有多无聊。巴克和一只狗躺在太阳底下的草地上睡着了。我来到楼上房间，也打算小睡一会儿。索菲亚小姐就在隔壁，我看见她站在门口，她把我拉到她房间，轻轻地把门关上，然后问我喜欢不喜欢她，我说喜欢，接着她问我愿不愿意为她办点儿事，还不能跟任何人说，我说愿意。然后她说她把《圣经》落在教堂椅子上了，就在另外两本书中间，问我可不可以悄悄地溜出去把书拿回来，不能告诉其他任何人。我说可以。于是，我就溜到大路上，这时候教堂里空无一人，不过或许有一两头猪，因为门没锁，一到夏天，猪就喜欢躺在木地板上，那儿凉快。你要是留心的话，就会发现人只有不得不去的时候才去教堂，但猪就不一样了。

我心里犯嘀咕，这事有点儿奇怪—— 一个姑娘家犯不着为了一本《圣经》这么紧张，于是我抖了抖书，掉出来一张纸条，上面用铅笔写着“两点半”。我又翻了翻，但没有其他什么东西了。我想不出什么所以然来，就把纸条夹在书里。等回到家上了楼，发现索菲亚小姐正在她房间门口等我。她把我拉进去，关上门，然后翻开那本书，最后找到那个纸条，一看完面露喜色。她突然抓住我，紧紧抱住我，说我是世界上最好的孩子，又叮嘱我不要告诉任何人。有那么一分钟，她脸色红润，眼睛发亮，看起来很漂亮。我感到很奇怪，等喘口气来，我问她上面写的什么，她问我有没有看过，我说“没有”，之后她问我认不认识手写字，我跟她说“不认识，除非是印刷字”。她说纸条上没写什么，就是个书签，还说我现在可以出去玩了。

我朝着河走去，脑子一直琢磨这件事，不一会儿我注意到我的黑奴在后面跟着我。当我们走得看不见房子的时候，他回过头，又环顾下四周，然后飞奔过来，说：

“乔治少爷，如果你去沼泽地那边，我就带你看那堆水蛇。”

我心想奇了怪了，昨天他说过了啊。他应该知道没人喜欢到处找水蛇的，葫芦里到底卖的什么药呢？于是，我说：

“行，走吧。”

我跟着他走了半英里，然后又蹚着没脚脖的沼泽地走了半英里，来到一小块平地，地面是干的，上面长满树、灌木和藤蔓。他说：

“乔治少爷，你往前再走几步，就是水蛇了。我老早就看过了，就不想看了。”

说完他就蹚着水走了，不一会儿就被树木遮住了。我挪了几步，来到一个卧室那么大小的空地，四周都是藤蔓，发现有个人躺在那儿睡觉——天哪，竟然是我的老吉姆！

我把他叫醒，本以为他见到我会很惊讶呢，但是他没有。他高兴得快哭了，但是一点儿不惊讶。他说那天晚上他就在我后面游着，每次都能听到我的叫声，但是不敢应声，怕被人发现，然后又被送回去当奴隶。他说：

“我受了点儿伤，游得不快，落在你后面好远一段距离。等你上了岸，我以为用不着喊，也能赶上你。但当看到那座房子的时候，我放慢了脚步，躲在远处，也听不清楚他们对你说了什么——我怕狗——等到听不见声音的时候，我知道你是到屋里了，于是我走到树林里等着天亮。第二天一大早，几个黑奴下地干活时发现我了，他们把我带到这儿，说这儿有水，狗就找不到我了。他们每天夜里给我送东西吃，还把你的情况告诉我。”

“吉姆，你咋不早点儿叫杰克把我带到这儿？”

“唉，一切没准备停当前，没有必要打扰你啊，哈克——但现在好了。我一有机会就去买些锅碗瓢盆，到了晚上，就去修补木筏——”

“吉姆，哪个木筏？”

“我们原先那个木筏啊。”

“你是说它没有被撞得稀巴烂吗？”

“没有。虽然撞得不轻——尤其是有一头——但好在不算很厉害，不过你的东西全没了。如果那天我们潜得不是那么深，游得没那么远，天也没有那么黑，我们也没有像所说的那么糊里糊涂，就准能看见木筏。不过，都无所谓了，我们现在把它修补得像新的一样，也可以重新往上面搬些东西，把丢的东西补上。”

“吉姆，你是怎么把这木筏找回来的——你抓住它了吗？”

“我在树林里，怎么能抓住它？不是我抓的，是那几个黑奴在河湾礁石上发现的，然后他们把它藏在柳树丛的小河里，为了木筏的归属权还吵了一番，我听到声音就赶了过去，告诉他们木筏不属于他们任何一人，是你和我的，就这样把争端解决了。我问他们是不是想抢一个白人的财产，然后藏起来？我给了他们每人一毛钱，他们开心得不得了，希望能多漂过来几个木筏，这样就能发财了。他们对我很好，交代的事情，不需要多费口舌。杰克这个黑奴很不错，人也机灵。”

“嗯，他很聪明。他没跟我说你在这儿，只是说让我过来看水蛇。万一发生什么事，也不会掺和进来，就说从来没见过我们在一起，这也是句大实话。”

第二天发生什么事，我不想多说，就简单提一下。早晨醒来后，我本想翻身再接着睡，但屋里静得出奇——好像没一个人的动静。这也太不正常了。巴克已经起来走了。于是我也起来了，一边纳闷，一边下楼——周围没一个人，屋里死一般的安静。外面也是一样，这到底怎么了？我在柴火堆旁遇到杰克，问他：

“这咋回事呀？”

“少爷，你还不知道？”他回答。

“不知道，”我说，“我不知道。”

“唉，索菲亚小姐跑了！她跑了，她夜里跑了——没人知道是啥时候——跑去跟哈尼·谢佛逊那个年轻人结婚去了——他们是这么怀疑的。大约半小时前家里人才发现——或者更早。他们一刻也没耽误，就拿起枪，骑上马，那火急火燎的阵势保准你没见过！妇女都跑去发动亲戚朋友，索尔老爷和他的儿子提着枪，骑着马沿着河边大路赶过去，打算抢在他带着索菲亚小姐过河之前抓住他，然后把他打死。这下可要乱套了。”

“巴克走的时候没把我喊醒。”

“我估计他是没喊你！他不想你蹚这浑水。巴克老爷把枪装好子弹，发誓要抓一个谢佛逊家的人。谢佛逊家的人可多了，他要是有机会，准能抓一个回来。”

我拼命地往河边大路跑，不一会儿，听到远处传来的枪声。到了木材厂和木料堆时，我猫着腰在树丛底下走，最后到了一个好地方，然后爬上一棵连子弹都打不到的杨树树杈上向外张望。这棵树前面有一列四英尺高的木头，我本想藏在那儿后面，不过幸亏没有。

四五个人骑着马在木材厂前面那块空地上转悠，一边骂骂咧咧，一边大声喊叫，说是要逮住躲在渡口附近那列木头后面的两个小伙子——但一直没过来。每次他们俩一从木头堆靠河的那一侧露出来，子弹就朝他们射来。那两个小伙子在木头堆后面背靠背地蹲着，这样两边的情况就都能看到了。

没过多久，他们既不转悠，也不乱喊了，而是直奔木材厂。这时，木头堆后面其中一个小伙子站了起来，稳稳地打了一枪，对方一个人应声从马鞍上落下。其他几个人立即跳下马，抓住受伤的那个人，把他抬到木材厂。就在这当口，两个小伙子早一溜烟跑了。等他们注意到，离我在的这棵树只有一半距离了。那些人看到他们，立即跳上马追过来。他们追得越来越近，但还是没追上，因为那两个小伙子跑得早。他俩躲在我前面的木头堆后面，如此一来，就又占了有利条件。其中一个小伙子是巴克，另一个是一个十九岁左右的又高又瘦的小伙子。

那些人放了几枪后便走了。等走得看不见人影时，我立马大声喊巴克，说我在这儿。起初，他不知道我的声音从树上传来，还吃了一惊。他让我仔细盯着，要是那伙人过来了，就告诉他，还说他们肯定会杀个回马枪——用不了多久。我巴不得从树上跳下来，但是没有。巴克一边哭，一边发誓说他和他堂兄乔（就是另外一个小伙子）一定要报今天的仇。他说他老爸和两个哥哥都被打死了，对方也死了两三个人，是谢佛逊家设的埋伏。巴克说他老爸和两个哥哥应该等其他亲戚来了再去的——两人根本招架不住谢佛逊家的火力。我问他哈尼那个年轻人和索菲亚小姐现在怎么样了。他说他们过了河，已经没事了。听到这儿，我心里一阵高兴，可是巴克却为那天没能一枪崩了哈尼而懊恼——我从来没见过他这么难过。

突然，“砰！砰！砰！”响起三四枪——那些人徒步穿过树林，从后面绕了过来。巴克和乔立即往河里跳——他们俩都受伤了——他们往下游游的时候，那些人还跑到河边，一边向他们开枪，一边高喊“杀了他们，杀了他们”。我难受得差点儿从树上摔下来。我不想说发生了什么——这只会让我更加难过。我真希望那天晚上没上岸，没看到那么多事。但是他们在我脑海里挥之不去——好多次我都梦到了。

我待在树上，直到天黑才敢下来。远处树林里时不时传来一阵枪声；有那么两次，我还看到一伙人拿着枪从木材厂前面飞奔而过，估计战斗还没结束。我心里难受极了，打定主意再也不接近那座房子，因为觉得这事多多少少也怪我。纸条上的意思是索菲亚小姐和哈尼两点半的时候在某个地方会面，然后一起私奔，我本该把她反常的举止告诉她老爸的，然后他就会把她锁起来，这样所有一切就不会发生了。

我从树上爬下来，沿着河边蹑手蹑脚地走，在河边发现两具尸体，我把他们拖上岸，把他们的脸盖住后就赶紧走了。在盖巴克的脸的时候，我哭了一阵子，因为他对我实在太好了。

天黑了，我没有走进那座房子，而是钻进树林，向沼泽地跑去。吉姆并不在那个岛上，我直奔那个小河，费力地钻过柳树丛，巴不得一脚跳到木筏上，离开这个鬼地方——但是木筏不见了！我的天哪，我害怕极了，差不多一分钟都没喘过来气。我大声喊了一声，离我不到二十五码远的地方，有个声音说：

“天哪！是你吗，伙计？别出声。”

是吉姆的声音——没有比这更好听的声音了。我沿着河边跑了一会儿，然后跳上木筏，吉姆一把抓住抱着我，他见了我很高兴，说：

“上帝保佑你，孩子，我还以为你又死了。杰克来这儿了，说估计你被打死了，因为你一直没回家，所以我就把木筏撑到河口，等杰克赶过来告诉我你确实死了，就立即撑着木筏离开这儿。天哪，能再见到你，我太高兴了。”

“好——很好。他们找不到我，就会以为我死了，被河水冲走了——那儿有许多尸体，他们很自然就会这么想——吉姆，别耽误时间了，赶快撑开木筏，向大河划去。”我说。

木筏向下游划了两英里到了密西西比河中间后，我感到前所未有的放松。我们点上信号灯，觉得自己又重获自由和安全了。打昨个起，我就没吃到任何东西了，吉姆拿出来玉米饼、酪乳、猪肉、白菜和一些青菜——等做好了，世上没有比这更美味的了——我一边吃饭，一边跟吉姆聊天，好不惬意。能从他们两家的世仇里脱身，我感到很开心，吉姆也为能摆脱沼泽地而开心。我们说木筏就是最好的家，其他地方不是挤得满满的，就是让人觉得压抑，但在木筏上，你觉得自由自在，轻松舒服。

第十九章

两三个日夜一晃过去了，应该说是滑过去了，悄无声息，平静、舒缓地溜过去了，我们就是这么打发时间的。那是条很大的河——某些地方有一英里半宽。我们夜里行走，白天靠岸藏起来。天一黑，就停下来把木筏系好——差不多都是系在滩头下水流平缓的地方，然后砍些杨树枝和柳树把木筏盖住，之后把渔线下在水里，然后溜进水里洗澡，好提提精神，凉快一番，然后我们就坐在水深没膝的沙滩地上，等着天亮。周围没一丝声音——寂静极了——好像整个世界都睡着了一样，只有牛蛙时不时地叫几声。从水面上放眼望去，首先看到的是一条灰蒙蒙的线——那是对面的树——除此之外，啥也看不清楚。接着是天空中的一块鱼肚白，逐渐向四周扩散，接着河水的颜色也变成柔和的灰色了，不再是一片漆黑。虽然离得远，但依然可以看到一些黑点儿往下游漂——那是商用驳船之类的东西，还有一条长长的黑线——那是木筏，有时还可以听到咯吱作响的桨声，或者一阵阵嘈杂的声音，四周一片寂静，声音传得很远。不一会儿，可以看见水边的一条线，凭样子就知道那是一块礁石，水流湍急地冲刷着它，使它看起来像一道线。水面升起一团烟雾，东方天空开始泛红，映得水面也红了，这时你可以看到对面河岸的树边有一个木屋，多半是一个木材厂，他们把木头堆得稀稀的，中间的洞都能钻下狗了。过一会儿，从那边刮来一阵微风，神清气爽，夹杂着木材和花香，闻起来有一股清香味。不过，也并不都这样，因为那边扔了许多死鱼，像长嘴硬鳞鱼之类的，腥臭极了。再过会儿就是大白天了，世界万物在太阳底下都笑眯眯的，鸟儿也奋力地唱起歌儿！

这个时候，并不会有人注意到炊烟，于是我们从鱼线上取几条鱼，做一顿热腾腾的早饭。吃完饭后，我们懒洋洋地盯着这悄无人烟的河流，一会儿便睡着了。一觉醒来，赶紧看看是什么情况，很可能看到的是一艘喘着气往上游去的轮船。因为离对岸很远，除了能看到水轮装在船尾或两侧外，其他什么也看不见。接下来的一个钟头，啥也听不到，啥也看不见——只有满满的孤寂。不一会儿，你可以看见从那边漂来的木筏，也可能有一个呆头呆脑的人在上面砍柴，他们经常在木筏上这么干。只见斧子一闪砍下去——却听不到声响，斧子又扬起来，直到过了那人头顶，才听到声响——声音从河面传过来需要时间。我们懒洋洋地打发时间，听着这一片沉寂。有一次，下了场弥天大雾，过往的木筏和船一直敲打着铁锅，提醒轮船不要撞到他们。不知是一只驳船还是木筏打我们身旁经过，我们可以听到他们说话、咒骂和大笑的声音—— 一清二楚，可就是看不见人影，这让人很发怵，就像空中飘忽的精灵一样。吉姆说他相信那是精灵，但我说：

“不是的，精灵才不会说‘这该死的大雾’。”

天一黑，我们就撑开木筏出发，等差不多到了河中央，才撒手让它自己顺着水流漂，漂到哪是哪。然后我们点起烟斗，两腿荡在水里，谈论着发生的一切——不管白天黑夜，只要蚊子不咬我们，我们就光着身子——巴克家人给我做的衣服太好了，穿着反而不舒服，再说了，我对穿着不怎么在意。

有时候，整条河就只有我们俩。水那边是河岸和岛屿，也可能是火光——木屋窗里的蜡烛——有时在水面上你可以看见一两点火光——或是木筏上，或是驳船上，也许还可以听到从那些木筏上传来的小提琴声或者歌声。在木筏上生活也蛮有一番滋味。满天星星的夜空，我们常常躺在木筏上，一边看星星，一边讨论着它们是谁造出来的，还是原本就有的——吉姆说是造出来的，而我认为是原本就有的。我说要费好长一段时间才能造出来这么多星星，吉姆说它们是月亮下的蛋。好吧，他说得也有道理，我就不反驳了，既然青蛙都能下这么多，那月亮就也可以了。我们也常看到星星落下来，划过天际。吉姆说这些是坏了的蛋，从窝里给扔了出来。

每天晚上都有那么一两次，我们看见一艘汽船在黑暗中前行，时不时地从烟囱里往外喷出满天的火星，然后像下雨一样落到水里，好看极了。汽船一拐弯，船上的灯就不见了，也听不见吵闹声了，整个河面又恢复一片沉寂。开走很久之后，它激起的波浪才慢慢向我们这边过来，木筏左右摇晃了一下，之后除了几声蛙叫声，好长一段时间就又听不到任何声音了。

午夜过后，岸上的人们都睡了，之后的两三个小时岸上一片黑暗——木屋窗户那儿也没了灯光。那些灯光是我们的钟表——第一个被点亮了就表明天快亮了，我们就可以立即找个地方藏起来，把木筏系好。

一天早上天快亮的时候，我发现一个独木舟，便划着它穿过一条又急又窄的河道到了岸边——只有两百码远——然后顺着柏树林里的一条小河，往上游划了大约一英里远，去看看能不能摘些浆果。正当我要穿过小河上的一个羊肠小道时，两个人急急忙忙地朝这边跑来。这下完了，因为无论是追谁，我都以为是来追我——或者吉姆。我恨不得挖个洞钻下去，但他们离我已经很近了，一边大声叫，一边求我饶他们一命——他们说自己没做什么亏心事，但有人却在追过来——还说有几个人带着几条狗追来了。他们想跳到独木舟上，但我说：

“别跳。我还没听到狗叫声和马声，你们赶紧钻进灌木丛，沿着小河往上游走一段距离，然后蹚水向我这边走过来，再上独木舟——这样，狗就闻不到你们的行踪了。”

他们照我说的做了，等他们一上独木舟，我就直奔滩头划过去，过了五分钟或十分钟，远处传来狗叫声和人喊叫的声音。我们听到他们朝小河这边过来，但是看不见人影，好像停下来在附近转悠了一会儿。这时，我们划得更远了，几乎一点儿也听不到他们的声响了，等我们把树林甩在后面一英里远，到了大河时，整个世界又一片沉寂，我们划到滩头，藏在杨树丛里，这下平安无事了。

这俩人中，其中一个有七十多岁，秃顶，花白胡子，戴着一顶破旧的阔边毡帽，穿着一件油乎乎的蓝色羊毛衬衫和一条破旧的蓝色斜纹布裤子，裤腿塞在靴子筒里，还有两条家里织的带子——不，现在只有一条了。他胳膊上搭着一件旧的蓝色长尾外套，上面还镶着明晃晃的铜扣，他们俩都提着一个又大又鼓的破旧毛毡手提包。

另一个人三十岁左右，穿得也一样破破烂烂的。吃完早饭后，大家闲着聊天，没想到他们俩互相都不认识。

“你怎么惹麻烦了？”秃顶的那个人问另一个。

“唉，我一直在卖洁牙剂——这东西管用，连牙齿上的珐琅都能去掉——但我万万不该在那儿多住了一晚上。正当我要溜走的时候，在镇子这头碰到了你，你跟我说他们追来了，求我帮你脱身。我对你说我也是泥菩萨过河——自身难保，愿意一起跑。情况就是这样——你呢？”

“我在那儿搞戒酒运动，大约搞了一个星期。那里的妇女，甭管老少都很欢迎我，因为我让那些酒鬼没好日子过。实话说吧，一晚上我能挣他个五六块钱——每人一毛钱，小孩和黑奴免费——生意一天比一天红火。但昨天晚上不知道怎么回事有人传言说我偷偷喝酒。今天一大早，一个黑奴把我叫醒，说镇上的人悄悄地集在一起，骑着马，牵着狗，一会儿就出发，他们让我先跑半个钟头，然后再来追我，要是逮住我了，就给我浇柏油、插羽毛、骑木杠。我连早饭都没吃就跑出来了——好在也不饿。”

“老爷子，”那个年轻人说，“咱们俩可以合伙干，你看怎么样？”

“正有此意。你干得是哪一行——拿手的？”

“从行当上讲，我本业是印刷工，在药店也干过，在戏院也客串过——专演悲剧，有机会还做催眠术和看相算命，也在唱歌地理学校当过教书匠，有时也来场演讲——喏，我做过的可多了——大部分都很容易上手，所以也算不上工作。你呢？”

“我当了好多年的医生，最拿手的就是‘把脉’——治癌症、瘫痪之类的病，还会算命，算得可准了，我找人把细枝末节都打听清楚了。布道也是我的主业，野营会、巡回传教也不在话下。”

有那么一会儿，没一个人说话，那个年轻人叹口气说：

“唉！”

“你唉什么？”秃顶的那个人问。

“我在想，自己竟然过上这样的生活，落到跟你们在一起的地步。”说罢，他拿一块破布开始擦眼角。

“他妈的，我们还不配跟你在一起呢？”那个秃顶的人气呼呼地说。

“你们对我够好。一切都是我自找的，想当初我也有头有脸的，是谁让我沦落在这种地步？都是我自己。老先生，我没责怪你—— 一点儿也没，我不责怪任何人，都是我自找的。让暴风雨来得更猛烈些吧！有一件事我清楚——某个角落肯定就是我的葬身之地。世界依然照着原先的轨迹走下去，把我所有的东西都夺走——爱人、财产，所有的东西——可是抢不走我的葬身之处。总有一天我会躺在那儿，忘了所有一切，我那颗破碎的心就能安息了。”他继续擦着眼睛。

“别扯什么你那颗破碎的心了，”那个秃顶老人说，“你对我们讲这些有什么用？我们可没做什么。”

“先生，我知道你没做什么，我没责怪你。是我自己沦落到这种地步的——我自找的，活该受这份苦——纯粹是活该——我不抱怨了。”

“从哪儿沦落的？你原来是什么样？”

“啊，你肯定不会相信我，没人相信——就让它过去吧——都无关紧要了。我身世的秘密——”

“你身世的秘密？你是说——”

“先生，”那个年轻人很严肃地说，“我向你坦白吧，因为我信任你。其实，我原本是一个公爵。”

听到这，吉姆的眼珠子都快瞪出来了，我也差不多。那个秃顶老人说：“不！你是在说笑吧？”

“我说的都是实话。我祖父是布里奇沃特公爵的长子，上个世纪末逃到这儿，呼吸着这里纯净的自由空气，在这里结婚，死后留下一个儿子，他父亲差不多跟他同时去世。公爵死后，他第二个儿子夺走了爵位和家产——真正有权继承爵位的那个人还是个婴儿，反而被忽视了。我是那个婴儿的嫡亲子孙——我是布里奇沃特公爵的合法继承人，可如今我却在这儿，形单影只，爵位被人抢走，遭尽世人的白眼，衣服破破烂烂的，一副萎靡不振的样子，还落到跟你们这帮人在木筏上混日子的地步！”

吉姆和我深深地表示同情，想去安慰他，但他说这没用，心里不会好受到哪里去，还说如果我们承认他是个公爵，这比说什么都有用。我们说告诉我们该怎么做，如果我们承认。他说我们跟他说话的时候应该鞠躬，叫他“大人”、“爵爷”或者“阁下”——要是直接喊他布里奇沃特，他也不会在意，他说这只是一个名号而已，又不是名字，还说我们其中一个在他吃饭的时候应该专门伺候他，让干什么就干什么。

嗯，这个简单，我们就照他说的办了。午饭时，吉姆一直站在他旁边伺候着，说“大人，您吃这个还是那个”等等，谁都能看出来他很高兴。

但过不一会儿，那个老头啥都不说了——也没什么要说的，看样子是对我们围着公爵团团转感到很不舒服。他好像在想什么事情，到了下午，他说：

“布里奇沃特，你听着，我同情你的遭遇，但并不仅仅只有你有这样的遭遇。”

“不是吗？”

“不是，不单单有你，从高高在上沦落到这般田地的人不仅仅有你。”

“天哪！”

“也不单单只有你有身世秘密。”唉，他竟然哭了。

“等一等！你这话什么意思？”

“布里奇沃特，你让人信得过吗？”那个老头呜咽着说。

“如有半点儿虚假，就不得好死！”他抓住老头的手，紧紧握住，说：“说出来你身世的秘密吧！”

“布里奇沃特，我是法国皇太子。”

我和吉姆都惊呆了。公爵说：

“你是什么？”

“是的，朋友，这千真万确——你眼睛看到的是那个可怜的、失踪的法国皇太子路易十七——路易十六和玛丽·安托瓦内特的儿子。”

“就你！瞧你这把年纪！肯定是假的！你是死去的查理曼，那你少说也有六七百岁了。”

“布里奇沃特，这都是因为遭的罪啊，都是因为遭的罪啊，以至于我头发花白，提前秃顶。没错，各位，你们眼前这位穿着蓝斜纹布衣服的，就是那个流离失所、失魂落魄、遭尽苦难的合法的法国国王。”

说完，他放声大哭，搞得我和吉姆都不知如何是好，我们同情他——但也为能跟他在一起感到高兴和自豪。于是，我们像刚才对待公爵那样跑过去安慰他，但是他说这没用，还不如一死了之，但他又说要是有人给他应有的待遇，单膝跪下来跟他说话，一口一口地叫他“陛下”，吃饭时找个人伺候着，不经他的同意还不能坐下，那他就多少会舒服一点儿。于是，我和吉姆便一口一个陛下，为他做这做那，他不说坐下，我们就那么一直站着。这一招蛮有用，他脸上也露出了喜色。可是，那位公爵心里像是打翻了醋坛子，对眼前的这一切很不满。但国王对他依然很客气，说自己的父亲很器重公爵的曾祖父和其他所有的布里奇沃特公爵，准许他们出入王宫。末了，国王说：

“布里奇沃特，看情况咱们是要在这木筏上待好长一段时间了，你吃醋能有什么用？只会不愉快。我生来没公爵的命，这不是我的错。你没国王的命，这也不是你的错——既然这样，何必自寻烦恼？照我说，把握好眼前的一切——这是我的座右铭。沦落到这儿并不算差——不愁吃，日子还快活——来吧，公爵，把手伸出来，交个朋友吧。”

公爵把手伸了出来，我和吉姆看着也高兴。这下好了，所有的不快都随风而逝了，大家感到很欣慰，要是大家在木筏上闹得不愉快，那可真够痛苦的。同在木筏上，大家就应该开开心心，彼此和和气气的。

过不多久，我就发现他们俩是在说谎，压根不是什么公爵和国王，只不过是两个下贱的骗子。可是我啥也没说，也没对任何人讲，只是默默记在心里。这是最好的办法，这样就不会有争吵，不会有麻烦。只要这个“家”能和和气气的，就算他们让我叫我们国王和公爵，我也不说半个不字。跟吉姆说也没什么用，索性就不跟他讲了。从老爸身上我没学到别的，就学到跟他们那种人相处的最好办法就是由着他们的性子。

第二十章

他们问了很多问题，说为什么要把木筏藏起来，白天为什么不赶路——是不是因为吉姆是个逃跑的黑奴？我说：

“天哪，逃跑的黑奴会往南方去吗？”

他们料他也不敢。我得把事情解释一通，就说：

“我们一家住在密苏里州派克县，我出生在那里。后来，其他人都去世了，只留下我和老爸以及我的弟弟艾克。老爸想要去下游跟叔叔本住在一起，我叔叔本在奥尔良以南四十四英里的河边有一小块地。老爸很穷，欠了一屁股外债，还清债，就只剩下十六块钱和黑奴吉姆。这么点儿钱远远不够我们赶一千四百英里的路，无论是买统舱票还是想其他法子都不够。河水一涨，老爸也不知哪天碰了运气，竟然捞个木筏，于是我们想着可以坐木筏到奥尔良。可惜好景不长，一天晚上，一艘轮船撞翻了木筏的前角，我们全都落水，沉到轮船底下。吉姆和我平安地浮出水面，但老爸喝醉了，艾克才四岁，从此再也没看到他们。接下来的一两天，我们遇到很多困难，许多人从小艇上赶过来，想抓走吉姆，他们说他是个逃跑的黑奴。所以，白天我们就不赶路了，到了晚上也就没人来招惹我们了。”

“我来想个法子，以便白天也能赶路。我琢磨下——想出一个万能的计划。今天就这样了吧，大白天也不能去那个镇子——可能有危险。”公爵说。

到了晚上，天慢慢变黑，像是要下雨，不时有雷声电闪，树叶簌簌地颤抖——显然，这是要变天了。公爵和国王去检查我们的棚屋，看看床是什么样。我的床是稻草铺的垫子——比吉姆那个玉米壳铺得要好；玉米壳铺的垫子经常跑出来许多玉米芯子，戳得人很痛，一翻身，那干干的玉米芯子听起来就像是你躺在一堆枯树叶里打滚，沙沙的声音吵得人睡不着。公爵说他睡我的床，但国王不同意，他说：

“等级的差别会告诉你，让我睡玉米壳垫子是不合适的。还是‘您’来睡玉米壳垫子吧。”

吉姆和我紧张得冒一身汗，生怕他们俩又争吵起来。所以听到公爵回答后，我们很高兴。公爵说：

“我注定生活在铁蹄压迫的泥沼之中，种种不幸掏空了我那颗曾经自大傲慢的心，我屈服，我投降。一切都是我的命。我注定在世界上孤独终老——让暴风雨来得更猛烈些吧，我能承受这一切。”

天一黑，我们就撑起木筏走了。国王让我们尽量沿着河中央走，说过了那个镇子好一段距离才把灯点开。不一会儿，我们看见一小簇灯光——就是那个镇子——我们划过去半英里，一切都挺顺当。等过了四分之三英里，我们挂上信号灯。快到晚上十点的时候，天下雨了，一时电闪雷鸣。国王让我们俩守着，一直等天放晴，然后他和公爵爬进木屋呼呼大睡。十二点之前是我值班，不过就算有个床铺，我也不想进去睡觉，这样的暴风雨就算伸长脖子也很少见。我的天哪，你看这呼啸而过的风！每隔一两秒钟就射出耀眼的光，把半英里远的白浪照得一清二楚，雨中的岛看起来一片灰蒙蒙的，树木也在肆虐的风中拼命挣扎，接下来就是哗啦声——轰隆——轰隆——隆——隆——雷声翻滚着，然后停了下来——接着空中划过一道闪电，然后又是一阵轰隆的打雷声。有时水浪几乎把我从木筏上冲走了，但我没穿什么衣服，就无所谓了。我们没碰到礁石，也没遇到啥麻烦。电光一直在空中闪着，那些礁石我们看得一清二楚，这样就能掉头避开它们了。

按说我应该值到半夜的，但我那会儿太困了，吉姆说他可以替我值一半。他对我一直都是这么好，一直都是。我爬进棚屋，但国王和公爵四腿乱摆着，压根找不到一点儿能睡人的地方，我就退出去了——我不担心雨

凳腿，但凳子没有靠背。传道士站在棚子里头的讲台上。女人们戴着遮阳帽，有些穿着亚麻羊毛混织的连衣裙，有些穿着条纹棉布的长裙，一些年轻的姑娘穿着印花棉布长裙，年轻的小伙子赤着脚，有些小孩除了穿件亚麻布汗衫外，就没穿什么衣服。几个年长的妇女在一旁织毛衣，一些俊男靓女在偷偷地谈情示爱。

我们走进一个棚子，里面的传道士正在读赞美诗。他每读两句，大家就跟着唱，人这么多，唱得又这么卖力，所以听起来倒是很壮观。接着他又读了两句给他们唱——如此反复。这些人越唱越起劲儿，声音也越来越大，唱到最后有些人开始呻吟，有些人开始大声呼叫。然后传道士又开始认真地传道，一会儿晃到讲台这边，一会儿晃到那边，接着身子倾到讲台前，手臂和身子一直动个不停，然后用尽全力喊话，还时不时地拿着《圣经》，把它打开，好像是要递给谁看似的，然后喊道："这是荒郊野外的毒蛇！看一眼，得永生！"接着下面的人就会喊："荣耀！阿——阿——门！"随后传道士继续传道，下面的人一边呻吟，一边哭喊，还说着阿门。

"哦，坐到忏悔者的板凳上吧！来吧，罪孽深重的人！（阿门！）来吧，重病缠身的人！（阿门！）来吧，腿脚残疾和失明的人！（阿门！）来吧，生活窘迫和抬不起头的人！（阿门！）所有疲倦、有污点和受苦受难的人——带着破碎的心灵来吧！带着一颗忏悔的心来吧！穿着一身破衣服，带着一身罪恶和污垢来吧！随意享用洗涤你们身心的圣水，通往天国的大门向你敞开着——哦，进来休息吧！（阿——阿——门！荣耀，荣耀，哈利路亚！）"

因为有这些喊叫声和哭声，所以你听不清传教士在说什么。周围的人们站了起来，流着泪使劲儿往忏悔者坐的板凳上挤，等坐到前排一起，他们又是唱歌，又是大叫，猛地扑到草垫上，简直像疯了一样。

还没等我反应过来，国王就过去了。他声音比谁都高，接下来他走到讲台上，传道士让他跟下面的人说几句话，他没有推辞。他跟大家说自己是个海盗——在印度洋当了三十年的海盗，去年春天的一场战斗使得他的伙伴死伤了不少，他现在回家是想招募一些新伙伴，可是昨天晚上被抢劫，从轮船上扔了下来，身无分文，不过他却很高兴，觉得这是碰到的最幸运的事，因为现在可以重新做人了，生命中第一次感到莫大的幸福感。虽然他很穷，但却想马上赶回印度洋，一路挣钱赶回去，用尽后半辈子劝那些海盗改邪归正。他认识那一带所有的海盗，工作开展起来比其他人顺利。虽然因为没钱，要很长时间才能赶到那儿，但他无论如何都会去，每感化一个海盗，他就说："不要谢我，不要以为是我的功劳，要谢就谢派克维尔野营布道会的人，他们生就是人类的兄弟和恩人，还有那位亲爱的传道士，也是我这个海盗最好的朋友！"

说罢，便是一把鼻涕一把泪，下面的人也跟着哭了。然后，不知是谁喊的："给他捐钱，给他捐钱！"随后就有一撮人跳过去捐钱，但有个人大声说："让他把帽子挨个传过来！"大家和传道士也都这么说。

于是，国王拿着帽子在人群中穿来穿去，一边擦着眼泪，一边为他们祈福，感谢他们对一个远道而来的海盗如此善良。每过一小会儿，就有流着眼泪的漂亮姑娘跑过来问能不能亲他，好当个纪念，他从不拒绝。他对有些姑娘那是又抱又亲，足足有五六次——还有人邀请他待一个星期。大家都想让他住自己家，觉得这是个荣幸，但是他说这是野营布道会的最后一天，继续待下去也没有什么用。此外，他还要立马动身赶往印度洋去感化那些海盗。

等我们回到木筏，国王点了点钱，发现竟然搞到八十七块七毛五。另外还顺手牵来一壶三加仑的威士忌，那是回来经过树林时他在马车下面发现的。国王说，总体来讲，这是他干传道这一行搞得最多的一天。他说光说不顶用，对粗人和海盗来说，搞什么野营布道会根本没用。

国王回来之前，公爵还觉得自己搞得不少，可他这么一说，公爵就不敢多想了。他在印刷店里接到农民两个单子——售马传单——所挣的四块钱全都收入囊中，还为一家报纸揽下一单十块钱的广告，说如果提前付款，只要四块钱就可以了——只要人家同意。报纸的全年订购价是两块钱，可是他说如果提前付款，每份仅售五毛钱，就这样，他卖了三份。人家打算还用木材和洋葱当订购费，但他说自己刚买下这个店，已经把价格压得很低了，因此只收现金。他还亲自写了一首诗——共三个音节——是一首甜蜜中带有伤感的诗，题目叫《冷酷的世界，压碎这颗悲痛的心吧》——他把一切都搞好，只待打印，然后就离开了，分文不收。他总共搞到九块五，这可是辛苦一天才得来的。

然后他又告诉我们他打印的另一个活儿，没有收钱，因为是为我们自己做的。那是一张印着一个在逃的黑奴的图片，肩上扛着一根木棍，底下写着“悬赏两百元”。上面讲的全是关于吉姆的，描述得十分吻合。说他去年从新奥尔良下游四十英里处的圣雅克种植园逃了出来，很可能往北逃了，谁要能把他抓住送回去，就能得到这笔赏金。

“好了，”公爵说，“过了今天晚上，我们就可以在白天赶路了。·旦有人过来，就用绳子把吉姆的手脚绑起来，放到棚屋里，然后把传单亮出来，说我们在上游把他抓住，没钱坐轮船，只得从朋友那借一条小木筏，打算到下游去领赏钱。给吉姆戴上手铐和脚链会好一点儿，但是看起来像戴上了金银一类的东西，跟我们说自己很穷有出入。用绳子准没错——我们必须像演戏的一样，谨遵三一律。”

我们都夸公爵很聪明，这样一来，白天赶路就不会遇到麻烦了。公爵在印刷店干的好事肯定弄得小镇满城风雨，不过再怎么着跟我们也没关系了，我们估摸着那天晚上能走好几英里呢——到时只要愿意，就可以哗哗地快速往前赶了。

我们一动不动地躲起来，到了十点左右才撑开木筏，然后远远地划离那个镇子，直到看不见镇子，才把灯挂起来。

凌晨四点，吉姆喊我起来值夜的时候，他说：

“哈克，你觉得我们这一路上还能不能碰到一些国王？”

“不，”我说，“应该不会了。”

“哦，”他说，“那就好。一两个国王我不介意，不过也够多的了。这个国王醉得厉害，那个公爵也好不到哪里去。”

吉姆一直想让国王讲几句法语听听是什么样，他说他在美国待得时间久，又受了这么多苦，早就把法语忘得一干二净了。

第二十一章

太阳已经升起来了，可是我们还是继续赶路，没有停下来。不久，国王和公爵走了出去，一脸疲惫的样子。等他们跳进水里，游了一会儿后，气色就好多了。吃过早饭后，国王坐在木筏边上，脱掉靴子，又卷起裤脚，把双脚垂在水里，好不舒服，又点一支烟斗，一边抽烟，一边用心背《罗密欧与朱丽叶》的台词。等背得滚瓜烂熟的时候，他和公爵就一起练习。公爵不得不反复教他如何去说每一句话，让他叹气，把手放在胸口，过了一会儿，他说国王练得很好了。“只是，”他说，“你不能像个牛似的大声喊‘罗密欧’——必须柔声细语地唤他的名字，罗——罗——密欧！这就对了，因为朱丽叶只是一个惹人怜爱的小姑娘，她不可能叫得像个驴似的。”

接下来，他们拿出公爵用橡木板做成的两把剑，开始练习击剑——公爵自称为理查德三世。他们在木筏上击来击去怪好看的。不料，过了一会儿，国王摔了一跤，落到了水里，他们便休息了一会儿，聊聊之前在河面经历的各种冒险事儿。

午饭过后，公爵说：

“卡贝，咱们得把这场戏演成一流的，所以应该加点儿什么。等台下喊‘再来一个’的时候，我们才有法子应付。”

“布里奇沃特，什么是‘再来一个’？”

公爵解释了一通后，说：

“我就再演一场苏格兰高地舞，或者水手的号角舞。你呢——让我想想——哦，想出来了——你可以来一段哈姆雷特的独白。”

“哈姆雷特的什么？”

“哈姆雷特的独白，莎士比亚剧最有名的一段。那一段很精彩！总能博得满堂彩。可是我这本书里没这一段——我这只有一卷——但我觉得能凭记忆把那段拼出来。我来回走一会儿，看能不能从脑海里唤出来。”

于是，他来来回回地走着，时不时皱着眉头沉思，扬起眉毛，一只手紧紧拍着脑门，一个趔趄往后退了几步，不知是呻吟，还是叹息，后来还假装地掉了一滴眼泪，他这副样子也怪好看的。最后他想起来了，让我们仔细听着。他摆出一副高贵的姿态，一条腿往前迈着，两只胳膊伸出来，头往后仰看着天空，然后开始一边张口胡言乱语，一边龇牙咧嘴。之后呢，他便一直吼，双手摊开，胸口挺着，比我之前看过的表演都出彩。以下就是那段独白——很容易，他教国王的时候，我就学会了：

生，还是死，这是一把出鞘的宝剑，
漫漫人生从此历经灾难。
从柏南森林到邓西奈，谁愿肩负这重任，
对于死后的恐惧，
弑杀了无虑的睡眠，
非凡本性的第二出路，
促使我们甘愿忍受厄运的毒箭，
而非投向未知的境地。
如此，我们不得不迟疑：
把邓肯敲醒！愿你能做到。
谁甘愿忍受世间的鞭挞和嘲讽，
忍受剥削者的暴行，得意小人的耻笑，
法律的拖延，他的痛苦就能得以解脱。
夜半时分，荒凉沉寂，
教堂墓地披着黑色丧服，

阴森森地张着嘴，
可那个令行者有去无回的国度，
向世间喷着毒气。
所以，决心的本质，就像古语所说的那只可怜的猫，
蒙上一层厚厚的病态，
头顶上的乌云，
因此转变了方向，
失去了行动的意义。
那正是期盼的圆满。美丽的奥菲利亚，请等一等：
请不要张开那大理石般的笨嘴巴，
去尼姑庵吧——快点！

老头子很喜欢那段话，很快便背得滚瓜烂熟了，仿佛天生就是这块料。待他练熟，来了兴致，在那咧嘴乱叫、眼泪汪汪的样子，还蛮招人喜欢的。

公爵找着机会早就把演出的宣传海报印刷好了。此后在河上漂流的两三天里，木筏上一派异常热闹的场面，整天就是击剑和排练——公爵是这么说的。一天早上，到了阿肯色州，我们看到河湾那儿有一个弹丸大小的镇子，就在镇子上游四分之三英里的河口处靠了岸，河口两边都是柏树，看起来像是个隧道。吉姆留了下来，我们三个乘着独木舟去看看有没有演出的机会。

走运的是，那天下午有一个马戏团表演，人们乘着各式各样的破旧马车，或是骑着马从四面八方赶来。马戏团表演到晚上才结束，如此一来，就有我们演出的大好时机了。公爵把法院大厅租了下来，我们四处张贴宣传海报。海报上这么写着：

莎士比亚戏剧再度演出！
精彩绝伦！
仅限一晚！

世界著名悲剧演员，

伦敦德鲁瑞巷剧院的小戴维·加里克

和伦敦皮卡特里布丁巷白教堂皇家干草院剧院和皇家大陆剧院的老埃德蒙·凯恩，

演出莎士比亚名剧——

《罗密欧与朱丽叶》中的阳台对话！

罗密欧——加里克先生

朱丽叶——凯恩先生

全院上下通力合作，

全新的服装，全新的布景，全新的道具！

另外演出——

惊心动魄、叹为观止、刀光剑影的《理查德三世》之决斗

理查德——加里克先生

里士满——凯恩先生

加演（特别邀请）

哈姆雷特的不朽独白！！

由著名的凯恩先生演出！

于巴黎演出三百场！

因欧洲各地预约在先，

仅限一晚，

入场费两角五分；小孩、仆人一角。

之后我们到镇子上四处转悠。房屋和临街的商店大多都是破旧的木棚屋，油漆也都没喷。房子离地有三四英尺高，下面用木桩支撑着，发洪水的时候就淹不到了。房子周围都有一块儿小花园，里面什么都没有，就长了点儿杂草和向日葵，再堆些煤渣、破靴子和旧皮鞋，还有几个瓶子和破布以及一些破铜烂铁。篱笆是用各种不同的木板做成的，钉的时间也不同，东倒西歪的，门上只有一个皮制铰链。有些篱笆不知何时曾被刷过白

灰，公爵说很可能是哥伦布年代。经常有猪闯进花园，主人就会把它们撵出去。

所有的商店都临靠着一个街道。每家店门前都搭着白色篷子，一些乡下人就把马拴在篷子的柱子上。篷子下面放着许多空的干货箱子，一些游手好闲的人整天坐在上面，拿着巴罗刀削这些箱子，嘴里嚼着烟叶，边打哈欠，边伸懒腰——就一伙二流子。通常他们戴着黄草帽，帽檐有伞这么宽，但不穿外套，也不穿背心。他们彼此称对方为比尔、巴克、汉克、乔和安迪，说起话来非常慵懒，慢吞吞的，张口就是骂人。这些二流子可多了，差不多每个篷子下面的柱子旁边都有一个，经常把手插在裤兜里，只有给别人烟叶或者挠痒的时候才拿出来。他们之间的对话无非就是：

“汉克，给我一口烟嚼嚼。”

“不行——我只剩一口了，问比尔要去。”

比尔可能给他了，也可能撒谎说自己没有了。他们中有些人身上没一分钱，也没一口烟，想抽烟了就是去借——他们对伙伴说“杰克，我希望你能借我抽一口，刚才我那最后一口借给本·汤普森了”——基本上每次都是在扯淡；这种把戏除了陌生人，谁也骗不了，但杰克不是陌生人，所以他说：

“你借给他一口，是吗？你妹妹的老公的奶奶才给他一口呢。拉夫·巴克纳，你先把之前借给你的还给我，然后我借给你一吨两吨都不在话下，还不收利息。”

“我还你了啊。”

“没错，你还了——就六口罢了。你借的是店里的烟，还的却是黑鬼抽的那种。”

店里卖的是黑色扁平的烟，但这些家伙大部分抽的是搓捻的生烟。借到烟时，他们不用刀把它切开，而是放到牙齿上使劲儿咬，用手使劲儿拉成两半——有时等还回来时，烟叶主人一脸难受的样子，挖苦似的说：

“嘿，把那口给我，这烟叶你拿去吧。”

所有的街道和巷子都是稀泥地，除了稀泥还是稀泥——黑得像柏油一样的稀泥，有的地方的稀泥差不多有一英尺深，其他也都是两三英寸深。那些猪四处窜着，到处乱哼哼。你会看到一个全身污泥的母猪带着一群猪崽子在街上懒洋洋地走着，然后突地卧在地上打滚，路上的行人不得不绕着走开。那头母猪四肢伸开，闭着眼睛，甩着大耳朵，让小猪崽儿吃奶，那高兴的神情像是领了薪水似的。不一会儿，一个二流子大声喊道："嗨，虎子，上，给它点儿颜色瞧瞧！"母猪尖叫着，撒腿就跑，一两条狗咬着它的耳朵不松，后面三四条狗也在追过来。这时，那些二流子站了起来，一直瞅着它们，直到看不见影子，高兴地大声笑着，像是在感激这场闹剧带来的快乐。然后，他们又坐回远处，直到有狗在咬架。好像除了狗咬架外，再也没什么能让他们这么亢奋、这么开心了——除非是把松节油浇在野狗身上，然后一把点着，或者是把铁锅系在那狗尾巴上，看着它把自己拖死。

河边有些房子，沿着河岸凸出来，倾斜地歪着，都快要塌了，已经没人住在里面。一些房子边角下面的河岸塌了一块，空悬在河面上。但还有人住在里面，这也太危险了，因为有时候像房子那么大一块的土直接可以塌下来。再有的时候，一块四分之一英里深的土会一点一点塌下去，一个夏天过去，就都塌到河里了。在河流的吞噬下，这个镇子必须一直往后往后再往后搬迁。

越到中午，街道上的马车和马就越多，还一直不停地从外面赶来。有的一家人从乡下带着午饭在马车上吃。随处可见有人喝威士忌酒，我看见三场打架。不一会儿，有人大声喊：

"博格斯那个老头子来了！——从乡下来喝他一个月的酒了——伙计们，他来了！"

那些二流子都很高兴——估计他们常拿博格斯寻开心。其中一个人说：

"大家猜猜他准备来喝倒谁了。过去二十年，他想喝倒一些人，要是这次他能喝倒他们，那可就声名远扬了。"

另一个人说："我倒希望博格斯那个老头来吓吓我，因为我有九条命，一千年也死不了。"

博格斯骑着马奔过来，像印第安人那样呐喊着吼叫着：

“都给我闪开。我是来找人算账的，棺材要涨价了。”

他喝醉了，坐在马鞍上左右摇晃；他五十多岁，脸红得像关公。所有人都冲着他又叫又笑，挖苦讥讽他，他同样回应着，说有机会再来收拾他们，要他们的命，但现在等不及了，因为他要赶着去镇上杀谢伯恩上校，他的座右铭是：吃肉第一，喝汤第二。

他看见我，骑过来说：

“小子，你从哪里来的？想找死吗？”

说完，他就走了。我吓得半死，但有个人说：

“他并没有恶意，一喝醉，就是那个德性。他是阿肯色州心眼儿最善良的傻老头儿——不管有没有喝醉，从不伤人。”

博格斯骑到镇子上最大的一家店铺前，低下头朝篷帘底下看，大声叫道：

“谢伯恩，你快给我出来！快出来见上过你当的人。老子找的就是你这个狗杂碎，今天老子要取了你的狗命！”

接着他骂骂咧咧的，想到什么就骂什么，整条街被人围得水泄不通，大家一边听，一边笑。不一会儿，一个五十五岁上下的人从店里走了出来，神情高傲——在整个镇子上他穿得最为考究，两边的人往后退了几步，给他让出一条道。他气定神闲，语气缓和地对博格斯说话——他说：

“我受够了，但我会忍到下午一点，注意了，只到一点——不会再多忍。如果过了一点，你还胆敢恶语相向，就算是跑到天涯海角，我也要找到你。”

说完，他转身就进店去了。人群中一片寂静，没人挪动一步，也没人敢笑。博格斯骑着马往街上跑去，一路上扯着嗓子痛骂谢伯恩。过一会儿，他又回来了，停在店铺门前，嘴里依然骂骂咧咧的。几个人围着他，劝他别骂了，但他就是不听。他们跟他说还有十五分钟就到一点了，可以回家了——必须立马回去，可是劝了这么多没什么效果。他依然扯着嗓子骂，还把帽子扔到地上让马踩。不一会儿，他又朝街那头奔过去，满头银发飞舞着。大家逮着机会就劝他下马，如此一来，就能把他锁起来，让他清醒一会儿，但都是白费力气——他从街那头冲过来，给谢伯恩一顿臭骂。过了一会儿，有人说：

“过去喊他闺女！——快，去喊他闺女，有时他听她的话，她能劝劝他。”

于是有人就一路小跑过去了。我朝街那头走一会儿，然后停了下来。过了五分钟或者十分钟，博格斯又来了——但没骑着马。他步履蹒跚地从街那边向我这边走来，脑袋光着，一边一个朋友架着他的胳膊，催他走快一点儿。他一言不发，看起来一脸不安的样子；他没有赖着不走，加快了脚步。有人大声说：

“博格斯！”

我往那边看看是谁喊的，原来是谢伯恩上校。他站在街上，纹丝不动，右手拿着一支手枪——枪口朝天，没有瞄准哪个人。就在这时，我看见一个姑娘往这边跑来，身后还跟着两个男的。博格斯和他身边那两个人回过头来看看是谁在喊他，等看到那手枪，那两人赶紧跳到一边。这时，枪口慢慢放平了——双管扣起了扳机。博格斯举起双手，说：“哦，上帝，别开枪！”“砰！”响了一枪，博格斯踉跄地往后退了几步，两手在空中乱抓——“砰！”又是一枪，他重重地摔倒在地上，双手摊开。那个年轻的姑娘尖叫着冲过来，扑到她父亲身上，哭喊着说：“啊，他把他打死了，他把他打死了！”一大群人摩肩接踵地围了过来，伸长脖子一看究竟，周围的人想把他们推开，大声喊道：“都往后退，都往后退！让他喘口气，让他喘口气！”

谢伯恩上校把枪一扔，转身就走了。

他们把博格斯抬进一家小药铺，一大群人同样围了过来，整个镇子的人都来了，我冲过去，在窗户旁边找个好位置，离他很近，里面也看得一清二楚。他们把他放在地上，头下垫一本《圣经》，又打开另外一本摊在胸口上——不过，他们把他的衬衣撕开了，所以我能看到子弹打在哪个地方。他长长地喘着气，每吸一口气，就会挺起那本《圣经》，呼气的时候，书就会落下来。他闺女又是哭又是叫的，他们把她拉走了。她十六岁上下，人非常可爱，长得也漂亮，但现在脸色苍白，惊恐万分。

很快，整个镇子的人都来了，一扭一扭地往窗户旁推挤，争着去看一眼，但前面的人并不退出来，于是后面的人就一直说："嗨，伙计，你看够了吧！你老待在那儿不给别人瞅的机会，做得不对也不公平，其他人跟你一样也有权看一看。"

大家你一言我一句吵着，于是我溜了出来，心想可能又会有什么麻烦。满大街都是人，大家都很亢奋。这起枪杀案的现场目击人在描述事情发生的经过，他们身边围着一大群人，大家伸长脖子认真听着。其中有一个长头发的瘦高个子，后脑勺上戴着一顶毛质高筒白礼帽，拄着一根曲柄拐杖，在地上画着博格斯和谢伯恩当时所在的位置，大家跟着他转来转去，注视着他的一举一动，意会地点着头，猫着腰把手放在腿上看他用拐杖在地上画。然后，他直直地站在谢伯恩的位置那儿，一边皱着眉头，一边把帽檐扶到跟眉毛齐平，大声喊道"博格斯"，接着把拐杖缓缓地端平，砰地喊了一声，紧接着向后打个趔趄，又砰地喊了一声，最后四脚朝天地摔倒在地上。其他的目击人说他表演得真像，简直跟现场一模一样。后来，有十几个人拿出酒瓶子请他喝酒。

过了一会儿，有人说应该处死谢伯恩。很快，大家也都这么说，于是他们发了疯似的边嚷边走，见着晾衣绳子就一把扯下来，说是要把他吊死。

第二十二章

他们一群人沿着街道朝谢伯恩家蜂拥而去，一路上又是呐喊狂叫，又是义愤填膺的，活像那些印第安人。不管是谁都得给他们让道，否则就会被踩成肉饼，这阵势真怪吓人的。队伍前面的孩子大声尖叫着躲到一边；一路上每扇窗户上都有妇女挤着脑袋向外张望，每棵树上都盯着几个黑人男孩，男女老少也都隔着篱笆往外看，等队伍一靠近，他们就撒腿向后躲得远远的。许多妇女和姑娘甚至哭了，这阵势给她们吓得半死。

他们一路走到谢伯恩家的栅栏前，前后左右围得水泄不通，吵得你都听不到自己在想什么。那个院子仅有二十码见方。有的人大声喊道："把篱笆拆了！把篱笆拆了！"接着人群中就是一阵吵闹声，又是锯，又是砸，又是撞的，然后篱笆就倒了，前排的人群像波浪一样开始往里面冲去。

就在这时，谢伯恩从屋里走到前厅小门廊的台阶上，手里拿着一杆双筒手枪，从容不迫地站在那儿，一句话也没说。喧闹声霎时停了下来，人群开始往后退。

谢伯恩什么也没有说——就只是站在那儿看着他们。这种寂静让人很不舒服，浑身起鸡皮疙瘩。他缓缓地扫视着人群；不管扫到哪儿，他们总想瞪回去，但不顶用。他们只是耷拉着头，看起来鬼鬼祟祟的。不一会儿，谢伯恩笑了笑，不是高兴的笑，而是像吃到掺着沙子的面包的那种笑。

然后，他带着轻蔑的语气缓缓地说：

"你们竟然敢对人动私刑！真可笑！你们竟然敢对一个堂堂七尺男儿

动私刑！你们敢往逃到这儿的那些孤苦无依的娘们身上浇柏油、插羽毛，就凭这些，你们就觉得敢对一个七尺男儿动私刑了？只要是在大白天，只要不放冷箭，即使是一万个你们也伤不了我。

“我还不了解你们吗？我把你们看透了。我长在南方，住在北方，大江南北什么人没见过？一般人就是个软蛋。在北方，谁都可以从他头上踩过去，他呢，也只是跑回家，祈祷着能忍则忍。在南方，他独自一人敢在光天化日之下截一辆满员的马车，然后洗劫一空。报纸把你们描述得很勇敢，然后你们也自以为是天底下最勇敢的——其实呢，跟其他人没什么两样。知道你们的陪审团为什么不判杀人犯绞刑吗？因为他们害怕犯人的亲属哪天夜里朝他们背后放一枪——那些亲属确实会这么干。

“有鉴于此，陪审团总是无罪释放那些杀人犯。后来，一个男子汉半夜领着一百号戴着面具的胆小鬼把那个杀人犯处死了。你们错就错在没有男子汉当领头羊，此为其一；其次，错在没有戴着面具在半夜来。你们的领头巴克 · 哈克尼斯只能算半个男子汉——要不是他鼓动你们过来，你们早就各回各家，各找各妈了。

“你们打心眼儿里并不想来。一般人闲着没事不喜欢自找麻烦和危险，你们更不喜欢。但如果有像巴克 · 哈克尼斯那样的半个男子汉大喊一声‘把他处死，把他处死’！你们就不敢当缩头乌龟——害怕别人发现你是个胆小鬼——于是，你们大吵大闹，跟在他后面，怒气冲冲地赶到这儿，发誓要干一番惊天泣地的大事来。可惜，说到底你们就是一帮暴民，甚至军队也是一伙暴民；他们打仗靠的不是天生就有的勇气，而是一群人的勇气和军官的勇气。但是，一帮群龙无首的暴民甚至都不值得别人可怜。你们还是夹着尾巴回家，找个洞藏起来吧。要是想动私刑，就按南方的规矩在半夜动手，来的时候戴着面具，再拉一个男子汉过来。好了，你们走吧——带着你们的半个男子汉走吧。”他一边说着，一边把枪抡在左胳膊上架着，扣起了扳机。

人群唰的一下像潮水一样往后退，向四面八方散去。巴克 · 哈克尼斯垂头丧气地跟在后面。只要我愿意，就可以留在那儿，但我不想。

我向马戏团那边跑去，在场子后面转悠着，等看守的人走过去，我便从帐篷底下钻了进去。我身上有二十块金币，还有些零钱，但我想最好还是省着花，毕竟出门在外，身边都是陌生人，不知道什么时候就要用到钱了，凡事谨慎为好。要是没别的法子，花点儿钱看马戏团也不为过，只是没必要浪费钱。

马戏表演很精彩，是我看过最好看的一场。他们一男一女成对并肩骑着马进场，男的穿着内衣裤，光着脚，也没踩马蹬，手放在大腿上，非常自然轻松——大约有二十人——女的面容姣好，长得很漂亮，看起来就像一排如假包换的女王，身上穿着价值不菲的衣服，上面还镶嵌着钻石。这场面壮观极了，我还没见过这么好看的。紧接着，他们一个个站在马上，迂回地绕着场子走，动作柔和、轻飘、优雅。男的看起来高大、飘逸、笔挺，他们一边点着头，一边从帐篷顶底下掠过，女的穿着玫瑰花瓣的衣服，轻轻拍打着，腰上缠着丝缎，看上去就像一顶顶漂亮的阳伞。

他们骑得越来越快，然后全都跳起舞来，先是一只脚伸到空中，接着是另外一只，马身子斜得越来越厉害，戏团领班绕着中间的柱子走来走去，一边挥打着鞭子，一边大声“嗨——嘿”地喊着，有个小丑在他身后讲笑话；后来，他们全都松下缰绳，女的把手指贴在臀部上，男的把胳膊抱在胸前，马儿斜着身子，弓着腰！接着，他们一个接着一个跳到场子上，转过头向观众弯腰鞠躬，这腰鞠得让人很舒服，后来他们就跳着退场了，下面的观众像发了疯似的狂鼓掌。

这场马戏从头到尾表演都很令人叹为观止，那个小丑不停地讲着笑话，差点儿没把人给笑死。领班一句话还没有说完，眨眼间就用最俏皮的话顶了过去；我实在搞不懂他怎么能在这么短的时间里想出这么多合适的俏皮话，换作是我，一年也想不出来。不一会儿，一个喝得醉醺醺的人想闯进场子里——说想骑马，还说自己骑得不会比谁差。他们和他吵了起来，要把他赶出去，但是他丝毫不理会，马戏表演也因此暂停了。下面的观众一边冲他大声嚷，一边取笑他，惹得他发起疯来，张口就是骂，这下，观众恼火了，纷纷从位子上站起来，向场子上跑去，大声说道：“打倒他！把他轰出去！”有一两个妇女还尖声叫了起来。这时，领班简短地说了几句话，他说他不希望出什么乱子，只要他答应不惹麻烦，只要他觉得自己能待在马背上，就让他骑。大家听完都笑了，说可以。那个醉鬼就上马了，他一上去，马就四处乱蹦乱跳，旁边两个人勒着缰绳，想去制服它。那个醉鬼抱着马脖子，两只脚在空中乱甩。周围观众全站了起来，又是叫，又是笑的，眼泪都出来了。最后，尽管马戏团的人使尽浑身解数，马儿还是挣脱出去，围着场子跑了一圈又一圈。那个醉鬼呢，他趴在马背上，紧紧地抱着马脖子，先是这边的一条腿差点儿着地，接着那边一条腿也差点儿着地，下面观众看得像发了疯似的。可是，我并不觉得有什么可笑的，看着他这么危险，只会让人浑身打哆嗦。不一会儿，他两腿一跨，抓住缰绳，身子摆来摆去；接着，又使劲儿一跳，放下缰绳，站在马背上！那匹马像家里着火似的狂奔。他就站在马背上，轻松自如地围着场子转，好像压根没喝醉一样——接下来，他开始脱掉衣服往地上扔，脱了一件又一件，空中飘的都是衣服，足足脱了十七套衣服。这个时候，你可以看到他长得又高有帅，衣服穿得极其华丽漂亮。然后他使劲儿用鞭子抽打着那匹马，抽得它哼了几声——末了，他从马背上跳下来，向观众鞠了一躬，便一蹦一跳地走向化妆间。所有人兴奋、惊讶地扯着嗓子又吼又叫。

这时，领班明白过来自己被戏弄了，我觉得他是世上最可怜的领班了。原来，刚才那个“醉鬼”是他手底下的人！他自己想出这么一招，也没告诉其他任何人。上了他的当，我觉得怪尴尬的，就算是给一千块钱，我也不愿像领班那么窘迫。可能有的马戏团表演得比这个更精彩，但我从来没见过。不管怎么说，在我看来它也够好了；每次不管什么时候遇到了，我都去给它捧场。

话说回来，那天晚上我们的表演也上映了，但大约只有十二名观众，也仅能应付开支。观众一直笑个不停，这让公爵很恼火；表演还没结束，他们就走光了，除了一个熟睡的男孩。公爵说这些阿肯色州的笨驴不懂得什么是莎士比亚，他们爱看的就是低级的喜剧——甚至是一些更低级的东西。他说他摸透了他们的口味。于是，第二天一大早，他找来一大摞包装纸和黑色油漆，写了一些传单，贴得满村都是。

传单上这么写着：

法院大厅

仅限三晚！

世界著名悲剧演员

小戴维·加里克和老埃德蒙·凯恩

出演扣人心弦的悲剧

《国王的长颈鹿》，又名《王室异兽》

门票：每人五角

海报下面还用最大的字体写道：

小孩、妇女谢绝入场

“等着吧，”他说，“要是这行字还招不来他们，就算我不了解阿肯色人！”

第二十三章

公爵和国王整天都在马不停蹄地忙着搭戏台，挂幕布，还摆一排蜡烛当脚灯。那天晚上，大厅很快就挤满了人。等再也挤不下的时候，公爵便离开门口，从后面绕过戏台，站在幕布前面说了几句话，天马行空地夸赞这个悲剧，说它是空前绝后的一场激动人心的好戏；接着又继续吹捧这场戏和主演老埃德蒙·凯恩。末了，等吊足了大家的胃口后，才拉起幕布。国王手脚并用，一丝不挂地跳上来，身上喷着五颜六色的光圈和条纹，就像彩虹那样鲜艳。更不用提他身上别的打扮了，五花八门的确实很滑稽。下面的观众都快笑岔气了。等国王闹腾完，跳到后台以后，他们又是吼叫，又是鼓掌，又是像暴风雨似的嚷着，直到他再上台再表演一回。末了，他们又让他来一场。唉，就是母牛看到这个老傻子的表演，也会止不住地笑。

接着，公爵拉下幕布，向观众深鞠一躬，说因为伦敦行程紧迫，德鲁里巷剧院的票已经全部售完，所以这场悲剧只能在这儿再表演两场。然后，他又朝观众鞠了一躬，说如果大家看得尽兴，有所收获，请转告亲朋好友，让他们也过来看一看，他将感激不尽。

二十个人大声嚷着：

“什么？结束了？就这么完了？”

公爵回答说“是的”。这下可不得了啦。他们大声喊着“上当了”，发了疯似的站起来，向戏台和那两个演员冲去，找他们算账。这时，一个身材高大，相貌英俊的人跳到凳子上，大声喊道：

“各位，等一下！请听我讲句话。”他们停了下来，“我们上当受骗了——被骗得很惨。不过，没人想成为整个镇子的笑料吧，绝对没有。我们应该安安静静地走出这个门，把这个表演美美地夸赞一番，让镇上其他人都来上回当！如此一来，咱们就彼此彼此，同是一条绳上的蚂蚱了。你们觉得行不行？”（所有人大声回应着：“行！——法官说得在理！”）“那就好——别提上当的事，一个字也别提。回家让其他人来看这个悲剧演出吧。”

第二天，整个镇子的人都在说演出如何如何的精彩。到了晚上，大厅再次挤满了人，我们用同样的手法又让他们上一回当。等我、国王和公爵回到木筏上，我们吃了一顿晚饭。大概半夜的时候，他们俩让吉姆和我把木筏划到河中央，在镇子下游两英里远的地方靠岸，然后把它藏起来。

第三天晚上，大厅又挤满了人——他们不是新来的，全都是前两次来过的。我站在门口公爵身边，看到进去的人口袋鼓鼓的，褂子下面还揣着什么——绝对不是香水之类的东西。我闻到臭鸡蛋、烂白菜之类的味道，也闻到死猫的气味。总共进去三十四个人。我挤进去待了一会儿，但味道太浓了，让人受不了。等大厅再也挤不下人的时候，公爵找来一个人，给他两毛五分钱，让他替自己守一会儿门。然后，公爵就向戏台旁的门绕去，我在后面跟着，但等我们一转身到了墙角黑暗处，他说：

“走快一点儿，快离开这个地方，就像鬼在后面撵着你似的向木筏拼命跑去！”

我照着他说的做了，他也一样。我们同时到达木筏，很快就向下游漂去，四周一片漆黑，静悄悄的，木筏向河中央缓缓移动，谁也没说一句话。我想国王一定被观众整得好惨，可压根不是这么一回事儿。不一会儿，国王从棚屋里爬出来，说：

“嗨，公爵，这一场怎么样了？”

原来他根本就没去镇上。

到了村子下游十英里远的地方后，我们才点上灯，吃了一顿饭。国王和公爵讲起他们如何骗那些人的时候，笑得骨头都快散架了。公爵说：

“都是一帮蠢驴，笨蛋！我一开始就知道，第一天看戏的人不会声张出去，而是把全镇的人一起骗来。我也知道，第三晚上他们会设下圈套，自以为轮到他们报复我们了。哼，是轮到他们了，我倒要想知道他们捞到什么了，并为此付出了多少。他们要是想的话，完全可以来场野餐——他们随身带的东西可不少。”

这俩无赖三个晚上骗了四百六十五块钱。我还从来没有见过这么多的钱，多得一马车才能拉得动。

后来，等他们俩鼾声四起了，吉姆说：

“哈克，他们俩这么做，你不吃惊吗？”

“不，”我说，“我不吃惊。”

“为什么呢？哈克。”

“因为他们生来就是这种人，在我看来，他们一个是狼，一个是狈。”

“可是，哈克，我们这个国王是个地痞无赖，一个地地道道的无赖。”

“嗯，这也正是我要说的。依我看，天底下所有的国王都是地痞无赖。”

“是这样的吗？”

“你要是读过国王方面的书，就会明白了。看看亨利八世，咱们这个国王跟他比起来可以算得上主日学校的校长。还有查尔斯二世、路易十四、路易十五、詹姆斯二世、爱德华二世、理查德三世，以及其他四十多个。除此之外，还有古时推行暴政，激起骚乱的撒克逊七国时代。哎，你应该看看当年的老亨利八世，他正当壮年，一天纳一个妃子，第二天早上再砍掉她的脑袋。下命令时那冷漠的样子就像是点鸡蛋似的。‘把内尔·格温带上来’，他说。他们就把她带过来了。到了第二天早上，一声令下‘砍掉她的脑袋’，他们就服从命令砍下她的脑袋。‘把简·肖娜带上来’，他说，她过来了。第二天一早下令‘砍掉她的脑袋’——他们就照着做了。‘把法埃·罗莎蒙叫来’，她就应声来了。第二天一早下令‘砍掉她的脑袋’。他每天晚上都让她们讲一个故事，长此以往竟收集了一千零一个故事，他把这些故事汇集在一本书里，并命名为《末日审判书》——名字起得恰如其分。吉姆，你不了解这些国王，但是我了解。咱们跟前这个无赖算是我遇到的最干净的一个了。亨利一心想给国家找点儿乱子，但他做了什么呢？是下达通知还是给他们一点儿颜色看看？都不是。他突然把波士顿海湾的茶叶全部抛入海中，并发表《独立宣言》，看看他们有没有胆量站出来。那是他的风格——从不给任何人机会。他怀疑他的父亲惠灵顿公爵。那么他做了什么呢？——把他叫出来吗？不是——而是像淹死猫咪一样，把他淹死在一大桶葡萄酒里。要是有人把钱丢在他身边——他会怎么做呢？他会把钱拿走。假如他跟你签订合约做一件事情，你把钱付给他，但并没有坐下来看着他做——他会怎么做呢？他经常是干其他的事情。假如他张嘴——然后呢？如果不赶紧把嘴闭上，他每次就会满嘴跑火车。亨利就是这么一种无赖，要是待在我们身边的是他，他保准会把镇子搞得鸡犬不宁，不知比咱们国王厉害多少倍。我并没说我们的国王是羔羊，因为你一旦认清残酷的事实，就知道他们绝对不是，但无论如何，跟亨利比起来，他们确实是小巫见大巫了。总之一句话，国王就是国王，咱得多担待点儿。他们是一路惹不起的货色。他们就是被这么抚养成人的。”

“哈克，这人身上有股怪味儿。”

“吉姆，他们都这样。国王身上都有股味道，我们也没啥法子，从古至今都没什么解决方法。”

“在某些方面公爵倒是蛮心胸宽广的。”

“嗯，是的，公爵不一样，但其实也不尽然。这个公爵马马虎虎算得过去。一旦他喝醉了，没有哪个近视眼能分出他跟国王有什么不一样。”

“唉，哈克，不管怎么样，我可不想再遇到什么国王了，这一个已经够折腾人的了。”

“吉姆，我跟你想的一样。可既然我们已经遇到他俩，就记住他们是什么一路人，多担待点儿。有时，我真希望能找到不存在国王的国家。”

就算告诉吉姆他们不是什么国王、公爵又有何用呢？纯是无济于事。此外，就像我刚才说的：真神假神你也区分不出来。

我过去睡觉了。轮到我值班守夜时，吉姆也没叫我。他一向如此。天刚破晓，我醒了，吉姆把头埋在两膝中间坐在那儿，独自唉声叹气。我没有注意，也没有告诉其他人，因为我知道事情的前因后果。他想念远方的老婆孩子了，所以心情低落，患了思乡病，因为他以前从来没有离家这么远。他跟白人一样，想念自己的亲人朋友。虽然看起来不那么自然，但我感觉是这样的。深夜里，他经常在我睡着后那样长吁短叹：“可怜的小伊丽莎白！可怜的小乔尼！日子太难熬了，我怕再也没机会见到你们了，再也见不到了！”吉姆是一个很好的黑奴。

但是，这一次不知怎么的，我想跟他谈谈他老婆和孩子。终于，他说：

“我这回心里难受是因为听到河对岸像是使劲儿打人或者砰的关门的声音，这让我想起从前对小伊丽莎白那么刻薄。她才四岁呀，得过猩红热，在鬼门关走了一遭，好在又好了。有一天她站在旁边，我对她说：‘把门关上。’她一动不动地站在那儿，冲着我笑。这顿时让我火冒三丈，我又大声说了一次：‘没听到我的话吗？——把门关上！’她还是站在那儿对着我笑。我肺都快气炸了，说：‘你非得听话才行！’说完就给了她一巴掌，打得她满地找牙。然后我就去另一个房间待了十分钟左右，等回来时，门还是开着，她就站在那儿，低着头，眼泪止不住地往下流。唉，我真气疯了，就伸手打过去，碰巧的是门是朝里关着的—— 一阵风刮过来，门砰的一声关上了，刚好从她身后猛地一关——我的孩子就这么被打倒在地上，再也不能动了！我心都提到嗓子眼儿了，感到非常——非常——我不知道是什么感觉。我颤颤巍巍地爬过去，轻轻地推开门，缓缓地把头探到孩子身后。我猛地扯着嗓子大叫一声。她还是动也不动！哈克，我把她搂进怀里，一边使劲儿哭，一边说：‘我可怜的小乖乖！请全能的上帝饶恕我这个老吉姆，他有生之年再也无法原谅自己了。’哈克，她聋了哑了，完全聋了哑了——我就是这么对她的！”

第二十四章

第二天傍晚时分，我们在一个长满柳树丛的小沙洲旁靠了岸。河两边各有一个村庄，公爵和国王开始计划着怎么去骗他们一把。吉姆对公爵说，他希望不会用太久的时间，整天被绳子捆着躺在棚屋里实在很无聊。我们离开的时候，必须把他捆住，要是有人发现他孤单一人，而且还没有被捆住，别人就会以为他是个逃跑的奴隶。公爵说，整天捆着躺在那儿也确实难受，他会尽力想些法子。

公爵这人的确非同一般，不一会儿就想出来了。他给吉姆穿上李尔王的装束——一件长印花棉布，一顶白色马尾假发和胡须，又拿出剧院化妆用的颜料，把吉姆的脸、手、耳朵和脖子全部化成死灰般的深蓝色，看起来就像一个淹死了九天的人似的。我发誓这是我见过的最吓人的面孔了。接着，公爵拿出一块小木板，在上面写着——

一个生病的阿拉伯人——只要不发疯，就没什么危害。

他把木板钉在板条上，又把板条竖在棚屋前四五英尺远的地方。吉姆很满意，说这玩意比每天一听到声响就捆着躺在那儿发抖强多了。公爵让他放轻松，要是有人靠近，就不妨从棚屋里跳出来，顺便再像野兽似的号叫一两声，保管把他们吓得屁滚尿流，跑得比兔子还快。公爵的话十分在理，但一般人没等吉姆号出声就撒腿溜走了，因为他看起来不仅像个死人，甚至比死人还像死人。

这两个无赖又想搞《王室异兽》这一出，狠狠地赚它一笔。不过，他们又觉得太冒风险，毕竟这个时候上游的消息或许已经传过来了。他们一时琢磨不出什么合适的法子。末了，公爵说，先不管了，他要清静一两个钟头，看能不能想出对付阿肯色村的计策。国王打算去另一个村落，不是有什么计划，而是觉得老天爷能帮他赚一笔——我看不是什么老天爷，而是魔鬼吧。我们在上次歇脚的地方的一个店里买了些衣服。国王穿上他的衣服，还叫我把自己的也穿上，我照他说的做了。国王上下一身黑，看起来确实帅气挺拔。我从没想到衣服还能改变人。之前，他猥琐的样子看起来就是个下三滥，但现在呢，他脱下崭新的白色獭皮帽，深深鞠了一躬，嘴角微微笑，举手投足间一副绅士的派头，既友善又虔诚，保准让你以为他刚从诺亚方舟走出来，搞不好还以为他就是利未记那个老头。吉姆把小舟子打扫一遍，我把桨准备好。一艘汽船停靠在镇子上游三英里的岸边——停了好几个钟头，正在装货。国王说：

“看我这身打扮怎么样，兴许可以自以为是从圣·路易或辛辛那提，或者其他大城市来的。哈克，向那艘汽船划过去，我们坐汽船去那个村子。”

一听坐汽船，不需要他多说，我就划到离村子半英里远的岸边，然后沿着陡峭的河岸在平缓的水面快速划行。不一会儿，我们看到一个样貌清秀、天真无邪、年纪不大的乡下人。天气很热，他正坐在一根木头上擦脸上的汗，旁边放着几个大毛毡包。

“把船头停在岸边。”国王说，我照着做了，“年轻人，你这是去哪儿呀？”

“搭汽船去奥尔良。”

“上来吧，”国王说，“等一会儿，让我的下人来帮你拎包。阿道弗斯，你过去帮帮他。”——我明白，他指的是我。

我过去了，然后我们三个继续赶路。那个年轻人很是感谢，说大热天拖着行李太遭罪了。他问国王要去哪里，国王说从上游过来，今天早上在另外一个村子上的岸，现在要去上游几英里远的一个农庄看望一位老朋友，那个年轻人说：

“第一眼见你，我心想，这肯定是威尔克斯先生，他差不多及时赶过来了。但转眼我又想，不对，应该不会是他，要不然怎么会往上游划呢？你不是威尔克斯先生吗？”

“不是的，我叫布劳德盖特——亚历山大·布劳德盖特——牧师亚历山大·布劳德盖特，鉴于自己是上帝的一个卑贱的仆人，这一点必须明示。不过，如果威尔克斯先生错过什么的话，我依然对他没能及时到达感到遗憾——但愿没失去什么。”

“他的财产一分一厘也没失去，因为他依然可以得到财产，只是没能见到他哥哥最后一眼——他或许并不在意，这种事谁也说不清——可是，他哥哥为了在弥留之际见他一面，愿意倾其所有。三个星期以来，他每天念叨的就是这个了，打小就没见过威尔克斯了——还有他的聋哑弟弟威廉——威廉不过三十岁，或者三十五岁。彼得和乔治是唯一搬到这儿的两个；乔治结过婚，去年夫妇两人去世。现在剩下的只有哈维和威廉了。不过，刚才我也说了，他们还没及时赶来。”

“有人给他们送信吗？”

“哦，有倒是有。一两个月之前，彼得生病的时候，就派人送过信，彼得说他觉得自己怕是挨不过这一关了。你也知道，他年龄大了。除了一头红发的玛丽·简，乔治的女儿都太年轻，没法陪他。如此一来，乔治夫妇去世之后，他就备感孤寂，似乎对尘世也了无牵挂。他渴望见到哈维——还有威廉——因为他们都是那种不喜欢立遗嘱的人。他给哈维留下一封信，在信里告诉他钱藏在哪个地方以及遗产应该怎么分割才能让乔治家的女儿觉得不失公允——因为乔治死后没留下任何东西。那封信是他们唯一能让彼得签字的东西。”

“你怎么知道哈维不会来？他住在哪儿？”

“哦，他住在英格兰——谢菲尔德——在那儿传教——从来没来过这个地方。时间也不多——再者说了，他可能压根就没收到那封信。”

“太可惜了，生前连见兄弟一面都见不到，好可怜。你刚才说你要去奥尔良？”

“嗯，是的，不过，那只是我的目的地之一。下个星期三，我还要搭船去里约热内卢，我叔叔住在那儿。”

“这一路可不近啊，不过应该蛮有意思，我要是也能去就好了。玛丽·简年龄最大吗？其他人都是多大呢？”

“玛丽·简十九岁，苏珊十五岁，乔安娜十四岁左右——她太不幸了，生下来就是豁嘴。”

“真可怜！就这样被孤零零地抛弃在这个冷酷无情的世界。”

“唉，以前更惨。老彼得有一些朋友，他们不会让她们姐妹三个受到任何伤害。浸礼会的传教士霍布森、教堂执事罗特·霍凡、朋·勒克、阿伯纳·夏克尔福特、律师李维·贝尔、医生罗宾逊以及他们的妻子，还有寡妇巴特雷，如此等等，彼得与他们交情最深，写家书的时候还时不时提到他们。所以，哈维到那以后知道去哪儿找一些朋友。”

国王这个老头子逮着机会就铆足了劲儿问东问西，几乎把那个年轻人掏空了。镇子上的男女老少，大事小情以及威尔克斯的一切事情和彼得的生意都被他刨问个底儿朝天。彼得是个制革工人，乔治是个木匠，哈维是个非国教牧师。他接着问：

“你为什么想一路走到汽船那儿呢？”

“因为那儿有一艘奥尔良巨轮，我担心它不会在那儿停靠。这些船一旦下到深水区，任凭你怎么招呼，它们也不会停。辛辛那提船就会停下来，但这艘是圣路易斯船。”

“彼得·威尔克斯很有钱吗？”

“嗯，很有钱。他有房子，有土地，据说在某个地方藏了三四千块钱。”

“你刚才说他是什么时候死的啊？”

“我说，不过是昨天晚上死的。”

“大概是明天出殡吧？”

“是的，中午的时候。”

“唉，真是太可怜了，不过话说回来，人不免一死，不是今朝，就是明日。我们能做的就是做好准备，这样才不至于沦落到这般田地了。”

“是的，先生，这是最好的办法。妈妈也经常对我这样说。”

等我们划到汽船跟前，它已经快装完货了，不一会儿，就开走了。国王没说要上船，就这样我失去了一次坐汽船的机会。汽船开走后，国王让我往上游划一英里，到一个幽静的地方。他上了岸，然后说：

“赶紧回去，把公爵和毛毡手提包接到这儿。要是他到了对面，就过去找他，让他无论如何都要过来。好了，赶紧过去吧。”

虽然我知道他葫芦里卖的是什么药，但我啥也没说。等我和公爵回来后，我们把小舟子藏了起来，他们俩坐在一根木头上，国王把所有的事情都跟他说了一遍，跟那个年轻人说的一样—— 一个字也不差。他自始至终都拿捏着英国人讲话的腔调，学得非常像，真够难为他的了。他那样子我模仿不出来，也没想着去模仿。不过，说句老实话，他拿捏得真像。末了，他说：

“布里奇沃特，你来扮那个聋哑人怎么样？”

公爵说，这事他包了，还说自己曾在戏剧舞台上扮演过聋哑人的角色。于是，他们就在那儿等汽船。

刚等了半个下午，就开来几艘小船，但都不是从上游远处开来的。好在最后来了一艘大船，国王和公爵向它招手呼喊。待大船放下小艇，我们就上去了。这是一艘来自辛辛那提的船。知道我们只是坐四五英里，他们立马发飙了，嘴里一个劲儿地咒骂我们，还说不会让我们上岸。然而，国王很冷静，他说：

“要是我们每人愿意一英里付一块钱，派大船的一艘小艇来接送，就会载我们一程了，是吧？”

那些人的语气缓和下来，说可以。到了村子，他们派小艇把我们送上岸。看见有小艇开过来，二十多个人立马聚了过来。这时，国王说：

“请问谁能告诉我彼得·威尔克斯先生住在哪里？”他们你看看我，我看看你，点点头，好像是说“该怎么说呢”。后来有一个人轻缓温和地说：

“先生，很抱歉，我们顶多只能告诉你他昨天晚上住在哪儿。”

听到这，这个下三烂的无赖瞬间就崩溃了，扑倒在那人身上，下巴放在人家肩膀上，在他背上痛哭起来，一边哭，一边说：

“唉，唉！我可怜的兄弟啊——你怎么就这样走了，我们还没见你最后一面啊，老天爷你怎么就这么残忍啊！”

他一边号啕大哭，一边转过头，对公爵做些稀奇古怪的手势，公爵立马把包一扔，哭了起来。他俩要不是我见过的最无赖最卑鄙的骗子，太阳能打西边出来。

那些人围过来安慰他们俩，说了各种安慰的话，并把他们的包拿到小山上，还让他们俩靠在自己身上哭，并且把彼得弥留时的情况一五一十地告诉他们。国王通过各种手势，把这些告诉了公爵。他们俩对于那个制革工人的死的那种难过的样子，像是失去了十二门徒一样。我发誓如果之前有见过这场景，就让我做一个黑奴。这阵势足以让人为人类自身感到羞愧了。

第二十五章

不到两分钟，消息就传遍整个村子了，许多人一路小跑从四面八方赶来，有的边跑边穿衣服。不一会儿，我们就被一大群人围在中间，人们的脚步声像士兵行军一样。窗户上和院子里挤满了人，每隔一分钟就有人隔着篱笆问：

“是他们吗？”

一个跟着大伙儿跑过来的人就会回答说：

“当然是咯。”

到了家，只见门前街道上挤满了人，那三个女孩就站在门口。玛丽·简一头红发，不过这没什么，她漂亮得像一个仙女，脸蛋红润有光泽，眼睛闪闪发光。听说叔叔要来了，她开心得不得了。国王张开手，玛丽·简一把扑到他怀里，那个豁嘴的女孩也扑到公爵怀里，别提多亲热了！看到他们终能团聚，还这么幸福，大家都流下激动的泪水，尤其是那些妇女。

过了一会儿，国王偷偷推了公爵一把——被我逮到了——又环顾下四周，瞅见拐角里撂在板凳上的那副棺材。随后，他和公爵一手搭在彼此的肩膀上，一手擦着眼泪，缓慢庄肃地走过去。大伙连忙给他们让路，说话声和喧闹声也停了下来，有人“嘘”了一声，大家全摘掉帽子，垂下脑袋，安静得连针掉在地上的声音都能听到。他们俩走到棺材跟前，弯腰看了一眼，便一起失声痛哭，那撕心裂肺的声音简直远在奥尔良也能听到。然后，他们俩抱着彼此的脖子，下巴搭在肩膀上，一直持续了三四分钟，我还没见过有哪个人像他们俩这样。不过，屋里其他人也都这样，眼泪把地都弄湿了，这场面我从来没见过。然后，他们一人走到棺材一边，跪了下来，把额头贴在棺材上，装成一副虔心祷告的样子。大家也没见过这阵势，全都崩溃地大声抽泣起来——那三个可怜的女孩也一样。几乎每一个妇女都走到她们仨面前，什么话也没说就亲吻她们的额头，抚摸着她们的头，然后抬头看着天空，眼泪刷刷地往下流，失声哭了出来，末了，再边啜泣边擦着眼泪走开，好让下一个妇女过来表演一番。这么令人恶心的场景，我还从来没见过。

国王站了起来，往前走了几步，整理好情绪，眼泪汪汪地扯些不着边际的话，说他们俩从四千英里外的地方千辛万苦长途跋涉赶过来，却失去了亲人，连最后一面也没见着，这种痛苦实在没法下咽，但是大伙真诚的安慰和神圣的眼泪减轻并纯洁了他们的痛苦，所以他们要发自内心地感谢大伙，但这种感谢无法用言语表达，情到深处，语言是最为苍白无力的了，如此等等，扯了一通，直到最后听得让人恶心。随后，他假惺惺地说了一声“阿门”，接着又扯开嗓子大哭起来。

他话刚说完，人群中就有人唱“赞美诗”，每个人都使出吃奶的劲儿一起唱，歌声温暖动人，感觉像是走出教堂一般。音乐真是个好东西。听完国王那段假惺惺的废话后，我没想到还能听到这么令人为之一振的音乐，歌词真诚，歌声婉转。

接下来，国王又开始扯了，说要是家中哪位好友今晚能留下来跟他和他的侄女一起共进晚餐，并且帮着料理下死者的后事，他们将万分感激，还说，如果躺在那儿的老大哥能开口说话，他就知道应该叫哪几个朋友了，因为那几位都是他的至交，经常在信里提及。所以，他就直接说名字了，有以下几位：霍布逊牧师、教堂执事罗特·霍凡、朋·勒克、阿伯纳·夏克尔福特、李维·贝尔、医生罗宾逊以及他们的妻子，还有寡妇巴特雷。

霍布逊牧师和罗宾逊医生正在村子那头“打猎”，意思就是，医生把病人送往西天极乐世界，牧师在一旁给他指路。贝尔律师出差到路易斯维尔了。除了他们仨，其他几个都在跟前，他们一一走过来跟国王握手，向他致谢，并寒暄几句，然后，又走过去跟公爵握手，啥也没说，就只是笑着，头一直点着，活像一群傻子。公爵呢，他一直做着各种手势，嘴里“咕——咕——咕——咕——咕”地说着，活脱脱一个不会说话的婴儿。

国王一个人起劲儿地扯着，把村子里每个人、每条狗的名字都挨着问个遍，无论是村子里，乔治家还是彼得家发生的各种小事，还时不时透露出这些事情都是彼得在信里告诉他的，可事实上，这压根就是扯淡，全都是从搭我们的小舟去汽船的那个傻瓜嘴里掏来的。

后来，玛丽·简拿出他父亲遗留下的那封信，国王大声哭着把信的内容读了出来。信上说这栋房子和三千块金币归三个女儿所有，生意相当红火的制革厂与其他一些房屋和土地（值七千块钱）给哈维和威廉，还说那六千块现金藏在地窖。国王和公爵这俩骗子说他们下去把钱拿上来，把一切分得规规矩矩、不失公允，还让我拿根蜡烛跟过去。一进去，他们就把地窖的门关上，找到钱袋后，直接把钱往地上一摊，钱币金灿灿的，煞是好看。天哪，你看国王的眼睛闪成啥样了！他拍着公爵的肩膀说：

“世上再也没有比这更好看的了！没有了！毕奇沃特，这《王室异兽》还好看吧，对吗？”

公爵说确实是的。他们俩把金币抓在手里，再从指缝漏出来，金币掉在地上磕得叮当响。国王说：

“光会耍嘴皮子不顶用。假扮成那个死人的兄弟和他漂泊在国外的遗嘱继承人，这个我们最拿手。一切都是天意。从长远来看，这是最好的方法。所有的方法我都试过，没有比这更好的了。”

几乎没人不对眼前这堆金币感到心满意足，也不会觉得钱数会有什么差错。可是他们俩非要亲自数一数，最后发现少了四百五十块钱。国王说：

“该死的，那家伙把四百五十块钱搞哪去了？”

他们为此担心了一会儿，到处寻找。后来，公爵说：

“唉，那家伙病得不轻，也许把钱数搞错了——可能是这样。最好就这样吧，咱啥也别提了，吃点儿亏没什么大不了的。”

“我呸！你说得对，吃点儿亏没什么，我一点儿也不在意——关键是钱我们数过了。这事咱们要办得公平公允、光明磊落。咱得把钱扛上去，当着大伙的面来数——这样就不会引起疑心了，但既然他在信里说有六千块钱，我们就不想——”

“等等，”公爵说，“少的钱我们来补上吧。”说罢，就从口袋里掏钱。

“公爵，这主意妙极了——你可真有一套。”国王说，“《王室异兽》这出戏又帮了我们一把——说着，他也开始掏金币，垒成一摞。

他们都快把老底掏干了，好在不多不少凑足六千块整。

公爵说：“我又有一个主意。咱们到楼上去，在那儿把钱数清楚，然后再拿给她们仨。”

“天哪，公爵，让我抱抱！你咋能想出这么绝妙的主意来。你的脑袋瓜是我见过的最聪明的一个。这主意不错，还不会出差池。要是他们想起疑心，尽管让他们起得了——这一招保管他们无话可说。”

我们上楼后，大家围在桌子四周，国王把钱清点一遍，并堆了起来，三百块钱一堆——整整二十堆。大家馋巴巴地看着金币，咂吧着嘴。随后，他们又把钱装进袋子里，国王又开始铆足劲儿准备讲一番话。他说：

“各位朋友，我死去的大哥对于留在尘世悲痛欲绝的人非常慷慨大方。她们三个可怜的姐妹父母早亡，这么些年，多亏他无私的怜爱保护。他的为人大家都清楚，要不是怕亏待了威廉和我，他就会对她们更好。不是吗？我敢肯定是的。那么——如果这个时候我们俩阻挠他的意愿，这还算什么兄弟？要是这个时候我们争夺——没错，是争夺——他至爱的三个心肝的财产，这还算什么叔叔？倘若我知道威廉的为人——我想我是知道的——好吧，让我来问问他。”说完，他便转过身对公爵做各种手势，公爵呆若木鸡地看了他一会儿，随后似乎猛地缓过神来，满心欢喜地跳到国王跟前，嘴里“咕咕”地叫着，足足抱了国王十五次才松手。这时，国王说：“我就知道是这样，我想这足以让大家相信他是什么态度了吧。玛丽·简、苏珊、乔安娜，你们过来，把钱拿去——全都拿去。这是他留给你们的，虽然他已经去世，但心里肯定备感欣慰。”

玛丽·简一把扑到他怀里，苏珊和豁嘴扑向公爵，又是拥抱又是亲热的，我还没见过这场面。大家含着泪水涌过去，许多人一边跟那两个骗子使劲儿握手，一边不停地说：

“你们真是菩萨心肠！——真是大好人——真没想到！”

过不久，大家又谈到那个死者，说他心地是如何善良，还说他的死是一个多么大的损失，如此等等。不一会儿，一个彪形大汉从外面走了进来，站在那儿听，四处张望着，一句话也没说，也没人搭理他，因为大伙都在忙着听国王说话。国王滔滔不绝地讲着——刚说到一半：

“——他们都是死者的挚友，这也就是今晚把他们邀请过来的原因。但是我希望大伙明天都过来——全都过来，因为他敬重、喜欢每个人，所以他的殡葬宴应该向大伙敞开。”

他这人喜欢听自己说话，一直唠叨个不停，还时不时地提到殡葬宴，搞得公爵都受不了。于是，公爵在一张小纸条上写着“是葬礼，你这个蠢驴”，然后把纸条折好，从其他人头顶上传给国王。国王看了一眼，随即装进口袋里，说：

“可怜的威廉姆虽遭尽苦难，但他依然对世事看得很开。他叫我邀请大家参加葬礼——还说一定要欢迎大家。其实，他压根用不着担心——我现在不就正在做嘛。”

接着，他淡定地扯了一通，又像刚才那样时不时地提到殡葬宴。在他第三次提到的时候，他说：

“我之所以说殡葬宴，并不是因为这个词通用，事实上它也不通用——葬礼这个词才通用——而是因为殡葬宴这个词很恰当。英国人不怎么使用葬礼这个词——已经过时了。在英国，殡葬宴这个词更合适，因为它更准确地表达了意思。这个词源于希腊文 Orgo，意思是‘外面、露天、国外’，又源于希伯来文 Jeesum，指的是‘栽培、掩盖’，由此引申出‘入土为安’的意思。你们看看，殡葬宴就是一种向大伙敞开的葬礼。”

他是我见过的最下三烂的无赖了。那个彪形大汉当着他的面笑了笑。大伙都惊呆了，纷纷说：“医生，怎么是你？”阿布纳·夏克福特说：“怎么，罗宾逊，你没还听过这消息？这位是哈维·威尔克斯。”

国王连忙笑了笑，伸出手说：

“这位是我那可怜的兄弟的医生好友吧？我——”

“拿开你的脏手！”医生说，“你以为自己说起话来有点儿英伦腔——是吧？这是我见过的最拙劣的模仿了。你是彼特·威尔克斯的兄弟？你就是个骗子，这就是你的庐山真面目！”

他的话可谓一石激起千层浪！他们围在医生身边，试着让他冷静下来，向他解释哈维已经在种种事情上证明自己确实是哈维，他知道这儿每个人、每条狗的名字，还恳求医生不要伤害哈维和女孩们的感情，如此等等。可是，到头来啥话都没用，医生依然不依不饶，说那些假装自己是英国人，但其实英语说得还没他溜的人就是说谎的骗子。那三个可怜的女孩依偎在国王身边哭泣。突然，医生一个箭步冲过去，对她们三姐妹说：

“我是你们父亲的朋友，也是你们的朋友。作为一个诚实可靠的朋友，一个想保护你们免遭伤害和麻烦的朋友，我警告你们，别搭理这个无赖，别跟这个斗大的字不识一个的流浪汉扯上什么干系，也别听他胡扯什么希腊语和希伯来语，他就一白痴，就一个低级的骗子——不知从哪个地方打听到一些空洞的姓名和事实，你们却信以为真了，还任凭那些本该心里更清楚的糊涂朋友欺骗你们。玛丽·简·威尔克斯，你知道我是你的朋友，也是一个没有私心的朋友。好了，听我一句劝，把这个下三烂的无赖轰出去——我求你了，好吗？”

玛丽·简把身子一挺，天哪，她真美！然后说：

“看好，这就是我的回答。”说罢，便拿起钱袋，放在国王手里，说，“请收下这六千块钱，随便你替我和我妹妹怎么投资，不用打什么收条。”

说完，她胳膊挽着国王的一边，苏珊和豁嘴紧跟着挽另一边。大伙使劲儿鼓掌，脚跺着地板，响声如雷。国王骄傲地昂起头，笑了笑。医生说：

“好，好，这事我不管了。但是，我警告你们，总有一天，你们会为今天这事感到恶心羞愧的。”说完便走了。

“好的，医生，”国王带着轻蔑的语气对他说，“到时我们会让她们过去请你的。”——大伙都被这话逗笑了，说挖苦得不错。

第二十六章

大伙散了后，国王问玛丽·简有没有多余的房间。玛丽说有一间，威廉叔叔可以住那儿，她又把自己那间大的房间腾给哈维叔叔住，自己跟妹妹睡在一张小床上。阁楼上有个小房间，里面有张小床，国王说就让他的随从住里面——他说的是我。

于是玛丽·简领我们上楼，把房间指给他们俩看，房间虽然简朴却很舒坦。她说，如果哈维叔叔觉得碍事，她可以把衣服等杂七杂八的东西都搬出去。哈维说："没事，就放那吧。"那些衣服挂在墙上，衣服前面有张印花棉布做的布幔，一直垂到地上。一个老旧的皮箱放在房间角落，另外一个角落放着一个吉他盒子，还有各种样式的小玩意儿，全都是女孩子装饰房间的东西。国王说，这些东西让他有种家的感觉，很舒服，就别动它们了。公爵的房间相当小，但也很不错，我的小房间也还可以。

那天晚上，他们吃了一顿丰盛的晚餐，男女老少都来了。我站在国王和公爵的椅子后面侍候他们，其他人则由一些黑奴侍候着。玛丽·简坐在苏珊旁边的主人席上，说点心很难吃，果酱馊了，炸鸡硬得啃不动——如此等等。女人都这样，都是为了让客人说些恭维赞赏的话，客人心里知道饭菜做得很精致，就说："这点心你是怎么烤成金黄色的呀？太漂亮了。哇，这么好吃的腌菜你怎么做的呀？"说了一大串，人们吃饭的时候总是爱夸主人的厨艺。

晚餐结束后，我和豁嘴在厨房吃剩菜，其他人帮那些黑奴收拾打扫。

赖的骗局呢？不——不行。他可能会告诉大伙是谁告诉他的，到时，国王和公爵免不了狠狠地揍我一顿。要不偷偷地告诉玛丽·简？也不行——不能这么做。她脸上的表情肯定会露出破绽。国王和公爵这两个无赖已经拿到钱，到时候，他们俩就会带着钱一走了之。要是她找人帮忙，估计在真相大白之前，我自己也被卷了进去。如今，看来只有一个法子了，就是我设法把钱不着痕迹地偷过来。那两个无赖正如鱼得水，不把这户人家和整个镇子榨干才不会罢手呢。如此一来，我有的是机会。我把钱偷过来藏好，等过些天到了河下游，再写信告诉玛丽·简钱藏在哪个地方。不过，最好今天晚上就动手，因为医生不见得就撒手不管这事了，被他这么一闹，他们俩或许早就成了惊弓之鸟了。

这么一想，我赶紧去楼上搜搜他们的房间。走廊一片漆黑，但我还是找到了公爵的房间，开始用手到处摸索。转念一想，国王绝不是那种放心让其他人保管钱财的人，于是，我就进了国王的房间寻摸，屋里伸手不见五指，没有蜡烛啥也看不见，可是我没有点蜡烛。看来还得另选它法——躲起来偷听。就在这时，楼下传来脚步声，我打算溜身藏到床底下，往那儿一摸，发现床不在那儿，却摸到了玛丽·简用来遮挡衣服的布幔，便纵身跳到后面，藏在衣服中间，站在那儿一动不动。

他们走进屋，转身便把门关上。公爵进门第一件事就是猫着腰往床底下查看。好在刚才我没有摸到床。不过，话说回来，人一旦做了什么不可告人的事情，自然而然地就想躲在床底下。他们俩坐了下来，过了一会儿，国王说：

“好了，你要说啥？有话就快说，有屁就快放。与其给他们机会在背后议论我们，咱们还不如在楼下刺激他们哭丧呢。”

“嗯，卡贝，是这样的。我心里老感觉不安生，也不舒服。那个医生的话一直回响在我耳边，我想知道你有何打算，我倒是想了一个主意，觉得还不错。”

“公爵，是啥主意？”

“咱们最好在凌晨三点之前一走了之，带着到手的钱财往河下游奔去。你看，这钱来得多么容易——直接就塞到咱手里了，本来还打算把它偷过来呢。所以，还是就此收手，直接开溜吧。”

公爵的话让我感到很不安。倘若是在一两个小时之前，我绝不会这样，但现在我既不安，又失落。国王厉声说道：

“什么！剩下的家产不卖了？就这么像傻子一样开溜，却不管那些价值八九千块钱的家产了？——那都是抢手货啊。”

公爵嘟囔着说，有那袋金币就足够了，他不想再继续陷下去了——不想把那三个孤儿的东西抢得一个不剩。

“嘿，你这什么话！”国王说，“除了那袋钱，我们没抢她们啥。只有买家产的那些人才倒霉，因为一旦发现家产不是我们的——我们走后不久就会被发现——买卖就不会有效，到时，一切就物归原主了，那三个孤儿就能重新获得她们的房子，这对她们来说也足够了。她们还年轻，手脚麻利，养活自己不会有困难，更不会遭什么罪。你想想——成千上万的人过得还没她们好呢。哎呀，她们没啥可抱怨的。”

国王把他讲得哑口无言，最后公爵让步了，说也行，但又说，这样待下去也不是个办法，太蠢了，那个医生还一直阴魂不散呢。但国王说：

“去他妈的医生！有必要管他吗？镇上所有的傻子不都一边倒向咱们了吗？在哪个镇上这不占大多数？”

于是，他们便准备下楼了。公爵说：

“我觉得钱藏得不安全。”

他的话让我起了精神，一开始我以为摸不到一点头绪呢。国王说：

“为啥？”

“因为玛丽·简从现在起要守灵，她肯定会让打扫房间的黑奴把东西装进箱子收拾起来。难道你还以为黑奴看见钱，不会顺手牵羊拿一些吗？”

“公爵，你脑瓜可真灵光。”国王说。说罢，他在离我两三英尺远的布幔底下乱摸一通。我紧紧地贴着墙，尽管身子在打战，但还是一动不动，心想，要是他们俩抓住我，会对我说些什么，要是真抓住我了，我该怎么做才好。不过，还没等我想好，国王就拿到钱袋，压根没发觉我就在附近。他们把钱袋使劲儿往草垫下秸秆垫套的裂缝里一塞，又往里挤了一两英尺深。末了，他们说，这下好了，黑奴只是整理整理草垫床铺，一年到头也只会翻两次秸秆垫套，这么一来，就没有被偷的危险了。

但是，没谁比我知道得更清楚。他们刚下一半楼，我就把钱袋拿出来，然后蹑手蹑脚地走进自己那个小房间，先把钱藏在那儿，以后有机会再找个安全的地方藏起来。我觉得最好把钱藏在房子外面某个地方，因为他们一旦发现钱丢了，肯定把房子翻个底朝天。这一点我最清楚了。我衣服没脱就上床睡觉了，可是却睡不着，心里火急火燎地想把这事办妥当。过一会儿，我听到国王和公爵上楼的声音，便一溜烟从床上下来，下巴搁在楼梯口上，看会不会发生什么事。可是，啥也没有。

我就这么一直等着，一直等到深夜各种喧嚣声都沉寂下来，清晨的声音尚未开始，这才从梯子上溜下来。

第二十八章

没多久，就该起床了。我便起身下楼，经过她们三个的房间的时候，看见玛丽·简坐在她的旧皮箱旁，箱子开着，她正忙着整理衣物——准备去英国。不过，她又停了下来，把一件叠好的袍子撂在腿上，捂着脸哭了起来。我看着心里很难受，谁看了不难受呢。于是走了进去，说：

“玛丽·简小姐，你是菩萨心肠，见不得人家受苦受难，我跟你也一样。告诉我发生什么事了吧。”

果然是关于黑奴的事。她说，原本美好的英国之行差不多被搞砸了，一想到他们母子就此永别，就不知道还怎么能高兴起来——说完，哭得更伤心了，然后，双手一挥，说：

“哦，天哪，天哪，你想想，她们母子从此就见不了面了！”

“会的——不超过两星期——这个我知道！”我说。

我真是个冒失鬼，没想好就说出来了！——还没等我向后退，她就伸出胳膊紧紧抱住我的脖子，让我再说一遍——再说一遍！

都怪我刚才说得太快、太多了，搞得现在很被动。我让她给我一分钟时间想一想。她坐在那儿，既焦躁，又激动，样子美极了，脸色也舒展很多，好像一个人刚把坏牙拔掉似的。我脑子高速运转着，心想，虽然我没经验，也不敢确定，但要是一个处于我这种境地的人把实话说出来肯定要冒许多风险，肯定的。可是，就这件事来讲，说实话总比说谎好，也更安全。我得牢牢记在心里，反复思量，这也太奇怪，太不可思议了，还没遇到这样的事。得了，还是试试看吧，趁此机会把真相说出来，虽然这跟坐在火药桶上，把它点燃，看看自己究竟能被崩到什么地方没什么两样。于是，我说：

“玛丽·简小姐，你能在镇子不远的地方找到一个能待三四天的地方吗？”

“能啊——罗斯洛普先生家。怎么了？”

“先别问原因，要是我跟你说那几个黑奴能在两个星期内在这栋房子里见面，而且还能证明我是怎么知道的，你愿意到罗斯洛普家待四天吗？”

“四天！”她说，“就是一年也愿意！”

“那就好，”我说，“我要的就是你这句话——亲吻《圣经》宣誓还有效。”她笑了笑，脸上微微泛红。我接着说，“要是你不介意，我就把门关起来插上了。”

之后，我走过来坐下，对她说：

“千万别大呼小叫，就在那儿坐好，像个爷们儿一样面对事实。我会一五一十地把真相告诉你，但是，玛丽小姐，你可要勇敢一点儿，因为这事太严重了，很难令人置信，但事到如今已是很无奈了。他们俩压根就不是你们的叔叔——就是一对狼狈为奸的江湖骗子——彻头彻尾的骗子。最严重的就是这一点——其他的你应该能承受得住了。”

对她来说这是当头一棒，但我也只是讲了冰山一角，于是继续说下去。她的眼睛燃起了烈烈火焰。我把一切都告诉了她，从一开始在哪碰到那个赶轮船的年轻傻子，一直讲到她在大门口扑进国王怀里，他还亲了她十六七下——这时，她倏地跳了起来，脸蛋红得发烫，像傍晚的太阳，说：

“这禽兽不如的东西！走——别浪费时间了—— 一秒也别耽搁——我们要好好治治那两个骗子，给他们身上涂柏油、插羽毛，再扔进河里喂鱼。”

“必须的，但你指的是去罗斯洛普先生家之前还是……”我说。

“哦，”她说，“我脑子都在想些什么啊！”然后又坐了下来，“我的话你别介意——请别介意——你不介意，是吧？”她一边说着，一边抓住我的手，她的手如丝绸般光滑，为了这份柔情，就是让我上刀山，下火海，我也心甘情愿。“我没想到自己这么激动，”她说，“你接着说吧，我不打断你了。你跟我说应该怎么做，无论说什么，我都听你的。”

“嗯，”我说，“那两个骗子既卑鄙又无耻。我不得已跟他们走了这么长时间——个中原因就不告诉你了——如果你揭发他们的阴谋，镇上的人就会把我从他们的魔爪中解救出来，我倒是解脱了，但另外一个你不认识的人就遭殃了。我们得把那个人救出来，对吧？当然得把他救出来。嗯，既然这样，我们最好还是先别揭发他们。”

这时，我想出一个主意，或许我和吉姆可以甩掉这两个骗子，把他俩投进大牢，然后再离开，但我不想白天划木筏子，除了我自个儿，木筏上就没人能应付那些盘问了。这也是我打算今晚深夜时才实施这个计划的原因。我说：

“玛丽·简小姐，我告诉你该怎么做——你也用不着在罗斯洛普先生家待太久。到他家有多远？”

“就短短四英里路——就在后面那个村子。”

“嗯，那就好。你现在就去吧，一直待到晚上九点或者九点半，然后再让他们把你接回家——就说想起什么事了。如果晚上十一点之前到家了，就在这个窗户旁放一根蜡烛，要是我没有出现，你就一直等到十一点，如果那时还没有出现，就说明我安然无恙地走了。到时，你就跑出来揭发他们，把那两个骗子投进大牢。”

“好，”她说，“都听你的。”

“万一我没能走掉，跟他俩一起被抓回来了，你一定要站出来，把先前我跟你讲得整件事情的经过说出来，一定要尽你所能为我说话。”

“我一定会为你说话的。他们绝不会碰你一根汗毛！”她说。她说话的时候，鼻孔微微张着，眼睛晶莹地闪着光。

“要是我走了，就不能在这儿证明那俩无赖骗子不是你们的叔叔了。”

我说，“其实，就算我在这儿，也无法证明，顶多也只能发誓他们是骗子罢了，尽管这多少能起一点儿作用，但其他人也照样能比我做得更好——而且还不会像我这样很快引起大家怀疑。我告诉你怎么去找这些人，给我一支笔，一张纸，喏——《王室异兽》，布里克斯维尔。把这收好，别弄丢了。要是法院想查清他俩的案底，就让他们派人去布里克斯维尔，就说他们已经抓住表演《王室异兽》的那两个人，需要几个目击证人——玛丽小姐，到时候一眨眼的工夫，那个镇子的人就都过来了，还是憋着一肚子怒气来呢。”

等差不多一切都安排妥当了，我说：

“拍卖会照常举行，别担心。这个拍卖会安排得太仓促了，不到第二天，不会有人付钱，那俩骗子不把钱拿到手才不会走呢——依照我们的安排，买卖不会生效，他们一毛钱也捞不到。就跟那几个黑奴一样——不能算买卖，他们不久就能回家了。那俩骗子压根就收不到卖黑奴的钱——他们现在是进也不是，退也不是，玛丽·简小姐。”

“嗯，”她说，“我现在就下去吃早饭，然后直接去罗斯洛普先生家。”

“玛丽·简小姐，这可不行，”我说，“绝对不行，早饭别吃了，直接过去。”

“为啥？”

“你以为我为啥叫你过去啊？玛丽小姐。”

“这我还没想过——让我想一想，可我还是想不明白啊，到底为啥？”

“因为你不是那种脸比城墙还厚的人。你脸上的表情比书上的字还清晰，就像看粗体字一样，谁都能看出个所以然。你觉得那两个‘叔叔’给你早安吻的时候，你能面对他们，还不——”

“好了，好了，别说了！我这就去，早饭不吃了——我很高兴去。那我的妹妹呢？就让她们俩跟他们待在一块吗？”

“嗯，是的——不过，你别担心。她们俩还得再忍耐一会儿。要是你们全都走了，他们俩会起疑心的。我不希望你见他们，也别见你的妹妹，更别见镇子上任何人——要是今天早上哪个邻居问你叔叔睡得好吗，你的脸肯定会出卖自己。这可不行，玛丽·简小姐，你还是快走吧，剩下的一切都交给我。我会让苏珊小姐代你向叔叔问好，就说你出去几个小时，休息一下，透透气，或者是出去见一个朋友，今天晚上或者第二天早上再回来。”

“去见朋友这个理由比较靠谱，但我才不想向那两个骗子问好。”

“嗯，行，那就不问好了。”跟她这么说说就足够了——又没什么害处。就是一件小事罢了，也没啥麻烦。恰恰这些小事更能解决一些棘手的问题，玛丽·简听着也舒服，而且还不用任何代价。然后，我又说，“还有一件事——那袋钱。”

“嗯，钱在他们手里，一想到被他们得手，我就觉得自己很傻很天真。”

“不，你不知道，其实钱不在他们那儿。”

“为什么？那会在谁那儿呀？”

“我倒是想知道，但我现在也不知道钱在哪儿。一开始我从他们那儿把钱偷过来了，打算交给你。我知道藏在什么地方，但恐怕现在不在那儿了。玛丽·简小姐，我很抱歉，可我真的已经尽力了，还差点儿被抓个现行，我就随手找个地方把钱袋一塞，然后撒腿就跑——不过，藏得地方不好。”

“唉，别自责了——自责也没用，别这样怪自己——你也无奈，又不是你的错。你把钱藏在哪了？”

我并不想让她想起自己的麻烦事，也不愿张口告诉她，以至于她想起棺材里尸体肚子上放着一袋钱。所以，有一分钟我什么也没说——过了一会儿，我说：

“玛丽·简小姐，我最好还是不告诉你了。要是你能原谅我的话，我就把地点写在纸条上，如果你想看，在去罗斯洛普先生家的路上就可以看看，行不？”

“嗯，行。”

我是这么写的：钱放在棺材里，那天晚上你在那儿哭的时候，钱就在棺材里了。当时我躲在门后面，看到你这么伤心，我也很难受。

一想到那天夜里她孤零零一个人哭得那么伤心，而那两个恶魔就住在她屋檐下羞辱、抢夺她，我的眼泪就止不住往下流。我把纸条折好递给她，发现她满脸泪痕。她紧紧抓住我的手，说：

“我走了——一切照着你说的办。要是无缘再见，我也不会忘记你，我会一直想念你，为你祈祷！”——说完，她就走了。

为我祈祷！假如她知道我的为人，就会找个更适合自己的事干了。但我敢打赌她依然会为我祈祷——她本性如此。只要她想，就算是为犹大祈祷也不在话下——不带一丝迟疑。不管怎么说，我觉得她比其他任何女孩子都有胆量，仿佛浑身上下一身虎胆。这话听起来像是奉承，但其实丝毫没有奉承之意。论美貌和善良的话——她也比其他女孩子出众。自打那次她出门，我就再也没有看到她了，但我对她的思念有增无减，少说也有上百万次，还想着她曾说过要为我祈祷。如果为她的祈祷对我也有帮助的话，我无论如何也要为她祈祷。

玛丽·简是从后门溜出去的，因为没一个人看到她。碰到苏珊和豁嘴的时候，我说：

“河对岸那些人叫什么啊？我看你们有时去那边拜望。”

“有好几家人，但主要是普罗克特斯家。”

“就是这一家，”我说，“我差点儿给忘了。玛丽·简小姐让我告诉你们她急匆匆地去那边了——有人生病了。”

“谁生病了？”

“我不知道，至少是忘了，但我想是——”

“我的老天爷，千万别是汉娜。”

“很抱歉，”我说，“就是汉娜。”

“我的天呐——上个星期她还活蹦乱跳的呢！病得很厉害吗？”

“怪厉害的。玛丽·简小姐说，她的家人整日整夜陪着她，估计挨不了多少小时了。”

“这么严重了啊！她到底得了什么病？”

我一时想不出合理的解释，就说：

“流行性腮腺炎。”

“你就瞎扯吧！就算是得了这种病，也用不着人陪着啊。”

“不用人陪着，是吗？你敢不敢打赌？玛丽·简小姐说，这种流行性腮腺炎跟以往的有所不同，是一种新的病体。”

“怎么新的了？”

“因为它跟其他几种病混合在一起了。”

“哪几种病？”

“嗯，有麻疹、百日咳、丹毒、肺痨、黄疸病、脑膜炎，还有其他我说不上名字的病。”

“天哪！所以他们就把它叫作流行性腮腺炎了？”

“是玛丽·简小姐说的。”

“嗯，那他们到底为啥把它叫作流行性腮腺炎呀？”

“没啥原因，因为就是流行性腮腺炎，就是这么来的。”

“没一点儿道理啊。一个人可能是碰伤了脚趾，喝了毒药，又掉到井里，然后扭了脖子，脑浆都崩了出来，可能会有人跑过来问他是怎么死的，某个二百五可能就会说‘因为他碰伤了脚趾’。这讲得通吗？一点儿都讲不通。这病传染吗？”

“传染？怎么这么说？放在暗处的耙子扎不扎人啊？你不是被这个齿子就是被另外一个齿子扎住，对吧？除非你把整个耙子拿起来，否则就摆脱不了，是吧？这种流行性腮腺炎就是一把耙子——还是把顶好的耙子，粘住就甩不掉了。”

“唉，太可怕了。”豁嘴说，“我要去找哈维叔叔——”

“嗯，行，”我说，“我也去。一点儿都不能再耽误了。”

“为什么说不能耽误了？”

“你想想就知道为啥了。你们两个叔叔不是说要尽快动身回英国了吗？你觉得他们会自私到撇下你们不管，让你们自己跋山涉水去英国吗？你知道他们会等着你们的。到目前为止，还没出什么乱子。你哈维叔叔是个牧师，是吧？嗯，很好，为了让他们同意玛丽·简小姐登船，他会去欺骗轮渡船员吗？会去欺骗海船船员吗？你也知道他不是这种人。那他会怎么做呢？他会说：‘真可惜，教堂里的事只能让他们来打理了，因为我的侄女感染到致命的流行性腮腺炎，我得留下来三个月，看她到底有没有得这种病。’不过，要是你觉得最好是告诉哈维叔叔，也没关系。”

“我呸，本可以在英国快活地生活，却要像个傻子一样待在这儿，只是为了看看玛丽·简有没有得那种病？你说话怎么跟白痴没什么两样？”

“不管怎样，你最好还是跟邻居说一声吧。”

“听听你说的什么话。你天生就是头蠢驴，难道就看不出来他们会告诉其他人吗？现如今，谁也不能告诉。”

“好吧，可能你说得对——嗯，看来你说得对。”

“但是，无论如何，我觉得应该告诉哈维叔叔玛丽出去了，这样他就不会担心她了。”

“嗯，玛丽·简小姐就是这么吩咐的。她说，‘请让她们俩代我向哈维叔叔和威廉叔叔问好，就说我去河对岸看望——看望——你彼得叔叔经常念叨的那户富裕人家——就是那个——叫什么来着？”

“你指的是阿普索普家，对吧？”

“就是这家，这名字真难记。嗯，她说，她要去阿普索普家，请这家人拍卖那天一定要过来买下这栋房子，因为她觉得彼得叔叔肯定不想让其他人买这栋房子。她会一直缠着他们，直到他们松口。如果到时她不累的话，就回来，要是很累的话，就第二天早上再回来。她还说，别提普罗克特斯家的事，说说阿普索普家就行了——保准不会出差错，因为她确实是去那边劝他们买下这栋房子。这是她亲口告诉我的，我一清二楚。”

“没问题。”她们说。然后就去找她们的叔叔，给他们请安，把该说的都告诉他们。

一切都安排妥当了。这俩姑娘应该很想去，所以不会乱说。国王和公爵巴不得玛丽·简为拍卖忙前忙后，免得在罗宾森后面瞎转悠。我心里舒服极了，觉得干得很干净利索——就是汤姆·索亚也不见得能比我做得好到哪里去。当然咯，他会玩些花招，但这方面我就不怎么得心应手了，从小也没人教过我。

拍卖会在广场上举行，一直搞到傍晚时分。国王那个老头也来到现场，站在主持人旁边，一脸虔诚专注的表情，时不时还假惺惺地插几句《圣经》里面的话。公爵四处咕咕地叫着，无所不用其极地博取大家的同情，以此提高自己的知名度。

到最后，除了墓地旁那一小块地，其他全都拍卖出去了。可是他们俩还一个劲儿地想把那块地拍出去——我从来没见哪个长颈鹿像国王那样想把什么都吞进肚子里。就在这时，一艘汽船靠岸了，不到两分钟，一大群人走了过去，又是吼，又是叫的，一边哈哈大笑，一边高声呼喊：

“你们的对手来了！如今有两班人马，都说是彼得·威尔克斯的遗产继承人——赶紧掏钱押注吧。”

第二十九章

紧跟在他们身后的是一位精神矍铄的老先生，还有一位相貌英俊、胳膊上缠着绷带的年轻人。他们又是叫，又是笑的，闹腾个不停。不过，我倒看不出他们是在开玩笑，国王和公爵肯定会一阵悸动，脸色煞白。可是，我错了，他们俩跟啥也没发生一样。公爵脸上没有透露出一丝怀疑的表情，依然自得其乐地四处咕咕叫个不停，就像一把往外倒牛奶的水壶。国王呢，一脸苦相地看着这些眼中钉、肉中刺，好像是在想世界上怎么会有这样的骗子和无赖。他这招也真能蒙人，许多有话语权的人围在国王身边，以此让他知道他们是站在他这一边的。那位老先生开始时一脸茫然，但不久就开口说话了，他一口英伦腔，而且不是国王那种腔调，虽然国王模仿得已经相当好了。这位老先生的话我记不住，也学不来。他转身对着那一群人说：

"没想到还会发生这样的事情，真让人诧异。老实说，我还没想好应该怎么做，因为我和我弟弟出了点儿意外，他摔断了胳膊，昨天晚上又疏忽大意地把我们的行李错放在上游一个镇子了。我们是彼得·威尔克斯的兄弟，我叫哈维，这位是威廉，他现在是个聋哑人了——哑语也打不了多少，而且只有一只手能活动了。我说我们是，我们就是，等一两天取到行李后，我们就能证明自己了。但是，现在我不会多说什么，只想回旅馆等着。"

说完，他便跟那个哑巴走了。国王笑了笑，然后开始扯：

“摔断了胳膊——装得还真像啊，是不是？——骗子学哑语能不快吗，他竟然还没学会。行李丢了是吧！真不错！——这借口还真不错——尤其是现在这种情况下！”

说完，国王又笑了笑，其他人也都跟着笑了，除了三四个或者五六个人。其中就有那位医生，还有一个相貌英俊的先生，他手里拎着一个老式的毛毡手提包，刚下汽船，正低声跟医生说话，两人时不时瞄国王一眼，并点点头——他就是那个去路易斯维尔的律师——赖维·贝尔；另外还有一个五大三粗的汉子，他听完那位老先生的话，又来听国王瞎扯。等国王把话讲完后，这个壮汉站起来说：

“嘿，这边呢。你说你是哈维·威尔克斯，那你是啥时候来到这个镇子的？”

“葬礼前一天。”国王回答道。

“具体什么时候？”

“下午，日落前一两个小时。”

“那你是怎么来的？”

“我在辛辛那提搭苏珊·鲍威尔号轮船来的。”

“既然这样，那天早上你怎么去帕特了——划独木舟去的？”

“我没去那儿。”

“你撒谎。”

几个人跳过来，劝他别用这种语气跟那个老传教士说话。

“传教士个屁，他就是个骗子。那天早上他确实在帕特，我就住那儿。当时我在那儿，他也在，我亲眼看到了。他划着独木舟过去的，旁边还有蒂姆·柯林斯和一个小男孩。”

医生走了过去，说：

“海因斯，要是见到那个小男孩，你能认出来吗？”

“应该可以，但也不敢保证。看那边，就是他，我一眼就认出来了。”

他用手指着我。医生说：

“各位街坊邻居，我不知道刚才新来的那两个人是不是骗子，但如果这两个不是骗子，那就算我是白痴。事情没调查清楚之前，我们务必要看好他们，不能让他们逃了。海因斯，过来。其他人也过来。咱们把他俩带到旅馆，跟那一对当面质问个清楚，肯定能找出蛛丝马迹。”

虽然国王的粉丝不怎么情愿，但大伙还是顿时来了精神。于是，我们就往旅馆走了。这时，太阳已经快落山了。医生和蔼地拉着我的手，一直没松。

大伙走进旅馆一间大房间，点了几根蜡烛，又把那对新来的两个人叫了过来。医生说：

“我并不想刁难他们俩，但我觉得他们俩是骗子，指不定还有咱们不认识的同伙。如果他们是骗子，他们同伙会不会拿走彼得·威尔克斯遗留下来的那袋钱？不是没有这种可能。倘若他们不是骗子，那就不会反对把钱交出来让我们保管，直到他们证明自己的清白——有没有问题？”

大家纷纷表示同意。他们一开始就把国王和公爵逼进死胡同了。但是国王面如土灰地说：

“各位，我也希望钱在那儿，更无意阻挡大家对这件不幸的事情进行一次公平、公开和彻底的调查。但是，唉！钱不在那儿。要是不信，可以派人去看看。”

“那钱在哪儿？”

“我侄女把钱交给我保管的时候，考虑到在这待不了多久，没有必要存进银行，我就把它藏在床上草垫里面了，觉得放那儿比较安全。可是，我们对这儿的黑奴不了解，一开始觉得他们跟英国的用人一样老实。第二天早上，我们刚下楼，他们就把钱偷走了。我把他们卖掉的时候，还没发现钱被偷。所以，他们带着钱走了。各位，我的仆人能把具体情况告诉你们。”

医生和另外几个人齐声说“我呸”。看来没几个人相信国王的话了。有个人问我有没有看见黑奴把钱偷走。我说“没有看见”，我只是看到他们从国王房间鬼鬼祟祟地走出来，也没多想，只是觉得他们怕吵醒我家主子，为了避免惹祸上身，才溜走了。这些人问了我这些。医生转身问我：

“你也是英国人吗？”

我回答说：“是的。”他和其他几个人大声笑了笑，又说：“净瞎扯！”

接下来，他们展开一番详细的调查，反反复复地盘问我们，一个钟头过去了，另一个钟头又过去了，没人提到晚饭的事情，好像都没人想过这个——他们就这么一直盘问着，真是一件让人摸不着头脑的事情。他们命令国王和那个老先生各自叙述下自己的情况。除了那些心有偏见的傻子外，明眼人一看就知道老先生说的是实话，而国王是在撒谎。后来，他们又让我把知道的全都说出来。国王对我使了使眼色，如此一来，我便知道该怎么说才对了。我开始讲谢菲尔德，讲我们在那边的生活，又讲了英国的威尔克斯一家人的情况，如此等等。可是，还没等我说多少，医生就开始大笑，律师赖维·贝尔说：

“好了，孩子，停下来吧，我要是你，才不会这么白费口舌呢。看来你不怎么会撒谎，谎撒得不怎么溜，还需要多加练习。刚才你说得也太磕磕巴巴了。”

我倒不在意他的夸奖，只要他们能放过我，我就开心了。

医生也发话了，他转过身，说：

“赖维·贝尔，如果是你先到镇子——”

国王打断他，两手一伸，说：

“您就是我死去的老大哥在信里经常提到的那位老朋友吗？”

他们俩握了握手，律师满脸高兴的样子，两人攀谈了一会儿，然后又挪到一边压低声音继续谈。末了，律师大声说：

“这事儿就这么定了。我会把你和你弟弟的诉状带过去，到时他们就知道没什么大碍了。”

他们拿出几张纸和一支笔。国王坐了下来，把脖子歪向一边，咬了咬舌头，然后随手潦草地写了一通，写完又把笔递给公爵——第一次看到公爵脸色这么差，但是他还是接过笔和纸。这时，律师转过身对那个新来的老先生说：

“你和你弟弟也写几行字吧，写完签上自己的名字。”

那位老先生就写了，可是没人能看懂他的字。律师一脸惊讶的表情，说：

“唉，这可难办了。”随后从口袋里拿出一沓旧信件，检查了一下，又反复核对这位老先生的笔迹，说，“这些信是哈维·威尔克斯写的。你们看看，有两种笔迹，一眼就能看出来不是他们写的。(国王和公爵明白上了律师下的套之后，顿时一脸被人家作弄的傻相）这个是这位老先生的笔迹，大家很容易就能看出来这些信不是他写的——事实上，他刚才写的压根就不是字。这些信是——”

那位老先生说：

“请让我来给大伙解释吧。除了我兄弟，没谁能认出我的字——所以，他就替我抄写。你收到的信是他写的，不是我写的。”

“哦！”律师说，“原来是这样呀。我也收到了威廉的几封信。如果你能让他写几行字，我们就可以——”

“他左手不会写字，”老先生说，“如果他能使用右手，你们就能看出来，他自己的信和我的信全都是他写的。请仔细核对这两封信——都是出自同一人之手。”

律师核对了下，说：

“是这样的——即使不是，也与我之前注意到的有很大相似之处。好了，好了，好了！我原以为咱们最终能解决这个问题，现在看来，是走了弯路。但至少证实了一件事——他们两个不是威尔克斯家的人。”说罢，他摇头看着国王和公爵。

嚯，你猜怎么着？——那个驴脾气的老傻瓜竟然死不承认！一点儿都不承认！说这个测试不公平，还说他的弟弟威廉比谁都爱开玩笑，压根就没想过写什么东西——他看威廉拿笔去写，就知道他是又在开玩笑了。国王越说越起劲儿，扯到最后连他自己都信了——但是，不一会儿，那位老先生打断他，说：

“我想到一个办法。在场的有没有哪位当时帮着装殓我大哥——就是去世的彼得·威尔克斯？”

“有，”一个人回答道，“我和阿波·特纳。我们俩全都在这儿。”

老先生转身看着国王，说：

“或许您可以告诉我他胸口纹的是什么吧？”

这可难住他了，要是不赶紧想个招，就会像被湍急的河水掏空的河岸了，问题问得如此突然，又如此强硬——没有哪个人能招架得住——国王怎么会知道死者身上文着什么呢？他不由得脸色一阵煞白，一动不动地站在那儿，大伙全都倾着身子，死死地盯着他。我心想，这下他该现出原形了吧——再装下去也没啥意思。可是不管你信或不信，他依旧一副老样子，看来他想打拉锯战，把他们拖垮，如此一来，他和公爵便可以来个金蝉脱壳。不管怎么说，他还是站在那儿，不一会儿他笑着说：

“呵，问得可真刁钻！没错，我知道他胸口文着什么，是一个小小的蓝色箭头标记——就是这个。要是不贴近看，压根就看不出来。还有什么要说的吗？”

唉，我还真没见过像他这样死皮赖脸的老流氓。

老先生转身看着阿波·特纳和他那个同伴，他眼睛闪闪发亮，仿佛抓住了国王的把柄似的，说道：

“嘿——听到他说什么了吧？彼得·威尔克斯胸口有这样的标记吗？”

他们俩回答道：

“还真没见过。”

“那好！”老先生说，“你们在他胸口能看到一个既小又模糊的P和B（这是他姓名的首字母，可是年轻的时候就不用了），还有一个W，中间用破折号连着，所以就是P——B——W。”他一边说，一边在纸上写着：喏——你们看到的就是这个吧。

他们俩说：

“没有，我们啥也没看见。”

这下大伙都不愿意了，大声说：

“都是一群骗子！把他们投到河里淹死！捆在铁轨上碾死！”大伙立马应声而起，屋里乱成一团。这时，律师跳到桌子上，大声喊道：

“各位——各位！请听我一句话——就一句话！还有一个办法——我们把尸体挖出来看个究竟。”

大伙接受了他的建议。

“好！”他们呼喊着，然后就开始往外走。这时，律师和医生高声喊道：

“等一下！等一下！揪住这四个人和那个小孩，把他们一块带过去！”

“好，就这么办！”他们大声说，“如果找不到蓝色标记，就把这帮人给宰了！”

这可吓坏我了！可是，他们看得很紧，就是想跑也跑不了。他们死死地抓住我们，直接向河下游一英里半的墓地走去。吵闹声把整个镇子的人都吸引过来了，这时才晚上九点而已。

经过我们住的地方的时候，我心想，要是当初不让玛丽·简离开镇子就好了，这样就可以对她使个眼色，让她来救我了，也能让那两个无赖骗子吃吃苦头。

我们像一大群野猫沿着河边小路向墓地走去，更糟的是，天渐渐黑了，不时还有电闪雷鸣，狂风肆虐，树叶被吹得直打战。这场景太可怕、太危险了，我见都没见过，搞得我双脚都站不稳。没有哪件事跟我之前想的一样。我本以为自己可以在一旁观战，即使发生什么事，玛丽·简也能替我撑腰，帮着说几句好话，把我给放了，可如今却到了这种地步，是生是死全靠那个文身标记了。只是，万一他们找不到标记呢——

我不敢继续想下去了，但不知怎的，脑子想得只有这一个。天越来越漆黑了，是个溜跑的机会，但海因斯——那个彪形大汉紧紧抓住我的手腕，要想从他手里逃脱出去，比从巨人歌利亚手里逃出去还难。他兴奋地拖着我往前走，我必须跑着才能跟上。

到达墓地后，他们像涨潮一般涌了过去，却发现带的铁铲远远超过实际需要的，但却没哪一个想着提把灯。不过，他们可不管三七二十一，借着闪电就挖了起来，又派人去附近半英里远的村庄借灯。

他们一个劲儿地挖呀挖。此时，夜已深了，又下起了雨，冷风嗖嗖地刮着，闪电一个接一个打得更急了，雷声轰轰作响，可是这一切他们都没注意到，依然一门心思地挖。电光一闪，人群中每一样东西、每一张脸都可以看得一清二楚，还有挥洒着泥土的铁铲，闪电过后便又被黑夜笼罩着，什么都看不见了。

他们终于把棺材挖出来了，然后就开始打开它。此时，人群一阵推挤，谁都想挤进去看一眼。深夜里，这场面乱极了。海因斯又是拉又是拽的，把我的手腕都搞伤了，看他一脸激动、满口喘气的样子，我估计他是忘了我的存在了。

突然，一道闪电劈了下来，冒出一片白光。这时，有人喊道：

“天哪，金币原来就放在他胸口上啊！”

海因斯与其他人高声叫了起来，然后一把甩开我的手腕，使劲儿往里面挤。我逮着机会就溜，一路狂奔到大路上，也没被其他人注意到。

大路上一片漆黑，就我一个人，我跑得飞也似的，身后时不时劈来一道闪电，雨哗哗地下着，远处传来阵阵雷鸣声。我不停地往前飞奔。

到了镇上以后，只见暴雨中的镇子里没一个鬼影，我没走什么偏僻小道，直接顺着大街走了。快到住所时，我留心看了一眼，只见房屋一片漆黑，没一丝光亮——这让我既难过，又失落，可又说不上原因。就在我快要跑过去的时候，玛丽·简的窗户闪出一道光！我的心激动得都快跳了出来。就在这时，我身后那栋房子以及周围所有一切又都消失在黑色中，估计这辈子都不会再出现在我眼前了。她是我遇到的最善良、最勇敢的女孩了。

等离镇子相当远，能看清去沙洲的路的时候，我开始仔细看能不能借艘船。借着闪电的光，我发现一艘没上锁的船，赶紧把它搞过来，划了起来。这是一艘独木舟，就靠绳子拴着。沙洲在河流中央，尚有一段距离，但我一刻都不敢耽误。等划靠到木筏边上的时候，累得只想躺那儿喘气，但我没那么做。我跳到甲板上，大声喊着：

“吉姆，赶紧出来划船！感谢老天爷，我们终于摆脱那两个无赖了。”

吉姆伸开手臂向我跑了过来，高兴得手舞足蹈。这时，一道闪电劈来，我趁机看了他一眼，瞬间自己的心提到了嗓子眼儿，往后退了几步，掉到河里了。我竟然忘了他既是老李尔王，又是一个溺水的阿拉伯人了，差点儿没把我吓个魂飞魄散。吉姆把我拉上船，之后又是拥抱，又是祝福的。看得出来，吉姆很高兴，一是我平安回来了，二是我们终于摆脱国王和公爵了。但是，我说：

“等等——早饭时再说，到时再说。把绳子解开，让船往下游滑去！”

不一会儿，我们就朝河下游漂去了。能重获自由，在河面上不受外人打扰的感觉太好了。我忍不住跳了起来，把脚后跟踩得啪啪直响。可是，还没跳几次，就传来我熟悉得不能再熟悉的声音——我连忙屏住呼吸，仔细听，耐心地等着——果不其然，等一道闪电照亮河面，他们俩过来了——他们使劲划着桨，搞得小船吱吱直响！还真是国王和公爵！

我像泄了气的皮球，一下子瘫在船板上。看来，这一切都是注定，不得不认命，只有这样想才不至于哭出来。

第三十章

上船后，国王直接朝我走过来，一把揪住我的衣领，使劲儿摇晃，大声说：

“想溜走是吧，你这个狗杂种！是不是跟我们在一起待烦了？”

我赶紧回答道：

“不是这样的，陛下，我哪敢——求你了，陛下，别这样。”

“快把你心里怎么想的说出来，不然我可就把它挖出来了。”

“陛下，我一五一十地把前因后果全都告诉你，不掺一句假话。抓我的那个人对我很好，他说他儿子跟我一样大，去年去世了，看到我处境这么危险，他很难过。所以，当其他人找到金币，向棺材奔过去的时候，他就把我放了，并在我耳边小声嘱咐‘快跑，不然他们会杀了你的’，所以我就跑了。我在那儿没有好果子吃——啥也做不了，如果能逃走，谁愿意等死。我一路跑个不停，直到找到一个独木舟。一到这儿，我就叫吉姆抓紧时间，不然那些人就把我抓去给宰了。我对吉姆说，你和公爵的命怕是没了。听到这，吉姆和我一样很难过。所以，能再见到你们，我开心得不得了。不信的话，可以问问吉姆。”

吉姆说是这样的。国王让他闭嘴，然后说：“嗯，行，说得倒像那么一回事！”然后又晃我一下，说作不如把我扔到河里淹死。这时，公爵说：

“你傻了啊，赶紧放了他！换做是你，你不也一样吗，有啥两样？你逃的时候，问过他的下落吗？连提都没提过。”

国王这才把我放了，然后开始咒骂那个镇子，把镇上每个人的祖宗十八代都问候一遍。但是，公爵说：

“你最应该骂的人是你自己。从头到尾，你压根就没干过一件好事，除了那个蓝色箭头标记编得不错外。嗯，编得确实有两下子——救了咱俩一命。不然，咱们早就被他们关起来了，等那俩英国人的行李一来，到时咱们就得蹲监狱了！这个妙计，把他们引到墓地，那袋金币又帮了咱们一个大忙。要不是他们激动得跟傻子一样，争着去看，咱们今晚就得打着领带[②]睡觉了——不仅结实，还很长。”

他们停了一会儿——像是在想什么——国王心不在焉地说：

“哦，咱俩还以为钱被黑奴偷去了呢！”

这句话说得我直打战。

“嗯，”公爵说，语速很慢，语调很平淡，又带有一丝挖苦的成分，“还真这么以为了。”

大概过了半分钟，国王慢吞吞地说：

“至少——我是这样想的。”

公爵也慢吞吞地说：

“不对吧——我是这么想的。”

国王恼恼地说：

“嘿，布里奇沃特，你说啥呢？”

公爵回答得也很干脆：

“这问题应该由我来问你吧。”

“我呸！”国王满口挖苦的腔调，“我不清楚——估计当时你睡着了，连自己干了什么也不知道了。”

这句话把公爵惹毛了，他说：

“别跟我扯犊子了——你以为我是傻子啊？你以为我不知道谁把金币藏在棺材里面了吗？”

---

② 暗指绳索。——译者注

“没错，先生！我知道你知道——因为就是你藏起来的。”

“你放屁！”说完，公爵就朝国王冲过去。国王大声喊道：

“快松手！——别掐我脖子！——我收回刚才的话！”

公爵说：

“行，不过你得承认是你把钱藏起来的，打算哪天把我甩掉，再回去把钱挖出来独吞。”

“等一会儿——你先诚实地回答我一个问题。如果你真没把钱藏在那儿，就直接说，我会相信你，也会收回之前说过的话。”

“你就是个老无赖。我没有藏钱，你知道我没有。我要说的就这么多！”

“嗯，那好，我相信你。但请再回答我一个问题——希望你别往心里去——难道你就没动过把钱弄走藏起来的心思？”

公爵沉默了一会儿，然后说：

“嗯——就是动过这心思，我也无所谓，反正我没把钱藏起来。倒是你，不仅这么想了，还这么做了。”

“公爵，我对天发誓，要是我把钱藏起来的，就不得好死。我没说自己没那么想，但是，某人却比我抢先一步。”

“你撒谎！就是你把钱藏起来的，快点承认，否则——”

国王咯咯地笑了几声，然后大喘一口粗气，说：

“得了！——我承认就是了！”

听国王这么一说，我心里很高兴，比刚才轻松舒服多了。公爵把手松开，说：

“要是再敢抵赖，我就把你扔到河里淹死。你这种人就只配坐在那儿像婴儿一样哭哭啼啼。我还没见过第二个像你这么贪婪的鸵鸟——亏我还一直相信你，把你当作自己的父亲。别人把责任推给那几个可怜的黑奴的时候，你就站在一旁，连吭都不吭，你就不害臊吗？我真蠢，竟然轻易地相信你的鬼话。他妈的，我现在终于明白你为啥急着把缺额补上去了——你就是想把我从《王室异兽》，还有其他地方搞来的钱私吞了！”

国王抽着鼻子，畏畏缩缩地说：

“啥？这点子明明是你提出来的，跟我有什么关系。”

“闭嘴！我不想听你说话！”公爵说，“看看你现在做的好事。他们不仅把金币拿回去了，连我们的也被搞走，身上就剩几块钱了。睡你的觉去吧——往后缺钱了，甭想打我的主意。”

于是，国王钻进窝棚，拿起酒瓶就猛灌。不一会儿，公爵也猛灌起来。大概半个小时后，两人就又和好了，喝得越醉，关系就越亲密，最后索性抱在一起呼呼大睡了。尽管他俩喝得醉醺醺的，但我发现国王并没有忘记藏金币这件事。这么一来，我就没啥可揪心的了，心里很满意。他们睡熟后，我和吉姆聊了好久，把事情的全部经过都告诉他了。

第三十一章

连续好几天，我们就一直顺着河流往下游漂，没在哪个镇子停留。事实上，我们已经进入离家很遥远的气候温暖的南方地带了。河两岸满是长着苔藓的树木，苔藓从枝丫上垂下来，像花白的胡须一样，树林既庄严又阴沉。我还是第一次见到这景象。那两个骗子知道自己脱离危险了，便又开始琢磨着怎么去村里骗钱了。

一开始，他们做了一个关于戒酒的演说，但赚的还不够他们打牙祭呢。后来，他们在另一个村子里办了一个舞蹈学校，其实他们跳得不比袋鼠好到哪里去。当他们示范舞步的时候，那些人便跳过来把他俩轰走了。还有一次，他们打算教人演讲，不料还没多久，下面的观众起来就是一阵痛骂，让他们赶紧滚。他们还试过传教、布道、行医、算命等，但都不怎么走运。后来，他们穷得快死了，索性就躺在木筏上，木筏一路往下游漂，他们就这么左思右想，半天不说一句话，神情沮丧又绝望。

末了，他们终于不这样了，两人开始在棚屋里交头接耳地说悄悄话，一说就是两三个小时，这让我和吉姆感到很不安。我们一直都不喜欢他们这样，他们俩像是在密谋更加卑鄙的手段。我和吉姆反反复复想了好久，最后才想出来他们可能是打算入室抢劫，或者伪造纸币之类的。一想到这儿，我们俩的魂都快被吓没了，商量好绝对不掺和进去，一旦有机会，就跟他们撇开关系，甩掉这俩包袱。一天早上，我们把木筏藏在一个安全的地方，就在皮克斯维尔这个非常破败的村子下游两英里处。国王走上岸，然后转身说让我们藏好，他去打听下这里的人是不是听到《王室异兽》的风声了。(“你是去看哪户人家好抢吧，”我心想，“等你回来，我、吉姆和木筏早就不知去向了——到时你就干瞪眼去吧。”）他还说，如果中午还没回来，就说明一切都很顺利，到时我们就可以上岸了。

于是我们就在木筏上等着。公爵急得像热锅上的蚂蚁，全身冒汗，说话一点儿都不客气，看什么都不顺眼，还动不动就骂我们，搞得好像我们是废物一样。其中肯定有啥内情。到了中午，国王还没回来，这让我很开心，好歹生活可以有点儿变化了——更可能比变化更好呢。我和公爵向村子走去，四处寻找国王，最后在一家小酒馆的后房找到他。他喝得烂醉如泥，走路都走不稳，一些人在旁边拿他说笑，他呢，也只能过过嘴瘾，骂些吓人的话罢了。公爵看不下去了，骂他是个老傻蛋，国王立马还嘴，于是两人吵了起来。他们吵得正厉害的时候，我趁机溜了出去，沿着河边跑得像小鹿一样快——机会来了，下次他们再碰到我和吉姆就不知道是何年何月了。我一路狂奔过去，上气不接下气的，但心里有说不出的高兴，大声喊道：

“吉姆，把木筏撑开。咱们赶紧走，就现在！”

但是没有回应，也没人从棚屋里走出来。吉姆不见了！我又连续喊了两三声，又跑到树林里面大声喊，没用——老吉姆不见了。我忍不住坐在地上哭了起来，可这样又没多大用。不一会儿，我跑到路上，想到底该怎么办才好。这时，旁边走过一个男孩，我问他有没有看见一个面生的黑奴，穿得是什么什么样。他说：

“看见了。”

“那他现在在哪儿？”我急忙问道。

“在塞拉斯·费普斯，离这儿有两英里远呢。那是一个逃跑的黑奴，被他们抓住了。你要找他吗？”

“不是的。一两个小时之前，我偶然间在树林遇到他，他说要是我胆敢叫一声，就把我的肝脏挖出来——还让我躺在原地不动，我只好听他的，所以就一直躺到现在。”

“嗯，”那个男孩说，“你别害怕了，他们已经把他抓住了，好像他是从南方逃过来的。”

“太好了，终于抓住了。”

“嗯，应该是吧。赏金两百块钱呢，跟在大路上捡钱没啥两样。”

“是的——要是我个子够大，够强壮，这钱就是我的了。我是第一个发现他的呢。谁把他抓住的呢？”

“是个外乡来的老头。因为急着去上游，所以他就以四十块钱的价格把赏金转让给别人了。你看看这都什么事，如果是我，就是等上七年我也愿意。”

“我也是，”我说，“不过既然老头以这么低的价格转出去了，可能赏金压根就没这么多。中间说不定有啥猫腻。”

“没啥猫腻——写得一清二楚呢。我亲眼看见传单了，上面写了很多黑奴的信息，还画了一幅头像，又说他是从新奥尔良逃出来的。嗯，不会出啥岔子。嘿，给我一口烟，有吗？”

我身上没带烟，所以他就走了。回到木筏后，我钻进棚屋就开始想，搞得头都大了，还是没想出个所以然。一路走来，我们为那两个无赖又是当牛又是做马，如今却落个竹篮打水一场空，啥都搞砸了。全是因为他们为了区区四十块钱而对吉姆下套，使得他在异乡又当一辈子的奴隶。

我曾想，如果吉姆逃脱不了当奴隶的命，在家乡总比在这儿强一千倍，还不如写信给汤姆·索亚，让他告诉沃森小姐吉姆的下落。但我很快便打消了这个念头，原因无外乎有两个。首先，沃森小姐肯定对吉姆忘恩负义的行为感到又气又恨，保不准会把他直接卖到下游某个地方去。即使不这样，大家也自然而然地看不起一个忘恩负义的奴隶，吉姆就会一直生活在别人的闲言碎语中，很难抬起头来。其次，也是为了我自己考虑。大家肯定会说，哈克帮黑奴重获自由。要是哪天再回到家乡，我定会羞愧难当，恨不得找个地缝钻进去。本来就是这样，一个做了件见不得人的事的人，总是不想面对因此产生的后果，只要能藏着掖着，就没啥可丢人的。我纠结的就是这个，想得越多，良心就越过不去，越觉得自己卑鄙、无耻、下流。后来，我突然意识到，这是上帝在用手扇我的脸，我的卑鄙他全都看在眼里。我把一个可怜的老妇人家的黑奴拐跑了，而她跟我又没啥瓜葛。上帝是在告诉我，有一双眼在盯着，他绝不允许这类悲剧再次发生。一想到这，我吓得胆都快裂了。然后，缓一口气，心想，我成长的环境本来就乌七八糟的，所以就没必要责怪自己。可是，内心深处始终有一个声音在说“有主日学校啊，你可以去那儿学习，老师会教你，会告诉你谁要是像我这样帮黑奴，就得下火海”。

我不禁打了个哆嗦，决定做祷告，看看能否洗心革面，重新做人。我跪在那儿，可是，想说的话却说不出来，为啥呢？无论在上帝还是在自己面前，遮遮掩掩都没多大用。我很清楚为啥说不出来，因为我心术不正，因为我不正直，因为我是墙头草。从表面看，我想摆脱原罪，但内心深处我还抱着最大的罪恶不放。我嘴上说想走正道，干正事，要给黑奴的主人写信，把他的下落告诉她，但内心深处我知道自己是在撒谎——上帝非常清楚这一点。你总不能为一个谎言祈祷吧——这一点，我还是比较明白的。

我很纠结，脑袋都快想炸了，可还是不知道该如何是好。后来，我想到一个主意，写信——到时再看能不能祷告。说来也奇怪，我立马觉得自己身轻如燕，所有的烦恼都被抛之脑后了。我兴奋地拿出纸和笔，坐在那里写道：

沃森小姐，你那逃跑的黑奴吉姆现在在皮克斯维尔村下游两英里的地方，费普斯先生把他抓住了，如果你把赏金给他，他就会把吉姆交还给你。

哈克·费恩

写完我好受多了，生平第一次觉得洗清了身上的原罪。这时可以祈祷了，但我却没有这样做，而是把纸放下，坐在那儿想了一会儿——事情能发展到这一步已经很不错了，我差点儿就成了迷途的羔羊，差点儿就下十八层地狱了。我就这么一直想呀想，想到我们在河流上的旅行，无论白天黑夜，不管阴晴圆缺，吉姆都在我面前，我们一起漂流，一起聊天，一起唱歌，一起大笑。可是，不知怎的，任凭我怎么挑就是挑不出他的刺，反倒是念着他的好。我想起他为了我能多睡一会儿而替我值班，想起他在大雾中看到我时脸上洋溢的喜悦之情，想起我在沼泽地看到他的场景，种种情形浮现在我的脑海。他喊我宝贝，宠我，尽可能为我做任何事，一直都是这样。又想起有一次我骗别人说木筏上有人得了天花，从而救了吉姆一命，他千恩万谢，说我是他在这个世界上最好的朋友，也是唯一的朋友。这时，我四下张望了下，然后看到了刚才自己写的那张纸。

这可真让人纠结。我把纸捡起来攥在手里，心一直在发抖，左右摇摆，不知该如何是好。我屏气想了一会儿，然后对自己说：

“行，下地狱就下地狱吧！”——顺手把纸撕了。

如此大逆不道的话我竟然说出来了，说就说吧，反正我也不打算走什么所谓的正道。纠结啊什么的，都被我抛到脑后，我要干坏事，这才是我，生来就这样，我可不是那种走正道的人。好了，我首先应该做的就是设法把吉姆救出来，即使再难，我也得去救，只要我觉得做得对，就要做到底。

接下来，我开始想具体该怎么实施，我想了许多主意，最后终于找到一个合适的。我摸清了去下游一座树木葱葱的小岛的路，等天一黑，就划着木筏朝那儿漂过去，把木筏藏好后便钻进去呼呼大睡了。我睡了整整一夜，天还没亮就醒了，然后随口吃点儿早饭，再穿上从铺子里买来的衣服，把零零散散的东西捆成一捆，就划着木筏往岸边靠了。我在费普斯家下游附近上了岸，然后把那捆东西藏在树林里，又往独木舟里灌满水，还放了些石头块，独木舟就沉下去了，以后想找的话也能找得到，就在岸边那个小型蒸汽锯木厂下游四分之一英里的地方。

接着，我就上路了，经过锯木厂的时候，我看到门前挂着一块牌子，上面写道“费普斯锯木厂”。我又往里走了两三百码，到了一户农舍，往里瞅了一眼，大白天的里面却没一个人影。不过，我可不在意这一点，我也没打算见谁——只想摸清附近的地形。按照原计划，我是从村子而不是从下游来的。所以，我瞅了一眼便向镇子赶去了。不成想，在镇子上第一个碰到的人竟然是公爵，他正在贴《王室异兽》的宣传海报——跟原先一样，演出持续三个晚上。他们这俩骗子竟然这么不要脸！怎么这么凑巧？躲都躲不及。公爵也很吃惊，他说：

“嘿，你小子从哪来的？”然后又很高兴、很急切地问，“木筏呢？——藏好了吗？”

“啥？我刚想问你呢。”我说。

他脸一沉，说：“你这是啥意思？”

“嗯，”我说，“昨天在小酒馆看到国王的时候，我就想，咱们一时半会儿没办法把他弄走，非得等他酒醒了才行，所以我就到镇子上随便转转，就当消磨消磨时间。然后，有个人找到我，说出一毛钱，让我帮他把小船划到对面，装一只羊回来，我就答应了。我们往船上装羊的时候，他让我拽住绳子，自己跑到羊后面推。可是，羊的力气太大了，手一松，就跑掉了。我们就在后面一个劲儿地追呀追，我们没有带狗，只能在后面撵，直到把它累趴了，一直折腾到天黑才抓住那只羊，然后我才往木筏走去。没想到，等我赶回去的时候，木筏却不见了，我心想，保不准他们碰到啥麻烦，就直接开溜了。他们就这样把我唯一的黑奴给拐走了，这鬼地方我谁也不认识，啥也没有，根本没法活下去。想着想着，我就坐下来哭了。我整整一夜就睡在树林里。可是，木筏是咋回事啊？——吉姆呢？可怜的吉姆呢？”

“鬼才知道到底是咋回事。那个老傻子跟人家做了一笔交易，赚了四十块钱，我们在小酒馆找到他的时候，那些小痞子正跟他打赌，一次下五毛钱的注，最后把他的钱骗个精光，只留一点喝威士忌的酒钱。昨晚我把他搞回家以后，就找不到木筏了，我们想是你个小杂种把木筏偷走，撇下我们向下游溜了。”

“我总不能丢下吉姆啊——他是我唯一的黑奴，仅剩的财产了。”

“我跟国王可没想这么多。实际上，我们已经把他当作自己的黑奴了，确实是这样的——我们够连累他的了。所以当发现木筏不见的时候，我们差不多也是走投无路了，只得重操旧业，再演一回《王室异兽》。一天忙到晚，喉咙干得要死。你那一毛钱呢？给我。”

我身上还有不少钱，就给了他一毛钱，但是又求他拿钱买点儿吃的，顺便再分我一点儿，因为我就那一毛钱，两天都没吃东西了。他沉默了一会儿，然后怒气冲冲地说：

“你觉得吉姆会不会告发我们？如果他敢的话，我非得扒了他的皮！”

“他怎么敢？不是已经跑了吗？”

“没有！国王那个傻子把他卖了，我一分钱也没见到，现在钱也都被人家骗走了。”

“把他卖了？”我急得就快哭了，“凭啥啊？那是我的黑奴，是我的。吉姆现在在哪？我要把他找回来。”

“得了，别白费力气了，找不回来的——别哭了。听着——你是不是打算告发我们呢？我才不相信你，要是你敢告发我们——”

他突然停了下来，眼睛露出我从来没有见过的凶神恶煞的神情。我继续哭着说：

“我不想告发谁，也没时间，我只想找回我的吉姆。”

公爵有点儿不耐烦了，站在那儿，额头紧皱着，不知道在想什么，演出海报被风吹得在他胳膊边飘了起来。末了，他说：

“这么说吧，我们要在这地方待三天。如果你发誓不告发我们，也让吉姆不告发我们，我就告诉你他在哪儿。”

于是我狠狠地发了个毒誓。之后，他说：

“有一个农民，他叫塞拉斯·费——”还没说完，他就停了下来。看来他是要跟我说实话了，可是他怎么又停下来想了一会儿呢？估计是要改变主意吧，确实是的。他不相信我，不想我这三天碍手碍脚的。不一会儿，他又说，“买下吉姆的那个人叫阿布拉姆·福斯特——阿布拉姆·格·福斯特——就住在通往拉法耶特的一个村子里，离这有四十英里。”

“行，”我说，“三天之内能走过去，我下午就出发。”

“不行，现在就得去，别浪费时间了，路上也别跟其他人说这么多废话。嘴巴严实点儿，赶你的路就是了，这样就不会给我们惹麻烦了。听到没？”

正中我下怀，我巴不得这样呢。正好没人管我，可以实施自己的计划了。

“赶紧去吧，”公爵说，“有啥说的，你就直接跟福斯特先生讲，或许你能让他相信吉姆这个黑奴是你的——有些傻子并不会问你要文件——至少我听说南方有这种情况。你就跟他说传单和赏金都是假的，再解释下原因，或许人家就信了。去吧，快去吧，到地方说啥都行，不过要记住，路上别废话。

于是我就朝那个村子走去了。虽然没有回头看，但我总感觉他在盯着我，不过总有办法把他搞得不耐烦的。我一直走了一英里才停下来，随后转身穿过树林，朝费普斯家跑去。事到如今，我不能再耽误了，该实施计划了，我得在他们俩开溜之前封住吉姆的嘴，我再也不想跟他们有啥瓜葛了，唯一希望的就是彻底跟他们说拜拜。

第三十二章

到那儿以后，只见四下死一般的沉寂，像是在过星期日。天气炎热，太阳又很毒辣——大伙都下地干活去了。空中隐约传来虫子和苍蝇的嗡鸣声，叫声格外凄凉，像是村子里的人都死了一样。一阵风吹来，树叶唰唰地抖着，更显悲凉了，感觉就像是死了多少年的幽灵在耳边窃窃私语——好似他们一直在对你说话。总而言之一句话，谁看了这情形，都会觉得不如死了算了。

费普斯家有一块巴掌大的棉花园，其他人的也差不多都一样。院子约两亩地大，周围围着栅栏，旁边有一个圆木搭成的梯子，一级一级的，就像高低不一的木桶。人可以踩着梯子翻栅栏，妇女上马的时候也可以踩着。另外一个大院子里面的草坪都枯了，地上光秃秃的，活像一顶磨损了的旧帽子。白人住的是一座圆木搭建的大房子——圆木之间的缝隙用泥巴或者灰浆糊住了，外面又刷一层白灰。厨房也是圆木搭建的，中间一条通道把厨房和房子连接在一起，通道很宽很大，上面还有顶棚。熏肉房就是厨房后面，也是圆木搭建的，另一头是三间黑奴住的小屋。栅栏后面很远的地方是一间小木屋，再外面还有几间屋子。小屋旁边放着一个灰斗和熬制肥皂的大壶。厨房门口有一把长凳，上面放了一桶水和一只瓢。一只狗懒洋洋地睡在太阳底下，附近还有许多狗在睡觉。院子角落长着三棵遮阳大树。栅栏旁边有一块醋栗树丛，再外面是一块菜园和西瓜地，再远处是棉花地，然后就是树林了。

我转到后面，踩着灰斗旁的梯子翻过去，往厨房走去。不一会儿就传来纱车纺线的声音，咯吱咯吱的像是在呜呜地哭泣，声音时而高昂，时而低沉，听得我都想去死——没有哪个声音比这更凄凉了。

我直接走了过去，心里也没谱，一切都看上天的安排吧。其实我也发现了，一旦心中无所牵挂，那个时候上帝总会让我的嘴说出合适的话。

刚走过去一半，两条狗就朝我扑过来，我停下来站在那里，一动也不动，看着它们。狗汪汪地叫个不停！那时，我几乎就成了轮轴了——而轮辐就是那些狗——总共有十五条，把我团团围住，脖子和鼻子直直地对着我，又是吠又是叫的。不一会儿，又来了几条狗，它们跳过栅栏，从四面八方蹿了过来。

一个女黑奴火急火燎地从厨房里跑了出来，手里还拿着擀面杖，大声喊道："小虎，快过去！小花，快过去！"随后给这一棍，那一棍，打得他们嗷嗷叫，其他狗也都跑走了。不一会儿，七八条狗又折了回来，摇着尾巴把我围住，又是亲，又是舔的，亲热极了。狗就是这样，它们没啥恶意。

这个女黑奴后面还跟着一个黑奴小女孩，两个黑奴小男孩，身上只穿着粗布衬衣。他们的手拉着妈妈的外套，躲在后面偷偷地瞄着我，很腼腆，黑奴孩子大都如此。这时，一个白人妇女从房子里跑过来，有四十五或者五十岁，头上没戴什么装饰，手里拿着一根纺纱棒。她的几个孩子跟在身后，也像那三个黑人小孩一样偷偷地看着我。白人妇女脸上一直挂着笑容，笑得都站不稳了，她说：

"是你啊，你可来了！——是吧？"

我连想都没想就说："是。"

她一把抓住我，把我死死抱住，然后紧紧握住我的双手，使劲儿摇了摇，眼泪随即夺眶而出。她又是抱，又是摇，没个尽头，嘴里不停地说："虽然你跟你妈妈长得没那么像，不过，我的老天爷，这能有什么关系。见到你我太高兴了！亲爱的，真想跟你亲个够！孩子们，这是你们堂哥——快打声招呼。"

可是他们几个都低着头，把手放到嘴里，躲在妈妈身后。她接着又说：

“莉莎，快给你堂哥做碗热腾腾的早饭，赶紧的——你在船上吃早饭了吗？”

我跟她说吃过了。然后，她就牵着我的手往屋里走，几个孩子跟在后面。进屋后，她让我坐在一张藤椅上，自己坐在前面一张矮凳子上。她攥住我的手，说：

“让我好好看看你，盼着这么多年，终于把这一天盼来了！我们等你好几天了。中间出啥事了吗？是船搁浅了吗？”

“是的，夫人——船。”

“别叫我夫人——就喊莎丽阿姨。那船在哪搁浅了？”

一时还真不知道该怎么说，因为我不知道船是上行还是下行。不过，好在有直觉，直觉告诉我船是上行船——从下游开往奥尔良。不过，即使这样也顶不了多大用处，因为我不知道沿途滩头的名字。看来只能随便扯了，或者就直接说忘记船搁浅的滩头的名字了——我突生一计，张口就说：

“不是因为搁浅——这耽误不了多长时间。主要是因为船上一只汽缸爆炸了。”

“天哪！伤到人了吗？”

“没有，就是死了一个黑奴。”

“嗯，还怪走运的，经常有人因此受伤。两年前的圣诞节，你叔叔塞拉斯搭乘拉里·鲁克号从新奥尔良去上游，船上一只汽缸爆炸了，一个男的腿就残废了，后来可能去世了。那人是个浸信会教徒，你叔叔跟巴顿·罗格的一户人家很熟悉，他们清楚那人的情况。哦，我想起来了，那人后来确实死了。他得了坏疽病，需要截肢，可还是救不了他。嗯，就是坏疽病——没错。后来，他全身淤青，临死之前还盼望着能发生什么奇迹。他们都说他死得很难看。你叔叔每天都去镇上接你，今天又去了，就个把钟头之前去的，也快回来了。你路上肯定碰到他了，有没有？——他年龄偏大，长得——”

“没有，莎丽阿姨，没碰到谁啊。船在白天靠岸，我把行李放在码头边一个船上，然后就到镇子和乡下四处转悠看看了，权当消磨消磨时间，以免来得太早，所以我是从后面小路绕过来的。”

“你把行李交给谁了？”

“没有给谁啊。”

“唉，孩子，会被别人偷去的。”

“没事，人家不知道我把行李藏哪了。”我说。

“你怎么这么早就在船上吃早饭了。”

问得越来越难答了，但我还是说：

“船长看我一个人在那站着，就说上岸之前最好先吃点儿东西，然后就把我带到职工餐厅，让我随便吃。”

我心里一直惴惴不安，所以就没听清她说了什么，脑子一直在想着那几个孩子，我想把他们拉到一边，盘问一番，问问他们我到底是谁。但现在还不是时候，费普斯夫人嘴里一刻不停地讲着。

不一会儿，她说了一句话，顿时让我后背发麻，她说：

“我们谈了这么久，你连一个字都没提到我姐姐，也没提到其他人。我休息一会儿，你来说吧，把所有的事都讲给我听听——比如说他们身体怎么样了？最近在做啥？他们让你给我捎什么话了？只要是能想到的，就都说给我听听。”

唉，这下糟了——彻底糟了。刚才多亏上帝一直在暗中帮我，所以没出啥乱子，可这下我算是搁浅了，看来不能再继续糊弄下去了——只有老实招了，就冒一次说实话的风险吧。我刚想张口，她却一把抓住我，把我推到床后，说：

“你叔叔回来了！把头低着——别让人看见了，更别让别人知道你在这儿。我来跟他开个玩笑。孩子们，你们也别说漏了嘴。”

这下我进也不是，退也不是。不过也没啥可担心的，待那儿不动就是了，一旦有电闪雷鸣，就从下面钻出来。

老先生进来的时候，我瞥了一眼，不过床又把他遮住了。费普斯夫人迎上去，说：

“来了吗？”

“还没来。”他说。

“天哪！，会不会出啥事了？”

“我也不清楚，不过确实挺让人揪心的。”

“真揪心！”她说，“我都快急死了！他肯定已经来了，你在路上没迎到他。肯定是这样——我有第六感。”

“莎丽，这不可能，我怎么可能迎不到他——你也清楚。”

“可是，亲爱的，姐姐该会怎么说啊！他肯定来了！肯定是你没接到他。他——”

“别说了，我够烦的了。我想破脑袋也不知道到底是咋回事，实话说，我现在也害怕了。但他肯定还没来！如果来的话，我绝对能接到他。莎丽，这太可怕了——太可怕了——轮船肯定是出事了。”

“嘿，塞拉斯，看那边！——看路上！——是不是有人过来了？”

他立马跳到床沿，往窗户外张望。这么一来，费普斯夫人就有机会了。她唰地一弯腰，把我从床底下拉了出来。待他转过身，她就站在那儿，脸上笑眯眯的。我怯生生地站在一旁，手心直冒冷汗。老先生盯着我，说：

“咦，这是谁？”

“你说会是谁？”

“我猜不出来啊。是谁呀？”

“汤姆·索亚呀！”

天哪，我差点儿没一屁股瘫在地板上。还没等我反应过来，老先生就一把抓住我的手，紧紧握着，一直就这么握着。莎丽夫人呢，她在一旁跳舞，激动得又笑又哭。接下来，他们俩又询问了好多关于赛德、玛丽和其他人的问题。

只要他们开心，我是谁就无所谓了。我也很高兴，终于弄清自己的身份了，就像重新投了一次胎一样。他们问了我两个小时，搞得最后我的下巴都没法合拢。我给他们讲了许多家里面的事情——我指的是索亚家——

比六个索亚家的事都多，又说轮船到白河后汽缸爆炸了，花了三天时间才修理好。这么瞎编一点儿也没问题，他们也不知道为啥需要三天时间。就算我说一只螺丝帽给炸飞了，他们也照样相信。

此时此刻，我一方面感到很舒服，另一方面又很不安。把自己当成汤姆·索亚不是什么难事，挺自在的，以至于一听到汽船的鸣笛声，我就想是不是汤姆要来了——万一还没等我给他使眼色让他嘴巴严实点儿，他就进来，把我的真名喊出来了怎么办？唉，这种事绝对不能发生——否则一切就完了，我得赶紧拦住他。于是，我就对他们夫妇说自己要去镇子上取行李。老先生想陪我一道去，我没同意，说自己骑马过去就可以，不用给他们添麻烦了。

第三十三章

我乘马车向镇上赶去，半路上碰到另外一辆。我敢肯定里面就是汤姆·索亚，于是就下车等他过来。我大喊一声“停住”。马车就停在路边了。汤姆怔住了，嘴巴张得老大，咽了几下喉咙，像是嗓子干得冒火似的，然后说：

“你明明知我从来没害过你，干吗还回来缠我？”

“什么回来了？——我压根就没死啊。”我说。

听到我的声音后，他缓过一点儿神，但是还不完全相信，他说：

“咱都别吓对方了。快说实话，你是不是鬼？”

“实话实说，我不是什么鬼。”我说。

“好——好——好，这就算了。可有一点我不明白，你不是被人杀了吗？”

“哪有，压根就没人害过我——我骗他们呢。要是你还不相信，就过来摸摸我。”

于是他过来摸了摸我，这下他心里的石头终于落下了，见到我高兴得都不知道干啥好了。他迫不及待地想知道到底是咋回事，因为这前前后后可是个大冒险，又那么神秘，恰好吊足了他的胃口。我说，一时半会儿也讲不清，以后再详细说吧，又让汤姆的马夫在旁边歇一会儿等着。我们俩往前走了会儿，我把自己的处境告诉他了，问他该怎么办才好。他说，给他点儿时间，别打扰他。他想了又想，没过多久，说：

“嗯，办法来了。把我的行李搬到你的马车上，就当作是你自己的，然后再慢慢往回走，等时间差不多了再回去。我呢，先往镇上走一截，然后再回过头往这边赶，差不多比你晚到十五分钟或者半个小时。你就先装着不认识我。”

“行，没问题。等等，还有一件事——这件事除了我没第二个人知道，我想把一个黑奴解救出来——就是吉姆——沃森小姐家的吉姆。”

“什么？吉姆不是——”

他停下来想了一会儿。我说：

“我知道你想说啥，这事确实太卑鄙，太见不得人了。不过，这又有啥呢？——我这人就是高尚不起来，就是想把他救出来。我不希望你把这件事声张出去，行吧？”

他眼睛一亮，然后说：

“我帮你一起救他。”

我从来没想到汤姆会这么说，所以惊讶得犹如遇到一声晴天霹雳。这是我听到的最让人意想不到的话了——汤姆在我眼里的形象也跌了下来，我怎么也想不到他竟然也愿意干解救黑奴的事。

“得了吧，你开玩笑的吧。”

“我没开玩笑。”

“嗯，”我说，“不管你是不是在开玩笑，如果听到有关逃跑的黑奴的消息，就记住你啥也不知道，我也啥都不知道。”

把行李搬到我的马车上后，我们俩就各走各的了。我心里很高兴，脑子想东想西的，不知不觉间马车赶得就很快，到家花费的时间比理论上少了很多。老先生就站在门口，他说：

“嚯，真没想到那匹母马竟然能跑这么快，早知道就应该掐表算下时间了。你看，它没出一点儿汗，真没想到！以前我觉得它只值十五块钱，想把它卖了得了，现在就是给我一百我也不卖。”

以上是他的原话，他真是这个世界上最淳朴、最善良的人。不过这也不奇怪，因为他不仅是个农民，也是个牧师，在农庄后院还用圆木盖了一间巴掌大的小教堂，而且是自己掏腰包搞的，既当教堂，也当学校。他传教全部免费，传得又很不错。像他这样的农民传教士在南方比比皆是。

大约半个小时后，汤姆驱车赶到门前台阶。莎丽阿姨一眼就从窗户看到了，仅仅只有五十码远。她喊道：

“来人了！也不知道是谁？不过肯定是从外乡来的。杰米（她的一个孩子），快去告诉莉莎，午饭多加双碗筷。”

听她这么一说，大伙都赶紧跑过去瞅瞅，毕竟这穷乡僻壤一年到头也来不了几个外地人，要是来就比黄热病还惹人眼。汤姆迈过门槛，朝屋里走去。马车掉头往村里赶，大伙儿都挤在门口。他穿着铺子里买来的衣裳，面对着一大群观众——他这人就这样，一有观众，就来劲儿了，甭管耍什么宝，都不在话下。他不是那种温顺老实得像只绵羊的人，而是像头公羊那样冷静沉着。走到我们面前后，他帽子一脱，动作洒脱帅气，一气呵成，仿佛脱得是箱子上的盖子，里面还睡了几只蝴蝶，而他并不想惊动它们。他说：

“请问您是阿克鲍德·尼古拉斯先生吧？”

“哦，孩子，我不是。”老先生说，“车夫带错路了，尼古拉斯家离这儿还有三英里。进来吧，进来吧。”

汤姆转身往后看了看，嘴里喃喃道：“来不及了——车夫走远了。”

“嗯，走远了，都看不见人影了。孩子，进来吧，跟我们一起吃顿饭，然后我们再套辆马车送你去尼古拉斯家。”

“哦，我不能太麻烦您，真的不能。我还是走了——这点儿距离算不了啥。”

“我们不会让你走的——不然就坏了我们南方好客的规矩。赶紧进来吧。”

“嗯，进来吧，”莎丽阿姨说，“没啥麻烦的，一点儿都不麻烦，就留下吧。去尼古拉斯家的那三英里路不仅漫长，还满是尘土，我们可不能就让你走过去。再说了，刚才我看见你过来的时候，就让孩子们加双碗筷了，你可别扫我们的兴哦。快进来，就当在自己家。”

汤姆热情地谢过他们，然后进了屋，说自己打俄亥俄州的希克斯维尔而来，叫威廉姆 · 汤普森——说完又鞠了一躬。

汤姆一个劲儿地这么说着，把希克斯维尔和那儿的人能扯得全都扯了一通。我站在一旁，心里紧张兮兮的，一直在想他瞎编的话到底能不能帮我摆脱尴尬的处境。后来，他一边说，一边凑上去亲了莎丽阿姨一口，恰好就亲在嘴上，然后又舒服地重新坐在椅子上，打算继续扯下去。可是，莎丽阿姨跳了起来，用手背擦了擦嘴，说：

“你个不害臊的狗崽子！”

汤姆一脸无辜的样子，说：

“夫人，我没想到你竟然会这样。”

“你——你以为我是啥人？你干吗要亲我？”

他低着头，语无伦次地说：

“夫人，我没啥意思，更没坏心眼儿。我——我——我以为你喜欢呢。”

“啥？你个浑蛋！”她拿起纺纱棒，好似只有这样才能克制自己打他一顿的冲动。“你怎么以为我喜欢？”

“呃，我也不知道。是他们——他们——他们跟我说的。”

“他们？他们就是疯子。我还从没听过谁这么说过，他们是谁？”

“呃——大家都是这么说的。”

她就要爆发了，眼睛恶狠狠地喷着火，手指一动一动的，像是要抓住他。她说：

“大家是谁？把他们的名字说出来——否则我就跟你不客气了。”

汤姆站了起来，一脸难受的表情，把帽子捏在手里，然后说：

“对不起，我没想到会这样。是他们跟我说的，他们说让我亲你，你喜欢这样。大伙都是这么说的。夫人，对不起，以后我再也不敢了——再也不敢了。”

“你不敢了，是吧？我料你也没这个胆。”

"不敢了，再也不敢了，除非是你叫我亲你。"

"我叫你亲我？得了，我活了大半辈子还没听过哪个人这么说。那你就慢慢等着吧，就算你活成千年妖怪啥的了，也甭幻想我叫你亲我。"

"太奇怪了，我真没想明白。他们说你会同意我亲你的，我原本也这样以为。可是——"话刚说一半，他就停下来缓缓环顾下四周，似乎在寻找友好的眼神。他盯着老先生，说："先生，你不觉得她会喜欢我亲她吗？"

"哦，不，我——我——我不这么觉得。"

他又像刚才那样把目光落到我身上，说：

"'汤姆'，你不觉得莎丽阿姨会张开双手说，'赛德·索亚'吗？"

"天哪！"莎丽阿姨一边打断他的话，一边朝他走过去，"你这个冒失鬼，骗得人家——"说完就要去抱他，可是被他挡住了，他说：

"你得先叫我抱你才行。"

她想都没想就叫他了，两人又是抱又是亲的，后来又把他推给老先生，老先生又亲了一番。这股热情劲儿缓过来之后，莎丽阿姨说：

"亲爱的，我真没想到。我们一直以为就汤姆一个人过来呢，姐姐在信中也没说。"

"本来就'汤姆'一个人过来，但我求了一遍又一遍，最后老妈也让我来了。从上游来的时候，我和'汤姆'商量，他先来，我在后面慢慢走着，假装自己是外乡人，好给你们一个巨大的惊喜。可是，莎丽阿姨，我们错了，外乡人来这儿可不怎么安全。"

"哪有——对冒失鬼才不安全哩。好在你下巴没挨我一巴掌，我也不知多久没发这么大的火了。不过，无所谓了，管它呢——只要你来这儿，就是再开一千个玩笑也无所谓。刚才挺搞笑的，都被你吓傻了。"

我们在堂屋和厨房之间那个宽敞的过道里吃饭，满满一桌子够我们七个人吃的了——全都是热气腾腾的，没有哪一道是那种松垮难咽的肉，像是整整一夜都放在阴冷潮湿的地窖里的橱柜，第二天早晨吃起来像冷冰冰的陈年牛肉。开饭前，塞拉斯叔叔做了一个长长的祷告，不过饭菜倒没有凉，不像以前，好多次饭菜都凉得没法吃。

一下午大家聊了好多，我和汤姆一直都留个心眼儿，可是没用，他们压根就没提到关于在逃的黑奴的事，我们又不敢把话题引到这上面。晚饭的时候，一个小男孩说：

“爸爸，我能和汤姆哥哥、赛德哥哥去看表演吗？”

“不行，”老先生说，“没啥表演，就是有，你们也不能去，那个在逃的黑奴已经一五一十告诉巴顿和我了，说那个表演纯粹就是骗钱的。巴顿说他会告诉大伙，估计这个时候大家已经把那俩无赖赶走了。”

原来是这样啊！——但我们又没啥法子。汤姆和我睡在同一间屋子，同一张床。吃过晚饭后，我们俩很累，道了晚安，便回房间睡觉去了。后来，我们爬出窗户，顺着电线杆子滑下去，直接朝镇子跑去。我想应该没人给国王和公爵通风报信，如果再不抓紧点儿，他们俩就完蛋了。

一路上，汤姆告诉我大家都以为我被谋杀了，老爸也很快不见人影了，还说吉姆逃跑的时候引起很大的轰动。我也详细地把那两个无赖演《王室异兽》的骗局和在木筏上漂流的事情告诉汤姆了。到镇上后，我们直奔镇中心——那时差不多才八点半——只见一大群人手持火把，一边叫喊，一边敲打着白铁锅、吹着号角，像潮水一样朝这边涌来。我和汤姆赶紧跳到一边给他们让路，等他们经过的时候，我看到国王和公爵骑在一根单杠上——虽然他们浑身被涂了柏油、插着羽毛，但我确定就是国王和公爵，简直没一点人形了—— 一眼看过去，活像两根士兵戴的那种大的吓人的粗翎子，真没法让人看下去。如今他们沦落到这种地步，我心里怪不是滋味，好像对他们再也恨不起来了。太残忍了，人类对自己的同类竟然能这么残忍。

看来我们来迟了——已无力回天了。我们向掉队的一些人打听这是怎么一回事，他们说大家装着一副啥也不知道的样子去看表演，谁都没走漏风声。等那个可怜的老国王在台上跳得正欢的时候，有人发出信号，大伙一跃而起，就把他们俩抓住了。

我和汤姆像失了魂似的往家走，我也不像之前那么着急了，但却有点儿自责——虽然我没干啥坏事。可是，往往就是这样，无论你做得是对是错，这都无关紧要，关键是良心，良心这东西是不怎么讲理的，它总要折磨你。如果我有一条黄狗，也像人那么不分好歹的话，就把它毒死得了。良心这东西占得空间比五脏六腑大得多了，但一点儿用都没有。汤姆·索亚也是这么说的。

第三十四章

我们俩谁也没说话，心里各自琢磨着。后来，汤姆说：

“嘿，哈克，我们真傻！之前也不想想，我知道吉姆在哪儿了。”

“真的吗？他在哪？”

“就在灰斗旁边那个小屋子里。你想想，咱们吃晚饭的时候，是不是看见一个黑奴端着饭菜进去了？”

“嗯，看到了。”

“你觉得饭菜是给谁的？”

“狗呀。”

“我一开始也是这样想的。但是，不是给狗吃的。”

“为啥呀？”

“因为饭菜里面有西瓜。”

“确实——我注意到了。但我竟然没想到狗不吃西瓜，看来人总有犯迷糊的时候。”

“那个黑奴进去的时候把挂锁打开，出来时又给锁上了。等我们吃完饭站起来的时候，他从叔叔那儿拿了把钥匙——我打赌就是那把钥匙。西瓜说明小屋子里有人，挂锁说明里面是个犯人，农庄这么小，里面也不太可能一下子关两个人，何况这里的人又这么善良淳朴。那个犯人就是吉姆。行了——这下终于像侦探小说那样把吉姆的下落给推理出来了，其他方法我也不会。赶紧想想怎么把吉姆偷出来，我也想想，然后挑一个最好的办法。”

汤姆这么小的年纪，竟然有这么聪明的脑瓜，真不简单！要是我有他那样的脑袋，就是公爵、轮船大副、马戏团小丑跟我换，我也不愿意。我使劲儿想主意，但也只是做做样子，其实我心里清楚好办法在哪儿。不一会儿，汤姆问：

“好了吗？”

“嗯，好了。”我说。

“那行——说出来听听吧。”

“办法就是，”我说，“我们很容易就能知道吉姆在不在里面。明天晚上，我们把独木舟搞出来，再把小岛那边的木筏划过来。天一黑，等先生睡着以后，我们就把钥匙从他裤兜里偷过来，然后带着吉姆往下游划去，白天躲起来，晚上再赶路，我和吉姆以前就是这么做的。你看行不行？”

“怎么不行？当然行了。但就是跟耗子打架一样，过于简单了，没多大意思，淡得跟水没啥两样。要是人家议论起来，不比肥皂厂遭抢多到哪里去。”

我猜汤姆就会这么说，所以也就啥也没多说了。但是有一点我敢确定，只要是他提出的办法，那肯定是天衣无缝的。

确实如此。他一说出来，我立马觉得比我的强多了，一方面能让吉姆重获自由之身，另一方面也可能让我们命丧黄泉。我非常满意，说就这么办了。在此，我也没必要描述下具体是什么办法，因为它不会一成不变。实施过程中，汤姆会不断对计划进行调整，一有机会就搞点儿花招。他确实这么做了。

可以肯定的是，汤姆·索亚一心想帮吉姆重获自由，对此我多少有点儿纳闷。汤姆是一个上层人，有涵养，人品好，家里人对人也好。他脑瓜灵光，一点儿都不笨，有学问，善良，不是那种卑鄙小人。可现在，他却不顾脸面，不分对错，不管情理，委身干起这种事来，不仅丢了自己的脸，也丢了他一家人的脸，想想都很恐怖。我实在想不明白他为什么还要干。作为朋友，我本应该站出来把其中的利害告诉他，劝他撒手算了，免得搭上自己的小命。但是他让我闭嘴，说道：

“你以为我不清楚自己在干什么吗？我是那种不知道自己在干什么的人吗？”

“不是的。”

“我有没有说过要帮着偷黑奴？”

“说过。”

“那不就行了。”

以上就是我们俩说的，再多说也没啥意义。一旦决定好的事，他就肯定去做。虽然我还没搞明白他为啥要蹚这浑水，但就这样算了吧，不管了。他想做，我也管不了。

到家以后，只见屋里一片漆黑，四周静悄悄的。我们打算到灰斗旁的小木屋里查看下。为了看看那些狗有什么反应，我们还故意从院子里穿过去。它们认识我们，所以除了像夜间乡下的狗碰到什么东西叫了几声外，并没多大声响。我们仔细查看了小木屋的正面和左右两侧，在北侧——我之前还没怎么注意到——发现了一个正方形的窗洞，窗洞非常高，中间还钉着一块厚实的木板。我说：

“就是这个。要是能把木板撬开，吉姆就能从里面钻出来了。”

“这还不分分钟就搞定了，跟逃课一样简单。我宁愿找个比这更有挑战性的方法。”汤姆说。

“嗯，”我说，“咱们把它锯断，把吉姆放出来，上次我被别人谋害就是这样逃出来的。”

“这还有点儿看头，”他说，“既神秘，又费力，还好玩。不过，应该还能再想到一个比这多耗一倍时间的方法。别急，到附近再转转去。”

木屋和栅栏中间的后侧有一个木板搭建的披屋，屋檐连着木屋。披屋跟木屋一样长，但比较窄——只有六英尺宽。披屋门朝南，上面上了挂锁。汤姆走到肥皂壶面前，四处寻摸着，把人家用来拎壶盖的铁东西搞了下来，然后用它撬开一只链环，链条哗啦一下子就掉了。我们推开门，走了进去，又把门关好，然后划一根火柴，原来这个披屋是紧挨着木屋建的，并没有连起来，还没有地板，屋里除了生锈的坏锄头、铁锹、尖镐和一张不能用的耕犁外，就啥也没了。火柴熄灭后，我们就走出来了，把门锁好。汤姆一脸兴奋地说：

“有了，咱就挖个地道，把吉姆放出来。差不多得花一个星期的时间！”

之后我们就从后门回屋了——这家人晚上不锁门，只要拉那根鹿皮做的门闩就能进去了——不过，汤姆觉得这也太没劲了，还不如爬那根避雷针呢，但是他试了三次，全从半腰掉了下来，差点儿没把脑浆给摔出来，到后来他差不多都要放弃了。休息了一会儿后，他决定再试一次运气，这次终于爬上去了。

第二天，天刚蒙蒙亮，我们就往黑奴住的小屋走去，摸摸狗，跟那个为吉姆送饭的黑奴套近乎——如果里面确实是吉姆的话。那些黑奴刚吃完早饭，正要下地干活去，而给吉姆送饭的那个黑奴正往铁皮盒子里装面包和肉等。就在其他人陆陆续续出去的时候，有人从里屋把钥匙送来了。

这个黑奴看上去一脸傻气，人挺和善的，为了驱魔辟邪，用绳子把头发扎成一撮一撮的。他说幽灵整夜都缠着他，可怕极了，一到晚上就能看到各种奇怪的东西，各种奇怪的对话和噪声，这辈子还没被这么长时间纠缠过，害得他一整天心神不定，老想着这些麻烦事，连该做什么都忘了。这时，汤姆问道：

“你手里的饭菜都是给谁的啊？喂狗吗？”

黑奴脸上逐渐露出一丝微笑，像是砖块扔进泥水塘荡出的涟漪。他说：

“嗯，是呀，赛德少爷，就是端去喂狗的。你要过去看看吗？”

“好。”

我捅了捅汤姆，在他耳边说：

“现在就去？天刚亮呀，原计划不是这样的啊。”

“嗯，确实不是这样——不过现在这个就是咱的新计划了。”

唉，算了，就这样吧。虽然心里有千万个不情愿，但我还是跟过去了。进去以后啥也看不见，里面一片漆黑。但是，吉姆确实就在里面，还能看到我们，他大声喊了一声：

“哈克！天哪，那不是汤姆少爷吗？”

我就料到会这样，但一时还是怔住了，不知该如何是好。就算知道怎么办，也不行啊，那个送饭的黑奴冷不丁地问：

“啊，我的天！他认识你们俩？”

这时，我们能看清彼此了。汤姆盯着这个黑奴，一脸惊讶的表情，然后说：

“你说谁认识我们？”

“就那个逃跑的黑奴呀。”

“他不认识我们吧。你怎么这么问？”

“怎么这么问？刚才他不是大叫一声吗？好像认识你们。”

汤姆装着一副丈二的和尚摸不着头脑的样子，说：

“呀，好奇怪。谁大叫一声了？啥时候叫的？”然后又转向我，非常镇静地问：“你听到有人叫了吗？”

既然这么问，我只有这样回答了：

“没有啊，啥也没听到。”

然后，汤姆转向吉姆，上下打量着他，仿佛从没见过似的，问道：

“你叫了吗？”

“没有呀。”吉姆说，“我啥也没说。”

“一个字也没有？”

“没有，一个字儿也没有。”

“你见过我们俩吗？”

“没有，印象中没有见过。”

之后，汤姆又转向那个一脸惊恐的黑奴，然后呵斥道：

“你到底是咋回事啊？怎么会听到有人叫？”

“唉，估计又是那些该死的幽灵，我还不如死了算了。它们一直缠着我，没把我吓个半死。求求你别告诉塞拉斯老爷，不然他肯定又得训我了，他说压根没啥幽灵。要是老爷在这就好了——看他还有啥可说的！我敢打赌，要是给他碰到了，他自己肯定也说不清。可是，人往往就是这样，跟狗改不了吃屎没什么两样，只有撞到南墙才会回头，就算你好心告诉他，他也不相信。”

汤姆递给他一毛钱，让他买点儿绳子把头发扎好，向他保证我们不会告诉其他任何人，然后又看着吉姆，说：

“不知道塞拉斯叔叔有没有打算处死这个黑奴？如果是我抓住了一个忘恩负义的黑奴，肯定饶不了他，准得把他处死。”就在那个黑奴走到门口拨弄那块硬币，用牙咬咬是真是假的时候，汤姆在吉姆耳边小声说：

“别让人家看出来你认识我们。要是晚上听到挖地道的声响，别担心，那是我们，我们要把你救出来。”

吉姆刚抓住我们的手，还没有怎么握，那个黑奴就回来了。我们对这个黑奴说，如果有需要，我们还过来。他说，他巴不得呢，尤其是晚上的时候，因为那个时候幽灵就缠上他了，要是身边待几个人，就会好很多。

第三十五章

离早饭还有一个小时，趁这会儿，我们钻进树林了。汤姆说，挖地道的时候需要灯光，而灯笼又太亮了，指不定会惹出什么乱子，所以我们需要一些烂木头，它们在乌七八黑的地方能发出微弱的“狐火”。我们抱了一大堆，把它们藏在草丛里，然后坐下来喘口气。汤姆有点儿不太满意，他说：

“真该死，这也太简单了吧，想一个费时费力的计划咋就这么伤脑筋呢。本该给看守人下点儿药的——应该有个守门的才好，竟然连给狗下药的机会也没有。吉姆的腿上拷着一条十英尺长的铁链，另一头连着床腿。只要把床抬起来，铁链就掉了。再说了，塞拉斯叔叔对谁都信任，竟然把钥匙给那个傻头傻脑的黑奴，也不派人看守着。其实，吉姆早就能从窗户爬出来了，不过就是腿上拖着十英尺长的铁链，没法走路而已。哈克，这也真够愚蠢的。你想想都还有啥麻烦事，我们也只能在现有条件下尽自己最大可能了。不管怎么说，冒这么大的风险把吉姆救出来也算得上是一件值得自豪的事，其他人有能力救却撒手不管呢，这些你都得在脑子里想清楚了。就说拿灯笼这件事吧，只要冷静一点儿，就会知道打灯笼很有风险。只要我们愿意，搞次火把游行也不错。对了，我想起来了，有机会咱们还得做把锯子。”

“用锯子干吗？”

“干吗？不是要把吉姆那张床腿锯断，让他逃出来吗？”

“可是，你刚才不是说把床抬起来，铁链就能掉出来吗？”

“唉，哈克，你也够逗的，遇到事了跟幼儿园小孩没啥两样，没读过书吗？——特伦科伯爵的、卡萨诺瓦、贝佛努托·契里尼和亨利四世，这些英雄人物的书你都没读过吗？谁听过那个老掉牙的办法能把囚犯救出来？从来就没有。行家老手从来就是把床腿锯两段，床还保持原来的模样，再把锯末清理干净，以免别人看到痕迹，再往锯过的地方抹上泥和油，任谁眼睛再尖也看不出锯过的痕迹，还以为床腿完好无损呢。只要对准床腿猛踢，床唰地就倒了，到时铁链就掉了。那个时候，你只需要把绳梯系在城垛上，顺着爬下去，最后在壕沟里把腿给摔断了——因为绳梯离地还差十九英尺呢——你的马和随从在城下等着，赶紧把你捞上来，扶你跨上马鞍，随即就飞奔而去，一直狂奔到家乡朗格多克或者纳瓦尔，或者其他啥地方。哈克，这很不错吧，木屋旁要是有个壕沟就好了。如果逃亡那晚还有时间，我们就动手挖一个吧。”

“既然我们想让吉姆像蛇一样爬出来，那还要壕沟干吗？”我说。

可是汤姆根本没听到我说的话，他托着下巴，完全沉浸在沉思之中，把我和其他一切都忘了。不一会儿，他叹了口气，摇了摇头，接着又叹了口气，最后说：

“不行，不行——没必要那样。”

“没必要哪样？”

“没必要锯断吉姆的腿。”

“天哪！”我说，“压根就没必要呀。你怎么想到这了？”

“有些行家老手就是这么干的，如果不能打开铁链，他们就把手砍了逃走，要是砍腿的话就更好了。不过咱没必要这么做，压根没必要。再说了，吉姆毕竟只是个黑奴，理解不了其中缘由，也不知道这是欧洲人的习惯做法，算了吧。不过，有一点倒是很好——我们可以给他一个绳梯。我们就把床单撕了，很容易就能做成一个绳梯了，藏在馅饼里面送给他。对，就是这么干的。比这更难吃的馅饼我都吃过。”

“汤姆，你扯到哪里了？”我说，“吉姆压根用不到绳梯呀。”

“能用到的。你怎么说话呢，还不如说你啥也不懂呢。会有用的，别人都是这么干的。”

“到底有啥用呢？”

“啥用？他可以把绳梯藏在床底下，对吧？既然别人都是这么干的，那他也可以。哈克，看来你不愿意做这些老掉牙的事情，老想着玩点儿新花样。就算一开始绳梯没啥用，等他逃走后，床底下的绳梯是不是能留下点儿线索？你觉得他们不需要线索吗？当然需要了，所以嘛，就应该给他们留点蛛丝马迹，也算是打声招呼。我可没听过不用绳梯的情况。”

“嗯，”我说，“既然这样，就给他一个绳梯吧，我也不想不按规矩办事。不过有一点——如果把床单撕了，莎丽阿姨肯定饶不了咱俩。还是用山核桃皮搓绳梯吧，既不花钱，也不浪费，不管是包在馅饼里，还是藏在草垫下面，都能像布条绳梯一样安全。吉姆啥也不懂，不会在意——”

“得了，哈克，如果我像你这么无知的话，早就闭紧自己的嘴巴了。你听过哪个犯人用核桃皮做的绳梯越狱成功的？亏你想得出来，真是太可笑了。”

“好吧，汤姆，就照你的主意办吧。不过，要是你听我一句，就应该让我从晒衣绳上借条床单来。”

他说没问题，这也给他灵感，让他想到一个主意，他说：

“再借个衬衫过来。”

“要衬衫干吗？”

“好让吉姆在上面写日记呀。”

“写你奶奶的腿儿——他压根就不会写字。”

“就算不会写字，也可以在上面做些记号啥的，是吧？咱们用铁皮勺子，或者箍桶的旧铁条给他做支笔就成了。”

“没必要吧，汤姆，从鹅身上拔根羽毛不就可以了吗？写得又快又好。”

“你脑子傻掉了吧，地牢附近又没有鹅，上哪拔去？一般来说，他们用那些最坚硬、最坚韧，也最费劲儿的破旧黄铜烛台之类的东西做笔，手边不缺这些材料，但还是要花上几个星期，甚至几个月才能最终在墙上打磨完工。就算有鹅毛笔，他们也不用。”

“可是墨水怎么做呢？”

“一般是用铁锈和眼泪做，不过这都是普通人和娘们儿的把式，经验丰富的老手全都用自己的血当墨水用。要是吉姆想不动神色而又富有神秘色彩地让世人知道自己被关在哪里，就可以这么做，用叉子在铁盘子下面刻上几个字，再扔出窗外。铁面大侠就是这么干的，百试不爽。”

“可是吉姆没有铁盘子呀，他们都是把饭放在平底锅里。”

“没关系，咱俩给他弄几个盘子。”

“你确定没人能看懂盘子底下写的字吗？”

“哈克，这不要紧。只要吉姆把字写在盘子上，扔出去就好了。没必要说必须看懂写得到底是什么玩意。犯人在铁盘子上或者其他地方写的东西，你看不懂的多了去了。”

“既然这样，干吗还白白浪费盘子？”

“哎，浪费的又不是犯人的盘子。”

“总归也是盘子，对吧？”

“就算是这样，犯人哪管是谁家的盘子——”

就在这时，他停了下来，因为我们听到了早餐号子的声音，于是就掉头往家走。

那天上午，我从晾衣绳上扯来一条床单和一件白衬衫，又找到一个旧袋子，把东西装进去，也一并把狐火装进袋子了。在我看来，这是借，老爸一直都是这么说的，但汤姆说这不是借，而是偷。他说其实我们跟那些犯人没啥两样，犯人才不管东西是从哪来的呢，反正也没人责怪他们。他还说，犯人为了逃跑而下手偷东西，算不上犯罪，而是他的权利。所以了，如果我们是犯人，为了越狱而在附近顺手偷点儿有用的东西是我们再正当不过的权利了。但汤姆说，如果我们不是犯人，情况就大不一样了，再偷就只能沦落为卑鄙无耻之徒了，所以我们商定只拿身边有用的东西。但有一天，我从黑奴的自留地偷个西瓜吃了后，他却发火了，让我给黑奴一毛钱，还不得说出来原因。汤姆说：“我们只能偷需要的东西。”我说：“我是真想吃西瓜呀。”他说：“越狱用不着西瓜，差别就在这儿，如果我是想藏把刀在西瓜里，偷偷给吉姆，好把狱卒给解决了，这倒还说得过去。”还说，既然他都这么说了，那就算了吧。可要是每次有吃西瓜的机会，我都得坐下来仔细瞅着其中头发丝般的差别，当犯人还有啥子好处呢？

我们一边讲着，一边等大伙忙各自的事情，最后院子里都不见一个人影了。这时，汤姆把袋子背到披屋，我在一旁站岗放哨。等他出来后，我们又跑到柴火垛那儿说话。他说：

“除了工具，啥都搞定了。不过，不用担心，工具的事好办。”

“工具？”我问。

“嗯。”

“要工具干啥？”

“挖地道啊。总不能用嘴啃出一条地道吧，对吧？”

“屋里那些旧铁锹啥的还不够用吗？”

他转身看着我，满脸愁容的样子，让人看了直想哭。他说：

“哈克，你听过哪个犯人用镐、锹和衣柜里的现代工具挖地道越狱吗？如果你脑子多少还算清醒的话，我就问你一句，这怎么能显示出他的英雄气概，还不如直接把钥匙给他得了。没人会把镐和锹拿给国王用。”

“嗯，好吧，”我问，“如果不用镐和锹，那应该用啥呢？”

“几把小刀就可以了。”

“用小刀挖屋子下面的地基？”

“是呀。”

“得了吧，汤姆，你脑子被门给挤坏了吧。”

“你才被挤了呢，本来就应该这么做——大家都这样，除此之外，我还没听过有其他啥法子，书上也没讲。一般大家都是用小刀来挖——不过挖的不是泥巴，而是坚硬的石头，一刀一刀地要耗几个星期的时间。就说马赛港第夫城堡地牢底层的一个犯人吧，他就是挖地道逃出来的，你知道挖了多久吗？”

“不知道。”

“你猜一下。”

“还是不知道。一个半月？”

“整整挖了三十七年——逃出来时都到中国了。要是这个屋子下面也是硬邦邦的石头就好了。”

“可是吉姆在中国一个人也不认识呀。”

“这有什么？反正谁也没认识的。你怎么净说些不着边的话啊？就不能说点儿有用的吗？”

“好吧——我不管他逃到哪，只要能出来就好，估计吉姆也不在乎。可是，有一点——吉姆年龄大了，压根没力气挖地道，也活不了那么久。”

“没问题的。你不会觉得挖这个土质地基也得三十七年吧？”

“汤姆，那你说得多久？”

“这么长的时间，咱们肯定耗不起，因为塞拉斯叔叔很快就能听到从下游新奥尔良传来的消息，知道吉姆不是从那儿逃出来后，就会刊登招领广告。所以，咱们万万不能在挖地道这事儿上耗这么长的时间。按理说，需要挖个几年。不过这肯定不行，不确定的因素太多了，所以我建议，咱们现在就挖，越快越好，就当挖了三十七年，一旦有啥情况，赶紧拉吉姆走。估计这是最好的办法了。”

“嗯，有道理。”我说，“骗骗自己又不花钱，也惹不了麻烦。就算是骗自己说挖了一百五十年，也没什么。挖的时间长了，也就不觉得累了。我这就去弄几把刀来。”

“弄三把，另外一个当锯子用。”

“汤姆，有句话说出来可能有点儿乱了规矩，也不知有没有犯忌讳，不过，熏肉房后面那个遮阳棚下面有一根生锈的锯条。”

他一脸疲惫、受挫的神情，说：

“哈克，我就知道教你等于白教。赶紧拿小刀去吧，三把，记住了。”

于是我就去了。

第三十六章

等大家睡着后，我跟汤姆便顺着避雷针滑了下去，溜进披屋，把门关紧，然后取出狐火，开始我们的计划。我们在底木中间清出一片四五尺见方的空地。汤姆说他所站的位置在吉姆床后面，就从这儿挖，一旦挖通了，谁也猜不出来那儿会有个洞，因为吉姆的被单快搭到地上了，只有把被单掀开才能看见洞口。于是，我们就开始用小刀挖，一直挖到大半夜，累得跟狗一样，手都磨出水泡了，可是几乎看不出有啥进展。我忍不住说：

“汤姆，咱这不是需要挖三十七年，得三十八年才行啊。”

他一句话也没说，只是叹了口气，然后停下手，想了一会儿，说道：

“哈克，看来这个方法没用，一点儿用都没有。要是咱们是关在牢里的犯人的话，那还好，有很多年时间去挖，也不用着急，每天趁着他们轮岗的时间挖一会儿，手也不会起泡，可以一年一年这么挖下去。可是，我们现在没那么多时间，得抓紧才行。如果我们就这么蛮干一晚上，手休息一个星期才能好起来，我们的手差不多连小刀也拿不动了。”

“那到底该怎么办呀？”

“听着，有一个办法，就是不太道德，我也不想让其他人知道。事到如今，只有这个办法了：我们用镐刨，就假装是刀子挖的。”

“太聪明了！”我说，“你脑瓜越来越灵活了。就用镐吧，管它啥道德不道德呢，我才不管。从我偷黑奴、偷西瓜、偷学校课本开始，我就不管其他了，先偷到手再说，反正我要的就是黑奴，就是西瓜，就是课本。如果镐用起来最上手，就用它把吉姆、西瓜和课本顺过来，我才不管那些行家老手怎么想呢。”

“眼下咱们这么做也情有可原，否则我也不会同意，更不会眼睁睁地看着规矩被破坏而不管不问。对就是对，错就是错，一个有文化的人才不会干错事。你想用镐挖条地道把吉姆送出来，又不想骗自己用的是小刀，这是因为你懂的少，而我就不行，因为我走的桥比你走的路还要多。给我一把小刀。”

其实他手里拿着自己的刀，但我还是把自己的那把递给他了。他把刀往地上一扔，说道：

“给我一把刀。”

一时我不知该如何是好，就在那堆工具里乱翻一通，找一把尖嘴镐给他。他接过去，一句话没说就开始干活。

他这人就是这样，原则性很强。

我找来一把锹，两人热火朝天地干了起来，地道进展得很快。我们铆足劲儿干了半个小时，最后实在撑不下去了，不过已经挖得有个洞口模样了。我走上楼，朝窗口往外看，只见汤姆在使出吃奶的劲儿往避雷针上爬，不过没爬上去，他满手就都是水泡了。最后，他说：

“不行，爬不上去。该怎么办呀？给我出个主意。”

“可以，不过这个方法可能有点儿不怎么符合你的规矩，你可以从楼梯走上来，就当是从避雷针上爬过来的。”

他接受了我的方法。

第二天，汤姆为了给吉姆做支笔，从屋里偷了一只勺子、一座铜烛台和六根蜡烛。我在黑奴住的小屋附近转悠了一会儿，逮着机会偷了三只铁盘子。汤姆说三只不够用，但是我说没人会注意到吉姆扔出去的盘子，都扔到窗洞下面野茴香和曼陀罗草堆里了，可以捡回来再给他用。汤姆觉得可以，他说：

“好了，接下来就得想想怎么把东西给吉姆了。”

“等地道挖好后，直接从洞口递进去。”

他一脸不屑的样子，说从来没有听过这么愚蠢的点子，然后低下头思考。不一会儿，他说他想到两三个主意，不过还没必要确定用哪个，我们得先通知吉姆。

晚上十点刚过，我们又顺着避雷针滑下去，手里拿着一根蜡烛，趴在窗口下面偷听，只听到屋里吉姆的打呼声跟打雷一样。我们把蜡烛扔了进去，吉姆醒都没醒，于是我们拿起镐和锹挖了起来，大约两个半小时后就搞定了。我们从吉姆床底下爬进屋里，屋里黑灯瞎火的，寻摸了一会儿才找到那根蜡烛。我们点着蜡烛，在吉姆身边站了一会儿，他气色看起来还挺不错的，我们轻轻地把他推醒。看到我们，他高兴得都快哭了，左一口亲爱的，右一口亲爱的，把所有能想到的亲热的称呼都用上了。他让我们找个凿子，砍断腿上的铁链，赶紧逃出去。但是，汤姆对他说这么做不合规矩，然后坐那儿一五一十地把我们的计划告诉他，还说万一出现意外，该如何及时调整，并且跟他说用不着担心，能保证顺利逃出去。听他这么一说，吉姆心里的石头就放下了。我们三个坐在床边谈了好久，汤姆问了许多问题。吉姆说塞拉斯叔叔三天两头儿就过来跟他一起做祷告，莎丽阿姨也过来问他过得舒服不舒服，吃得好不好，两夫妇对人都很好。汤姆说：

“嗯，好，我知道该怎么做了。我们会让他们给你带点儿东西。”

我说：“这可不行，太蠢了。”可是他这头犟驴压根不听我的，一旦打定主意了，任谁都拉不回来。

接下来，汤姆跟他说我们要通过送饭的那个黑奴奈特把绳梯和其他大点的东西藏在馅饼里，一定要多留神，也别惊讶，更别让奈特看见。我们还会在塞拉斯叔叔的口袋里放些小东西，一定要偷到手。另外，要有机会，我们还会在莎丽阿姨的围裙上拴些东西，或者放在围裙袋子里，也会告诉他都是些什么东西，用来做什么。接着，又跟他说怎么用血在衬衫上写日志，如此等等，说了一大通。吉姆大部分时候都是丈二的和尚——摸不着头脑，可是他觉得我们俩都是白人，懂得自然比他多，所以就很满意，还说会照汤姆说的做。

吉姆有不少玉米芯烟斗和烟叶，于是我们三个就在屋里吞云吐雾一番，好不惬意。过不一会儿，我们沿着洞口爬回去睡觉了，双手像是被什么啃过似的。汤姆兴致很高，说这是他这辈子干过的最高兴、最有成就感的事情，还说巴不得能想个点子，一辈子一直这么干下去，解救吉姆的事情留给儿孙们得了，因为他觉得一旦吉姆习惯了，就会喜欢这样的生活。他还说，这一拖能拖上八十年，成为纪录上最快活的时光，每一个参与者都能因此声名远播。

第二天一大早，我们跑到柴垛那儿，把铜烛台砍成几小截。等汤姆把这几截烛台和勺子放在口袋里，我们就走到黑奴住的地方，我负责转移奈特的注意力，吉姆趁机把一截烛台塞进给吉姆送饭的那个锅里的玉米饼中间。之后我们和奈特一道去屋里看看这方法奏效不奏效。果然不错，吉姆一口咬下去，差点儿把牙咬掉，没有比这个更奏效的了。汤姆自己也这么说。吉姆装作一副若无其事的样子，仿佛咬的是小石子，面包里面难免会掺些这东西，不过，从此以后，他再也不敢张口就咬了，总得先用叉子戳上三四下。

就在我们站在暗处的时候，吉姆床底下蹿出来几条狗，而且越来越多，一共有十一只，把屋里挤得连呼吸都很困难了。真是该死，我们竟然忘记关披屋的门了。黑奴奈特大喊一声“幽灵”，然后就昏倒在地上，躺在十几只狗中间，嘴里嘟囔着，跟要死了一样。汤姆赶紧把开门拉开，扔出去一块吉姆吃的肉，那些狗噌地就跑出去抢。汤姆人也跟着出去了，然后又回来把门关好，我知道披屋的门肯定也关好了。接着，他又走到那个黑奴面前，一边安慰，一边轻轻拍着，问他是不是又看到啥了。奈特站了起来，四下眨巴着眼睛，说：

“赛德少爷，也许你会说我是个傻子，可是我真的看到千万条狗，还有幽灵，不如死了算了。我真的看到了。赛德少爷，它们就在我眼前——一把扑到我身上。该死，要是能抓一个就好了——哪怕就一个。不过，最好是它们能放过我。”

“嗯，这么说吧，你知道他们为什么在开早饭的时候出现吗？因为它们饿了，原因就在这儿，给他们做个幽灵馅饼就行了。”汤姆说。

“天哪，赛德少爷，怎么做幽灵馅饼啊？我不会做，听都没听过。”

“嗯，那好，我来给你做。”

“真的吗，宝贝？——真这样的话，就是叫我舔你的脚趾头我也愿意。”

“行，看在你的面子上，馅饼我来做，谁让你对我们这么好，还带我们看这个逃跑的黑奴呢。不过，你可千万要小心。等我们过来时，你就背过身去，不管我们往锅里放了什么，就是看见了也不能跟其他人说。吉姆掀锅的时候，你也别看——不然会发生啥事，我也就说不清了。最最要紧的是，别碰那些幽灵吃的东西。”

“赛德少爷，我哪还敢啊？你开玩笑吧，就算是给几百亿，我也不敢碰一个手指头。”

第三十七章

万事俱备，只欠东风。我们跑到后院垃圾堆那儿，这家人的破皮鞋、烂布料、碎瓶子、旧铁皮盒子啥的破烂玩意儿全都扔在这儿。我和汤姆在里面捣鼓了一会儿，找到一只旧的铁皮洗碗盆，又把上面的窟窿补好，好用来烘烤馅饼。接下来，又拿着盆跑到地窖，偷了满满一盆面粉。出去吃早饭的途中，又发现两根小钉子。汤姆说犯人可以用它在墙上刻自己的名字，把心中的苦闷发泄出来。之前听那几个孩子说今天早上他们爸妈要去吉姆那间屋里，于是我们拿一根钉子放在椅子上莎丽阿姨的围裙口袋里，另外一根塞在柜子上的塞拉斯叔叔的帽箍里，然后就去吃早饭了。汤姆又把一只勺子藏在塞拉斯叔叔大衣口袋里，莎丽阿姨还没过来，我们只得等一等了。

莎丽阿姨一进来就直呼热，脸红扑扑的，连祷告都等不及就去倒咖啡，另外一只戴着顶针的手猛地给身边一个孩子的脑瓜一顿敲，说：

“整个家都被我翻个底儿朝天了，还是找不到你那件衬衫，去哪了啊？”

我的心忽地一沉，都沉到五脏六腑下面了。一块掰开的玉米饼皮刚塞进嘴里，不曾想一声咳嗽又把它喷了出来，直接打到对面一个孩子的眼睛，他像鱼虫一样弓着身子，疼得哇哇大叫。汤姆脸色发青，足足有那么十五秒钟，看来事情严重了，我恨不得找个地缝钻进去。好在过不一会儿，就缓过来了——刚刚事情太突然，我们都愣住了。塞拉斯叔叔说：

“我也纳闷，搞不明白，明明记得把衬衫脱掉了啊，因为——”

“因为你就只穿了一件。我知道你把它脱下来了，我记得比你清楚，因为衬衫昨天还挂在晾衣绳上——我亲眼看到的。可是，现在却不见了——再怎么说，衣服就是没了，你先换上那件法兰绒红衬衫吧，等闲下来了再给你做件新的。再做就是这两年里做的第三件了，光给你做衬衫就让人忙得够呛，真不知道你是怎么穿的，都这么一把年纪了也该知道怎么爱惜自己的衣服了吧。”

“嗯，我知道了，以后会注意。可是也不全是我的错呀，你也知道，衣服一旦不穿在身上，我既看不到，又摸不着。到现在我还不相信衬衫就这么没了。”

“好吧，不是你的错——要是想扔，你早就扔了。不过，丢的不止衬衫，还有一把勺子，还远不止这些。本来有十把勺子，但现在只有九把了。衬衫可能是被那个牛犊给叼走了，但勺子总不至于吧。”

“莎丽，你说啥？还丢了啥？”

“六根蜡烛也没了，可能是被老鼠偷去了，它们咋就没把咱们整个家给偷个一干二净呢？你天天说要把老鼠洞封死，不过是过过嘴瘾而已。就是哪天老鼠在你头发里睡觉，你也发现不了。话说回来，也不能怪老鼠偷了勺子。”

“好了，莎丽，我承认是我错了，是我粗心大意马大哈，明天我就把老鼠洞封死。”

“哎，别急，明年再封也不迟。玛蒂尔达·安吉丽娜·阿拉明达·菲尔普斯！”

顶针啪的一声落在地上，小女孩赶紧把手从糖碗里抽回来。就在这时，一个黑奴妇女跑到过道里，气喘吁吁地说：

“太太，床单不见了。”

“床单不见了？我的天哪！”

“今天我就把老鼠洞堵上。”塞拉斯叔叔满脸愁容地说道。

“你给我闭嘴！——你以为是老鼠把床单叼走了啊？丽泽，你知道床单哪去了吗？”

“莎丽太太，我真的不知道。昨天还挂在晾衣绳上呢，今天就不见了。”

“估计是世界末日要来了，我这辈子都没遇到这种事。一件衬衫、一张床单、一把勺子、六支蜡烛——”

“太太，”一个黑白混血丫头跑过来，“铜烛台也少了一个。”

“你们都给我滚出去，不然就别怪我不客气了。”

莎丽阿姨正在气头儿上。我想找个机会溜到树林里，等她心情平复下来再回来。她一个人在那不停地骂骂咧咧，其他人站在一旁不敢说话。最后，塞拉斯叔叔从口袋里摸出一把勺子，连他自己都傻掉了。莎丽阿姨嘴张得老大，手高高举着，一句话也说不出来。我恨不得自己能找个地缝藏起来。过不久，她说：

“我就说嘛，勺子藏在你口袋里了，其他东西肯定也在你那儿。怎么会在口袋里呀？”

“莎丽，我真不清楚这是怎么回事，”他带着歉意说，“不然早就跟你说了。吃早饭前，我一直在看《新约》第十七章，可能是无意中把勺子当成那本书放进去了，肯定是这样的，因为那本书不在口袋里，一会儿我去看看，如果《新约》还在原来那个地方，就说明我没有把它装进去，而是装了一把勺子——”

“哦，天哪！让我清静一会儿吧，都给我出去。在我心情平复好之前，别进来烦我。”

就算她是自言自语，我也能听到，何况是这么大声说出来。我站了起来，经过客厅的时候，塞拉斯叔叔一把拿起他的帽子，那根小钉子落在地板上，他啥也没说，只是捡起来放在壁炉架上，然后就走出去了。这些汤姆都看在眼里，又想起勺子的事，说：

“看来通过他给吉姆送东西是行不通了。不过，勺子那件事无意中帮了我们一把，所以咱也得不动声色地帮他把老鼠洞堵上。”

地窖里面有许多老鼠洞，我们整整花了一个小时才堵完，堵得严严实实的。不一会儿，楼梯上传来脚步声，我们赶紧把蜡烛吹灭，藏起来。塞拉斯叔叔一只手拿着蜡烛，另一只手拿着其他东西，一脸心不在焉的样子。他四处转着，挨个查看每个老鼠洞，然后在那儿站了五分钟，一边抠掉蜡烛上的蜡油，一边想事情，然后晃晃悠悠地朝楼梯走去，嘴里说道：

“我怎么记不起来什么时候把老鼠洞堵住了。这下那娘们儿该不会把老鼠的事怪到我头上了吧。无所谓了——算了，说出来也不见得有什么好。”

他嘴里咕哝咕哝地上楼了。他走后，我们也走了。塞拉斯叔叔一直是个和善的老头。

汤姆一直为怎么再找把勺子而发愁，说不能没有勺子。他想了一会儿，然后告诉我应该怎么做。我们跑到放勺子的篮子旁边等莎丽阿姨过来，汤姆数了一下，然后拿出一个放在一边，我也拿一个藏在袖口里。汤姆说：

“莎丽阿姨，这只有九把勺子呀。”

“一边玩去，别烦老娘。有几把我能不知道吗？我亲手数的。”

“阿姨，我都数了两遍了，确实只有九把呀。”

她不耐烦了，不过又过来数了下。

“真的只有九把了啊！”她说，“到底咋回事呀——瘟神拿去了，我再数一遍。”

我把藏在袖口那把偷偷放了进去。数完后，她说：

“这些破铜烂铁净给我找事，喏，现在不是有十把了吗？”她又气又恼。可是汤姆说：

“阿姨，没有十把呀。”

“你个笨蛋，没见我数了吗？”

“我知道，可是——”

“得了，我再数一遍。”

我又偷偷拿了一把，所以数下来是九把，跟她第一次数的一样。这下她可受不了啦——气得浑身直打战。她又数了数，来回折腾好几次，把自己都气糊涂了，有几次竟把篮子当成勺子了。结果有三次数对了，三次数错了。最后，她一把拿起篮子就往屋子对面扔，恰好砸在猫身上，吓得它魂都没了。她叫我们出去，让她一个人安静一会儿，要是吃饭之前进来捣乱，就剥了我们的皮。就这样，我们搞到那把作怪的勺子，趁她发号施令那会儿，偷偷地放在她围裙袋子里。中午之前，吉姆就搞到勺子和钉子了。这事办得我们都很满意，汤姆说就是再麻烦一倍也值得，还说莎丽阿姨为了自己的性命再也不会数勺子了，就是数了，也肯定不会相信自己，接下来的三天，她还会再数，一直数到大脑发昏，要是谁再让她数，非要了那人的命不可。

就在那天晚上，我们把床单还到晾衣绳上，但又从衣柜里偷了一条，偷出来，放回去，这样来来回回折腾了好几天，搞得她都不清楚自己到底有多少条床单了，说不管了，不想做无用功，就是要了她的命，她也不数了，宁肯早死早解脱。

这下好了，衬衫、床单、勺子和蜡烛的事因为牛犊、耗子和点数这笔糊涂账全都糊弄过去了。烛台的事，也不用担心，慢慢就过去了。

不过馅饼可是个大问题，我们都头痛好多天了。我们躲在远处树林里烘烤，总算是烤好了，让人非常满意。不过，这些不是一天完成的，我们一共用了三盆面粉，身上都烤出伤了，眼睛熏得都睁不开。你也知道，我们要的是那层酥皮，可是总是撑不起来，一烤就往下陷。好在后来想到一个点子，就是把绳梯放在馅饼里面一起烤。第二天晚上，我们来到吉姆屋里，把床单撕成一条一条的，然后赶在天亮之前搓成一根漂亮的绳子，就是用来当绞绳也不成问题。我们心里就当作是花九个月时间搓成的。

那天晚上，我们把绳子带到树林里，可是馅饼包不住它。绳子是用整张床单搓成的，足够四十个馅饼用的，剩下的用来做汤、做香肠或其他东西都可以，够我们饱餐一顿了。

不过我们并不需要这些，够馅饼用的就行了，就把剩下的给扔了。因为担心洗衣盆的焊锡会融化，所以就没在盆里烤馅饼。塞拉斯叔叔有一只十分珍爱的木把铜暖炉，是他一个祖先随着征服者威廉乘坐“五月花”号和早期其他船从英国千里迢迢带来的，跟其他珍贵的古董一起藏在顶楼那儿。之所以收藏这些东西倒不是因为它们有啥价值，它们没一点儿价值，而是因为它们是古董。我们把暖炉偷来，搞到树林里。一开始没搞清楚门道，所以前几次的烘烤都失败了，不过，最后一次终于行了。我们在炉底和四面糊了一层面团，把暖炉放在煤火上，再把布索子放里面，上面加一层面团盖住，盖上炉盖，最后在上面铺一层滚烫的煤炭。我们只需站在五英尺外，握着暖炉木把，既凉快，又舒服。十五分钟后，一个漂亮的馅饼出炉了。不过，吃这个馅饼的人可得准备好两小桶牙签才行，我敢打赌，绳梯保准会把他的牙塞得满满的，一口吃下去，准让他的肚子痛得受不了。

我们把馅饼放在给吉姆送饭的盆里，但纳特连瞧都没瞧，然后又把三个洋铁盘子放在锅底饭食下面，这么一来，吉姆就能拿到所有的东西了。等就他一人的时候，他立刻掰开馅饼，把绳梯藏在草垫里，又在铁皮盒子上画了一些记号，然后从窗洞扔出去。

第三十八章

做笔和做锯子都是吃力的活儿。不过吉姆说，犯人在墙上刻字才是最难的。无论再怎么难，我们也得做，汤姆也这么觉得。还没听过哪个国事犯不留点儿字，不刻点儿纹章的。

“想想简·格雷夫人，”他说，“吉尔福德·达德利，还有老诺森波兰！哈克，就算很棘手又怎么样？——能躲过去吗？吉姆必须留点儿字，刻点儿纹章。”

“汤姆少爷，我没上衣啊，只有件旧衬衫，还要在上面写日记。”吉姆说。

“你没搞清楚，纹章跟其他不一样。”

“哎，”我说，“吉姆没错，他确实没有纹章。”

“这个我知道，”汤姆说，“不过，放心了，逃出去之前肯定就有了——因为他得光明正大地出去，不能留下案底。”

我和吉姆开始用碎砖块儿磨笔，吉姆磨得是一截铜烛台，我磨得是勺子，而汤姆在为纹章的事发愁。过了一会儿，汤姆说想出许多图案，就是不知道该选哪一个，不过其中有一个最让他满意。他说：

“盾形纹章下面画一道黄色斜线，中带上刻一个紫色斜体十字，中间是一般都有的仰着头蹲着的小狗，脚上拴一条城垛形的铁链，以表示奴役。纹章上面那个波纹的图案是个绿山符号，天蓝色上有三条瓦棱形的线。纹章中间偏下的脐点左高右低，脐点下面是道锯齿形的装饰纹路。最上面是个浑身黝黑的在逃黑奴，左边横格是他扛的行李，横格下面是两根朱红柱子，象征着你和我。纹章上刻的字是 Maggiore fretta minore atto。这句话我曾在一本书上见过，意思是“欲速则不达”。

“天哪，”我说，“其他的又是什么意思呢？”

“没时间管这个了，”他说，“咱们赶紧拼命逃出去吧。”

“好吧，你多少说点儿呗，中带到底是啥呀？”

“中带就是——你没必要知道是啥。等画的时候，我就教给他。”

“去你大爷的，说嘛，赶紧的。对角条纹又是啥？”

“我不知道，不过吉姆肯定会有，但凡达官显贵都有。”

汤姆这人就这样，如果觉得没必要，他绝不会向你解释，就是缠一个星期也没用。

纹章的事全都办妥了，接下来就是其他事了，还需要编一段令人潸然泪下的话。汤姆说吉姆必须留一段话，大家都是这么做的。他编了许多，全都写在纸上，并大声念出来：

一、一颗被监禁的心破碎了。

二、一个不幸的犯人，遭尽世间遗弃，连朋友都没有，煎熬地度过这一生。

三、三十七年的孤单囚禁后，一颗孤独的心破碎了，一颗疲倦的心终于得以安息。

四、三十七年囚禁后，无家可归，亲友全无，这个高贵的陌生人原本是路易十四的私生子。

汤姆念的时候，声音一直在颤抖，差点儿没哭出来。但他不知道该选哪一句，每句都不错，最后他让吉姆全都刻上去。吉姆说，用钉子把这些字刻在木头上非得花一年时间不可，再说了，他又不会写字。汤姆说他可以帮他写好，然后依葫芦画瓢描上去就可以了。不久，汤姆又说：

“哎呀，木头不行，大牢里没有木头墙，刻在石头上才行，我们得弄块石头过来。”

吉姆说石头比木头更难刻，得花更多时间，也不用逃出去了。汤姆说他会让我帮他刻的。之后，他看了看我和吉姆把笔磨得怎么样了。这活真够累人的，手上的水泡一直没消停，磨了大半天也不见有啥变化。汤姆说：

“有了，咱得找一块能刻纹章和那段令人潸然泪下的句子的石头，这样就一举两得了。锯木厂有一块大磨刀石，咱们把它偷过来，一边在上面刻东西，一边来磨笔和锯子。”

这主意不赖，只是那块磨刀石搬起来可不容易，不过我们打算试试。这时，还不到半夜，我们立即去锯木厂，把吉姆一人留在那儿。我们把磨刀石偷出来，然后往家里滚，可是太难了，即使有时把吃奶的劲儿都使出来了，石头还是往回滚，差点儿把我们压扁了。汤姆说，把他推滚回家之前，总有一个人会吃亏。还没滚一半，我们俩就累得筋疲力尽了，汗水淌得都能把我们给淹死。看来实在不行，只得把吉姆叫过来。他把床抬起来，从床腿那儿脱出脚镣，然后一圈一圈围在脖子上。之后我们从洞口爬出来到了下面。吉姆和我不需怎么费力就能把磨刀石往前推，汤姆在一旁照看着，他这本事比谁都强，无论啥事都知道怎么做。

本来洞已经挖得够大的了，但那块石还是进不去。吉姆拿起铲子挖了挖，不一会儿石头就能进去了。然后汤姆用钉子把那段话刻在磨刀石上，还让吉姆学着，把钉子当钻凿，披屋垃圾堆里捡来的铁螺栓当榔头来刻，说刻到蜡烛燃尽，就可以上床睡觉了，记得把石头藏在草垫下面。然后我们把吉姆的脚链放回床腿，自己也准备回去睡觉了。可是不知汤姆又想起了什么，他说：

“吉姆，这里有蜘蛛吗？”

“少爷，没有蜘蛛，多谢老天爷。”

“那行，我们给你搞些蜘蛛过来。”

“我可不要蜘蛛，我怕它。就是要响尾蛇，也不要蜘蛛。”

汤姆想了一会儿，然后说：

“好主意，人家也肯定这么干过，蛮有道理的。嗯，主意不错。可是你把它养在哪儿呢？”

“汤姆少爷，养什么呀？”

“响尾蛇呀。”

“天哪，要是这有响尾蛇，我立马往圆木墙上撞去，不骗你。”

“吉姆，用不了多久，你就不用怕它了，会把它驯服的。”

“驯服它？”

“是呀——很容易的。动物嘛，只要你对它好，跟它亲热，它就对你感恩，不会伤害你，书上就是这么说的。试一试嘛，两三天就可以了，之后你们就熟络了，它就爱你，和你睡在一块了，一刻也离不开你。它会缠在你脖子上，甚至把头塞在你嘴里。”

“求求你了，汤姆少爷，别说了，我快受不了啦。把头塞进我嘴里——这是报恩吗？它就是等一辈子，我也不愿意它把头塞进我嘴里，更不愿意跟它一起睡。”

“吉姆，别说傻话了，犯人总归得有一个不说话的宠物嘛。还没人养过响尾蛇，你是第一个。即使你想出其他啥法子救自己，都没有说养响尾蛇有面子。”

“唉，汤姆少爷，我不需要这种面子。蛇一进来，就会把我的下巴咬掉，有面子吗？不，我不养响尾蛇。”

“该死，试试还不行吗？就试一试——真不行就算了。”

“如果刚养没几天，就咬我一口，那我岂不是完蛋了。汤姆少爷，你吩咐的事，只要合情合理，我绝不含糊，但如果你和哈克弄一条响尾蛇来，我就离开这儿。”

“行了，行了，那算了，谁让你这么死心眼儿，不开窍。我们搞几条花蛇过来，你在尾巴上系几个扣子，就当是响尾蛇，这总可以吧。”

“好，汤姆少爷，这样的蛇我还能受得了。不过，如果你觉得没有它们，我就活不下去了，这才奇怪呢。犯人的麻烦事可不少。”

“嗯，确实是这样。你这儿有老鼠吗？”

“没有，没见过一只。”

“那行，我给你搞几只老鼠过来。”

“咋了？汤姆少爷，我不需要老鼠呀。它们很烦人，睡觉的时候，就在你身边转来转去，咬你的脚指头。如果必须选的话，还是花蛇吧，老鼠没啥用处。”

“可是，吉姆你得有老鼠啊——人家都这样嘛，还没见过哪个犯人没有老鼠的，他们养老鼠，调教它们，教各种把戏，把它们变得像苍蝇那么随和。不过，得给它们放音乐听，你有啥乐器不？”

“只有一把粗木梳子，一张纸和一个口琴。不过，估计它们看不上口琴。”

“哪的话，会的，它们不在意是什么音乐，老鼠能听到口琴已经不错了。动物都喜欢音乐——在大牢里对音乐特别入迷，尤其是抒情伤感的音乐。正好口琴吹出来的就是这种声音，一吹就能引起它们的兴趣，然后蹿出来看看你。嗯，这下一切都给你安排得妥妥的了。临睡之前，或者一大早，你可以吹吹口琴，奏一曲《最后一个连环断了》，比啥都能打动老鼠的心。过两分钟就能看到老鼠、蛇、蜘蛛等为了哀伤，然后来到跟前，围在你身边，快活地玩一阵子。”

“是的，汤姆少爷，它们倒是很快活。可是，我呢？我理解不了其中的道理啊。如果非得这么做不可的话，那也行。我会把这些动物看管得好好的，免得屋里出啥乱子。”

汤姆想了一会儿，看有没有其他事。不一会儿，他说：

“哦——差点儿忘了，你能不能再养盆花？”

“我不知道，可以吧。不过屋里没阳光，太黑了，养花也没啥用。让人家看了，说不定会惹祸上身。”

“试一试吧，有个犯人曾养过花。”

“那种像猫尾巴的大毛蕊花在这儿应该能养活，就是需要一番工夫。”

“别信这个，我们给你搞株小的，你就把它栽在墙角。别叫它毛蕊花，就叫毕乔拉——它在牢房里的名字就是这个，还得用眼泪浇灌才行。”

“没问题，有的是泉水。”

“不要用泉水，得用眼泪，人家都是这么做的。”

“汤姆少爷，别人用眼泪，我用泉水，保管我的毛蕊花比其他人的长得快一倍。”

“不行，必须用眼泪。”

“那它一定会枯死，因为我一辈子也难得哭几次。”

这可难住汤姆了。他想了一会儿，然后说，吉姆可以对着洋葱头挤眼泪，并答应早上去黑奴的屋里偷偷把一只洋葱放在吉姆的咖啡壶里。吉姆说：“我宁肯你在咖啡壶里放点烟叶子。”然后嘀嘀咕咕地发一大串牢骚，说又是栽花，又是吹口琴，还要讨蛇和蜘蛛的欢心。本身作为一个犯人，已经够痛苦的了，还得磨笔、刻字、记日记了，比啥都折磨人。汤姆听得火冒三丈，说吉姆比哪个犯人都走运，本可以比谁都出名，却偏偏不知好歹，浪费这么好的机会。吉姆赶紧道歉，说再也不敢这样了。之后，我和汤姆便回屋睡觉了。

第三十九章

一大早，我们俩就去村里买了一只逮老鼠的铁丝笼子，拿到地窖，挖开一个很大的老鼠洞，不一会儿就逮到十五只大老鼠。我们又把笼子放在莎丽阿姨床底下一个安全的地方。不料，就在我们出去捉蜘蛛的时候，小汤姆斯·富兰克林·本杰明·杰弗逊·菲尔克斯发现了那个笼子。他把笼子的门打开，看老鼠会不会出来，老鼠当然都跑出来了。莎丽阿姨走进屋里。我们回来时，她正站在床头大喊大叫，老鼠在给她表演节目解闷呢。见我们进来了，她抄起棍子就是一顿揍。不得已，我们又花了两个小时才捉到十五只老鼠，那个小鬼净给我们添乱。这十五只老鼠就没刚才那些壮硕了，从没见过比刚才那些更壮硕的老鼠了。

我们又捉到各种蜘蛛、虫子、青蛙、癞蛤蟆等，本想捅个马蜂窝，可是没成功，蜜蜂全都窝在里面。一开始我们没有放弃，待在那里跟它们耗下去，它们肯定耗不过我们，但结果它们赢了。我们找来一点儿草药，抹在被蜜蜂蜇的地方，抹完就好得差不多了，只是坐下的时候还不怎么方便。我们又去抓蛇，足足抓了二十多条花蛇和家蛇，装到口袋里放在我们的房间中。辛苦了一整天，搞好之后，已经到饭点了。饿不饿呢？——不是很饿！等我们回房，一条蛇也不见了——原来忘了系口袋了，蛇全都钻出来跑了。不过不要紧，肯定还在屋里，总能抓几条回来。如此一来，屋里简直成了蛇的天下，时不时就从椽子上掉下来，掉在盘子里，掉在背上、脖子上，净在你不想的时候出现。不过，这些蛇也蛮漂亮的，一道道花纹，还不咬人。可是莎丽阿姨很讨厌它们，不管是什么蛇都讨厌。要是有蛇落在她身上，无论在干啥，她就丢下活往外跑。这样的女人，我还真没见过。老远就能听到她呼天抢地的声音了。即使跟她说用火钳把蛇夹住，可她还是不听。如果她在床上翻身时看到一条蛇，就立马滚下来，厉声尖叫，跟房屋失了火似的，吵得叔叔心神不宁，说要是上帝没造蛇就万事大吉了。唉，即便蛇都消失一个星期了，莎丽阿姨还是远远安不下心来。她在想心事的时候，只要你用根羽毛在她脖子后面轻轻一捅，她就腾地跳起来，怪极了。不过，汤姆说女人就这样，搞不清是啥原因。

每当受到蛇的惊吓，她就给我们一顿打，还说要是下次再弄得满屋都是蛇，就打得我们满地找牙。挨打什么的我倒不在乎，跟隔靴搔痒没啥两样，就怕再让我们抓蛇，那可就麻烦了。好在蛇和其他东西都抓齐了。每当它们挤在一起围着吉姆听音乐，小屋里就非常热闹。吉姆不喜欢蜘蛛，蜘蛛也不喜欢他，他们之间很难打交道，真够吉姆受的。床上全是老鼠、蛇和磨刀石，连睡觉的地方都腾不出来。即使腾出地方了，也睡不了，因为屋里太热闹了。那些动物从来不在同一个点儿睡觉，全都轮流着睡。蛇睡着了，老鼠出来活动；老鼠睡着了，蛇就开始活动了，所以吉姆身下总是有些东西。不仅如此，他身上还有另外一群东西在捣鬼。倘若他想换个地方，蜘蛛就会找麻烦。他实在忍不住了，说一定要逃出去，再也不想当犯人了，就是给钱也不当。

三个星期过后，一切都准备妥当了。衬衫早就包在馅饼里送了过去。老鼠每咬吉姆一口，他就趁血迹没干，蘸着写日记。笔也磨好了，那段话也刻在磨刀石上了。床腿也锯成两截，木屑被我们吃了，结果肚子痛得直要命，本以为就此一命呜呼了，好在小命又保住了。唉，木屑真难消化，汤姆也这么说。好在一切都干完了，苦头儿是没少吃，不过最苦的要数吉姆。叔叔给奥尔良下游的农场写了两封信，让他们把逃跑的黑奴领回去，可是没有收到回信，因为下游压根就没这个农场。叔叔说，他想在圣路易和新奥尔良的报纸上刊登招领广告。听到这，我吓得浑身直打哆嗦。看来再也不能耽误时间了。汤姆说，是时候写匿名信了。

“什么匿名信？”

“就是警告别人，防止发生意外。警告的方式各异，不过总有人暗中查访，然后知会城堡里的长官。路易十六准备逃出杜伊勒里宫时，一个丫鬟就跑去通风报信了。这方法不错，写匿名信也很好，两个方法我们都试试。一般来说，是犯人老妈和犯人调换衣服，老妈留在牢里，犯人穿着他老妈的衣服偷偷溜出去。咱们也这么干。”

“汤姆，我们为啥要警告他们要出意外了？让他们自个儿查去——本来就是他们的事啊。”

“我知道，不过从一开始他们就不靠谱——无论啥事，都得我们做。那些人榆木脑袋一个，脑筋转不过来弯，听什么信什么，根本不知道发生了什么。如果我们不提醒他们，就不会有人阻挠我们，这场越狱就会变得平淡无味，先前千辛万苦的努力全都打了水漂——啥都落不着。”

“这才好呢。”

“滚一边去了。”他气呼呼地说。

我赶紧说：

“我不埋怨，你想咋办就咋办。不过，上哪找丫鬟呢？”

“你当丫鬟。你半夜溜进去，把那个丫头的外套偷来。”

“这可不行，第二天保准会出乱子，因为她只有一件外套。”

“这我清楚。你只需拿着匿名信，往大门底下一塞，前前后后十五分钟就可以了。”

“嗯，行，听你的。不过，我穿自己的衣服也一样可以吧。”

“那样的话，你看起来还像个丫鬟吗？”

“确实不像，不过也没人看清我的模样呀。”

“两者不矛盾。我们要做好自己该做的，别担心有没有被别人看见。你就不能讲点儿原则吗？”

“行，行，当我啥也没说。我当丫鬟，谁当吉姆的老妈？”

“我。我去偷件莎丽阿姨的外套。”

“这样的话，我跟吉姆走后，你就得待在小屋里了。”

“待不了多久的。我会往吉姆的衣服里塞满稻草，再把衣服放在床上，让别人以为是他老妈。吉姆还得穿上我身上那件莎丽阿姨的外套，到时咱们一起逃亡。一个有身份和地位的犯人逃走了，那才叫逃亡。比方说，国王逃走了，就是逃亡。国王的儿子也不例外，无论是不是私生子。”

于是汤姆写了封匿名信。我照他说的，到晚上的时候，把那个丫头的外套偷过来，又把信塞在大门下面，上面写道：

小心，大祸将临头，请严加防范。

陌生人留

第二天晚上，汤姆用血画了一幅骷髅底下交叉着白骨的图，我们把它贴在大门上。再过一晚，又在后门贴了一幅棺材的画。他们这一家子被吓得魂都没了，好像四处都是鬼，每件东西后面，床底下，空气里全都漂着鬼。只要门砰的一声关上，莎丽阿姨就吓得跳起来，大声喊“哎哟”，不管什么东西掉在地上了，她都“哎哟”一喊。就算你在她不留意时偷偷碰一下，也会这样。不管身子转向哪个方向，她都不放心，老觉得身后有鬼怪在盯着——所以她不停地转身，转一次喊一声“哎哟”，有时还没转到三分之二，就又转回去，接着“哎哟”一声。她怕上床睡觉，但又不敢坐那熬夜。汤姆说他这招很灵，没见过比这更灵的了，事实证明确实如此。

他说，重头戏该上场了！第二天一大早，天刚蒙蒙亮，我们就写好一封信，然后思考用哪个方法最好，因为昨天吃晚饭的时候听到他们说要在前后门各派一个黑奴彻夜看守。汤姆顺着避雷针滑下去一看究竟，发现看守后门的那个黑奴睡着了，于是就把信贴在他脖子后面，然后就回来了。信上这么写着：

别出卖我，我想跟你交个朋友。有一帮从印第安领地过来的杀人犯要偷走你们的黑奴。他们一直在恐吓你们，好让你们老老实实待在屋里，不出来阻拦。我是他们的一分子，受到宗教的感化后，决心洗心革面，脱离他们，所以把这个阴谋说出来。半夜的时候，他们将带着私自配制的钥匙，沿着栅栏，从北边偷偷进来，然后把黑奴偷走。他们让我在远处放风，一旦有危险，就吹铁皮号筒。我不会照他们说的办，等他们一进来，我就学羊叫。在他们解黑奴的脚镣的时候，你们过去悄悄地把他们锁在屋里，等有机会了再把他们解决了。一定要照我说的做，不然他们就会起疑心，到时非得惹出大祸来。我不需要任何报酬，只想知道自己是做了件好事。

一位你不认识的朋友

第四十章

吃过早饭后，我和汤姆兴致很高，坐上小划子，到河边钓鱼，连午饭都带着了。之后又查看下那个木筏，发现它好好的。我们很晚才回家，只见他们夫妇一副惶恐不安的样子，也不肯说到底发生了什么事，更别提收到的那封信了。其实就是不说，我们也比谁都清楚。吃完晚饭后，他们就让我们睡觉去。楼梯刚走一半，见莎丽阿姨一转身，我们就溜到地窖，打开食物柜，拿了足够饱餐一顿的午饭，然后就回房睡觉了。晚上十一点半时，我们起来了。汤姆穿上莎丽阿姨的衣服，正要带着午饭走的时候，突然说：

“黄油呢？”

“我拿了一块，放在玉米饼上了啊。”

“你忘在那儿了——这儿没有。”

“没有黄油也不要紧。”

“就是有也没关系啊，你到地窖把黄油拿来，然后抱着避雷针下楼赶过来。我往吉姆的衣服里塞着稻草，假装是吉姆他老妈。你一来，我就学羊叫，然后咱们撒腿就跑。”

说完他就走了，我也下地窖去了，那块拳头大的黄油还在那儿。我拿起玉米饼，吹灭蜡烛，就上去了，平安地到了一层。就在这时，莎丽阿姨拿着蜡烛走了过来。我赶紧把手里的东西塞进帽子里，又把帽子扣在头上。刚搞好，她就看到我了，然后问：

啥也看不到。他小声说，如果听到脚步远去的声音，就用胳膊肘捅我们一下，到时吉姆先走，他来断后。他趴着门缝那儿听呀听，可一直都有脚步声。终于，他捅了我们一下，我们赶紧溜出去，猫着腰，屏住气，一点儿声响都不敢发出，三个人一个接一个朝栅栏走去，最终安全到了那儿。我和吉姆翻了过去，可是汤姆的裤子被一根开裂的木片挂住了，恰好这个时候脚步声走了过来，他一慌就把木片扯断了，然后跟在我们后面跑。有人大声喊：

“是谁？不说我可就开枪了。”

我们没搭理他，拔腿就跑。有一群人追了过来，子弹砰、砰、砰地从我们身边飞过。他们喊道：

“在这儿，他们往河边跑了！兄弟们，赶紧追，把狗放出来。”

他们穿着靴子在后面穷追不舍，声音很大，一边追，一边喊。我们没穿靴子，也没大声喊。我们跑在通往锯木厂的路上，眼见被追上了，便躲在矮树丛里，让他们跑过去，然后在后面走。为了不把强盗吓跑，他们一开始把狗关起来了，不过现在放出来了。那些狗一路奔来，汪汪地叫个不停，像是万马奔腾一样。不过，好在是自己家的狗，我们就停下等它们过来。一见是我们，不是什么陌生人，那些狗就不怎么奇怪了，继续朝有叫喊声和脚步声的地方奔去。我们使劲儿在它们后面跑，来到锯木厂，穿过矮树丛，最后来到拴独木舟的地方，然后跳进去，拼命地向河中央划，尽量不发出任何声音。不一会儿，就优哉地划到藏我们那个木筏的岛边。这一路，人喊叫声、狗叫声，咋咋呼呼地乱作一团。后来，声音越来越远，最终听不见了。我们跳上木筏，我说：

“吉姆，这下你又自由了。我敢打赌，你再也不用当奴隶了。”

“哈克，你们真厉害，啥都想得这么巧妙，没人能想出比这更好的计策了。”

大家都很高兴，尤其是汤姆，可是他腿肚子中了一枪。

一听他受伤了，我和吉姆就没刚才的兴致了，赶紧让他躺在窝棚里，撕了公爵一件衣服来包扎伤口。汤姆伤得很厉害，血流不止。他说：

“布条给我，我自己包扎。计划进行得这么顺利，咱们可不能在这儿拖拉，赶紧划桨，放木筏。伙计们，干得真漂亮！要是能把路易十六一块带上就更好了，真这样的话，他的传记里就不会加上‘圣路易之子升天’。绝对不会，我们可以把他带到境外——神不知，鬼不觉。好了，划桨吧——把桨划起来。”

我和吉姆商量了一会儿，然后说：

“吉姆，你说吧。”

“哈克，是这样的，要是这次逃出来的是他，咱们中间有人挨了一枪，他会说‘赶紧走，快救我，别为了救人而耽误事，去找医生’吗？我敢打赌他绝不会这么说。那吉姆我呢？——我也会这么说吗？不，要是不找医生，我一步也不走，就算等四十年也不走。”

吉姆有颗白人的心，我就料到他会这么说——那好，我去请医生。汤姆很生气，但我和吉姆坚持这么做。他要自个爬过去放木筏，但我们不让，即使是向我们发火，也没多大用。

看到独木舟准备好了，汤姆说：

“行，既然你这么固执，那我告诉你到了村子以后怎么做。到时你把门关上，用绷带把医生的眼睛捂严实，让他发誓严守秘密，再给他一袋金币，带着他在大街小巷瞎转悠一番，再用独木舟带他在各个小岛转一圈。另外还得搜他的身，把粉笔拿走，不回村绝不给他，不然他就会在木筏上做记号，以便后来找过来，他们就会使这种伎俩。”

我记住了，然后就走了，并且说好医生一过来，吉姆就躲到树林里，等他走了，再出来。

第四十一章

我把医生叫起来，他是个和善、慈祥的老人。我对他说，我和我哥昨天下午去西班牙岛打猎，在一个木筏上宿营。半夜的时候，他做了一个梦，一脚踢到猎枪，猎枪走火打中了他的小腿，所以想请他去治一治，治好以后别提这件事，更别让其他人知道，因为我们打算今天晚上就回家，给家人一个惊喜。

“你们是哪家的人？”

“菲尔普斯家的。”

“哦。”过了一会儿，他又问，“你说他是怎么受伤的啊？”

“他做了个梦，然后枪走火了。”

“这么怪的梦啊。”

他点着灯，拿起药箱就往外走，可是一看见那个独木舟就面露厌色——说只能坐一个人，两个人有点儿危险。我说：

“先生，甭担心，就是坐三个也不是问题。”

“哪三个？”

“我和赛德，还有——还有那杆猎枪，枪也算一个。”

“这样呀。”

他在独木舟旁边踩了踩，晃了晃，然后摇了摇头说到附近找个大点儿的船。可是附近的船全都锁上拴起来了，他只能坐在我的独木舟里，让我在岸边等他回来，我也可以去其他地方找找看，如果愿意的话，直接回家给家人一个惊喜也行。不过，我不想回家，所以就告诉他该上哪去找木筏，然后他就走了。

不一会儿，我想到一个主意。万一他不像说得那样，羊尾巴摇三下就能把伤治好，那该怎么办呢？如果需要三四天才能治好，该怎么办呢？——只能任由他走漏风声吗？不行，我得等他回来，如果他说还得去一趟，那我就跟他一起去，就是下水也得过去。之后，我们还得把他绑起来，松开木筏往下游漂。等汤姆的伤治好了，再重重地感谢他，钱都给他也行，然后放他上岸。

打定主意后，我钻进木材堆睡了一会儿。醒来之后，太阳都到头顶了！我赶紧往医生家里跑，可是他家人说他夜里出门了，不知道什么时候能回来。看来汤姆的伤势很严重，我得回去看看。我转身就走，刚拐过街角，就差点儿撞到塞拉斯叔叔的肚子上。他说：

“嘿，你这个捣蛋鬼，这几天去哪了？”

“哪也没去啊，我和赛德去追那个逃跑的黑奴了呀。”

“到底去哪了？你阿姨着急得要死。”

“一点儿不用着急，啥事也没有，好好的。我们在那些人和狗后面追，可是追不上他们，连影子都看不到。但是好像听到河面传来的声音，就划着独木舟去追，却看不到一点儿踪迹，后来就沿着对岸往上游慢慢划，等累得一点儿力气都没了，才把独木舟拴好。一个钟头之前我们刚刚睡醒。我们划到这边打探消息，赛德去邮局打探了，我四处转转买些吃的，然后就回家。”

于是我们就去邮局找赛德了，正如我所料，他不在那儿。塞拉斯叔叔倒是从邮局收到一封信。我们等了很久，但还是不见赛德。叔叔说，回去吧，让他玩腻了自己走回家，或者乘独木舟，我们坐车回去。我想留下来等赛德，但叔叔就是不同意，说等也没用，让我跟他一起回去，好让阿姨知道我们好好的。

到家后，莎丽阿姨看到我非常高兴，又哭又笑的。一把搂住我，轻轻地打了我几下，还说等赛德回来了，也要这样打他一顿。

家里全是农民和他们的老婆，他们是来吃饭的。我从来没见过这么热闹的场面。霍曲克斯老太太一直唠叨个不停，她说：

“菲尔普斯妹子，我把那间小屋翻了一遍，那黑奴真是疯了。我对达姆雷尔妹子也是这么说的——是吧？达姆雷尔妹子？那个黑奴真是疯了。大家听我说，从很多方面看，他都是疯了。看看那磨刀石，不疯不傻的人会在上面刻那些鬼画符吗？谁谁的心破碎了，谁谁在这儿煎熬了三十七年，还说什么路易的私生子，简直都是胡说八道。那个黑奴是疯了，我一直都这么说，确实疯了，疯得跟尼鲍顾尼愁一样。”

“再看看那条破布搓成的绳梯吧，霍曲克斯。”达姆雷尔老太太说，“谁知道他想用这干吗？”

“我刚跟厄特贝克妹子说这个了，你也可以问问她。看看这条破布绳梯，看看，能用来干啥呢？”

“不过，他又是怎么把磨刀石弄进去的呢？那个洞又是谁挖的？”

“博洛特大哥，就是呀。我刚刚——请把那碟糖浆递给我，行吗？——刚刚跟邓普拉姐姐也在说这个。别忘了，又没人帮他的忙，真奇了怪了。肯定有人帮忙，还不止一个，估计有十几个人。我真得把每个黑奴的皮都给剥了，不过首先得查出来是谁干的，不仅如此——”

“十个？——我看就是四十个也干不了那些事啊。看看锯子，做起来多费事；再看看锯断的床腿，不得六个人干一个星期才行；再看看稻草假装的人——”

“海托华老兄，你说得没错。我也是这么跟菲尔普斯大哥说的。霍曲克斯大姐，你怎么看？菲尔普斯大哥，你又怎么看那锯断的床腿？我敢肯定，床腿不是自己断的，而是被锯断的。这是我个人的看法，信不信由你，如果谁能说出更好的看法，就说出来吧。我对邓普拉大嫂说——”

“菲尔普斯妹子，这真是活见鬼了，屋里所有的活需要满满一屋子黑奴四个星期日夜不停才能干完。看那件衬衫——上面用血写满了非洲的鬼画符，一点儿都看不清写的是什么，肯定有一木筏子黑奴在这日夜不停地干。谁要是能把它读出来，我愿意给他两块大洋。我必须抽那些写血书的黑奴——”

“马博尔斯大哥，你要是在屋里待几天，也会觉得有人在帮他们。就算我们一直死死地盯着，他们也是想偷啥就偷啥。那件衬衫是从晾衣绳上偷走的，做绳梯的床单也不知被偷了多少回。还有面粉、蜡烛、烛台、勺子、暖炉等好多东西，我都记不清了。对了，还有那件印花布衬衫。我、塞拉斯、赛德和汤姆每天都小心提防着，但就是抓不住，连身影也没见着，更没听到任何异样的声音，在这么多人眼皮底下溜走了，不仅戏弄了我们，也戏弄了从印第安赶来的杀人犯，就这么平安无事地逃走了。我们十六个人、二十二条狗在后面追，但一点儿用都没有。这样的事，我还是头一次见。就是鬼怪也不可能做得如此天衣无缝吧。准是鬼怪在作弄——大家也知道，那些狗嗅觉很灵敏，即便是这样，还是没闻到他们的行踪。谁能解释清楚这件怪事？”

“是啊，真难讲——”

“老天爷，我从来不——”

“天哪，我不是——”

“盗贼和——”

“天哪，我也怕住在这么一个——”

“确实害怕！——这么说吧，里奇薇大婶，我怕得既不敢上床，也不敢下床，躺也不是，坐也不是。他们还偷——你都不知道昨天夜了我被吓成啥样，真怕他们把家人偷走，吓得脑子都不怎么清醒了。现在是大白天，回头想想昨天是够傻的，但当时那两个可怜的孩子还睡在楼上冷冰冰的房间里呢。我很害怕，心里乱糟糟的，就上楼把他们锁在屋里。我想如果换作是别人，应该也会这么做，因为在当时那种情况下人只会被吓得越来越厉害，什么不可思议的事都能干得出来。后来，我想了想，如果我是个孩子，独自一人睡在楼上，门还没上锁——”这时，她停了下来，露出一副疑惑的神情，缓缓地转向我——我立马站起来，跑出去溜达一会儿。

我想出去找个地方好好想想怎么解释那天早上为什么不在房间里，但又不敢走太远，怕她叫我过去。傍晚的时候，大家都走了，我回去对莎丽阿姨说，吵闹声和枪声把我和赛德吵醒了，我们想看看到底是咋回事，但门却被锁住了，所以就顺着避雷针滑了下去，还受伤了，以后再也不敢干这样的事了。然后我又把之前对塞拉斯叔叔说过的话重新说给她听。她说会原谅我们，也不是啥大事，毕竟是男孩子，性子野一点儿，好在没受到伤害。从现在开始要好好活着，感谢上帝的恩赐，过去的事儿都过去了。她亲亲我，又拍拍我的脑袋，然后又呆呆地想了一会儿，过不久，她突然说：

“天哪，天都快黑了，赛德怎么还不回来？出啥事了吗？”

机会来了。我赶紧跳过去说：

“我去镇上找他。”

“不用了，你就老老实实在家待着，哪也别去。去一个走丢一个，真够折腾人的。如果吃晚饭的时候他还不回来，你叔叔会去找的。”

晚饭时，汤姆还没有回来，于是塞拉斯叔叔就去找他了。

十点左右叔叔回来了，神情很凝重，他没有找到汤姆。莎丽阿姨很担心。塞拉斯安慰道，别担心，总归是个男孩子，明早一准就平平安安地回来了。阿姨也只得这样了，但她说要多等一会儿，还要把灯点上，这样汤姆就能看到了。

我上楼睡觉的时候，阿姨跟了过来，给我掖紧被子，像亲妈一样。这让我觉得自己很卑鄙，都不敢看她的眼睛。她坐在床边，跟我说了好久，说赛德这孩子很懂事，一直说个不停，还经常问赛德会不会死，会不会受伤或者落水，说不定现在躺在哪儿受折磨呢，而她却不能照顾他，说着说着眼泪就出来了。我对她说，赛德肯定没事的，明天一早准回家。她紧紧握着我的手，又亲了我一下，让我把刚才说的再说一遍，这样她心里才会舒服点儿。看来，现在她心里确实不好受。临走的时候，她低头望着我的眼睛，非常温柔，然后说：

“今晚门就不锁了，窗户和避雷针就在那儿。你会乖乖的，是吧？看在我的分上，你不会走吧？”

我很想见汤姆，心里正想出去呢，但听她这么一说，就不出去了，再怎么着也不出去了。

我心里老惦记着莎丽阿姨和汤姆，觉也没睡好。那天夜了，我顺着避雷针下去两次，踮着脚绕到前门，看她坐在窗户旁边，旁边点着蜡烛，眼巴巴地盯着大路，泪水在眼睛里打转。我想为她分忧解难，但又做不了，只能发誓以后再也不做令她伤心的事了。第二天一早，我醒来时，蜡烛快烧尽了，她还在那里，双手托着满头银发的脑袋，睡着了。

第四十二章

早饭前，塞拉斯叔叔又去了一趟镇上，但还是找不到汤姆的影子。他们夫妇俩坐在饭桌边，一句话也不说，满脑子心事，神色很凝重。咖啡也冷了，他们什么也没吃。后来，塞拉斯叔叔说：

“我把信交给你了吗？”

“什么信？”

“昨天我在邮局取的那封信。”

“你没把信给我啊。”

“哦，那我肯定是忘了。”

他掏了掏口袋，又走到放信的地方，找到后递给她，她说：

“从圣彼得堡来的——是姐姐寄的。”

我心想，出去溜达一会儿对我有好处，但一时又走不开。她还没拆开信，就往地上一扔，跑了出去——她看到有人过来了。我也看到了。原来是汤姆·索亚，他躺在床垫上，还有那位老医生、吉姆和其他一些人。汤姆穿着阿姨那件印花布衣服，双手捆着。我把信藏在手边一个东西后面，然后走到门外。莎丽阿姨扑到汤姆身上，哭着说：

“他死了，死了，真死了。”

汤姆把头转过来，嘴里咕哝着，看来真是神志不清了。莎丽阿姨举起手说：

“他还活着，感谢老天爷！这下好了！”她亲了亲他，然后跑向屋里，把床铺好。一路上对黑奴和其他人如炮弹般地下命令，跑一步，下一个命令。

我跟在后面，看他们能把吉姆怎么样。老医生和塞拉斯叔叔进屋了。大伙儿很生气，说要把吉姆绞死，给其他黑奴一个警告，看谁还敢跟吉姆学。再说了，他捅这么大一个娄子，吓得一家人魂都快没了，日日夜夜不得安生。不过也有人说不能这么做，毕竟吉姆不是我们的，要是他的主人找上门，肯定会要我们赔偿损失。听了他的话后，大家冷静下来了，那些觉得必须绞死黑奴的人，其实是最不愿意掏钱赔偿的。

不过，他们还是狠狠地打骂吉姆，时不时给他一巴掌。吉姆一声不吭，装着不认识我。他们又把他关在那间屋子里，让他穿上自己的衣服，用铁链把他拴起来。这一次，铁链没拴在床腿上，而是拴在墙角那根骑马钉上。吉姆的手脚全被铁链拴住了，吃得只有面包和水。如果到了一定期限他的主人还不过来，就把他拍卖了。我们费力挖的洞也被封住了，每天晚上几个农民在小屋附近巡视，白天时门口还要拴一条狼狗。就在他们把一切都安排妥当，准备骂吉姆几声作为告别时，老医生过来了，他看了一眼，然后说：

“你们不要太过火，吉姆这个黑奴没有坏心眼儿。我找到那个孩子时，他伤得很重，如果把子弹取出来，我就需要一个帮手，但又不能离开他，回去找人。他的伤势越来越严重，不久大脑就不清醒了，还不让我靠近，说要是我用粉笔在他木筏上做记号，就杀了我。一时，我不知如何是好，但总不能少了帮手啊。就在这时，吉姆不知从什么地方走过来，说他可以帮忙。他确实帮忙了，做得非常好。我知道他是个逃跑的黑奴，但又能怎么样！我在那待了一天一夜，实在太难熬了。我还有几个发烧的病人呢，很想回镇上给他们看病，但没有回去，就怕这个黑奴逃跑，到时大伙儿就会责怪我了。旁边过往的船只离得很远，没一艘有回应。我在那儿一直待到今天早上，从来没见过这么忠心耿耿的黑奴。你想想，他这不是把自己往火坑里推嘛，还把自己累得不轻，最近他也够辛苦的。各位，我挺喜欢这个黑奴的，他值一千块钱——值得好好对待。他很听话，那个孩子在那儿就跟在家养病一样——可能比在家还舒服，周围很安静。我需要看紧两个人，所以就一直待到今天早晨。有几个人坐着小船从旁边经过。当时也算蛮幸运的，吉姆头撑在膝盖上，正在草垫子上打呼噜。我向那几个人招招手，他们小心翼翼地走过来，趁他迷迷糊糊的时候，把他抓住捆起来。一切很顺利，没任何反抗。当时，那个生病的孩子一直在睡觉。我们尽量不让桨发出声音，把木筏拴在船后面，轻轻地把它拖过来。吉姆始终都没闹，啥话也不说。各位，要我说，吉姆可没有坏心眼儿。”

有人说道：

“嗯，医生，听起来很不错的样子。”

其他人的态度也软下来了。感谢这位老医生，他为吉姆做了件好事。第一眼见他时，我就觉得他有菩萨心肠，是个好人，看来我没看走眼，我很高兴。后来大家都觉得吉姆做得非常棒，应该奖励他，所以就真心实意地答应再也不打骂他了。

然后他们就出去了，把吉姆锁在里面。我原以为大家会把吉姆身上沉重的铁链去掉一个，或者除了面包和水外，给他送点儿肉和蔬菜，但他们都没想到这些。我直接说出来也不太合适，还是等风头过去，找个机会把医生的话告诉莎丽阿姨吧，告诉她那天晚上我们去追逃跑的黑奴时，赛德中了一枪。这一点之前忘了跟她说了。

好在我有的是时间，莎丽阿姨整日整夜都待在病房。每当塞拉斯叔叔在附近发愣时，我就躲着他。

第二天一早，我就听说汤姆的病情好多了，莎丽阿姨也回去休息了。我悄悄地走进病房，要是他醒了，我们就可以合计一个能骗得了大家的故事。可是他睡着了，睡得很安稳，脸色煞白，不像一开始烧得那样通红。我坐在旁边等他醒来。大概半小时后，莎丽阿姨悄悄地走进来，我顿时不知该如何是好。她让我别动，然后坐在我身边，小声跟我说话。她说我们可以放心了，病情好转许多了，他睡了好久，脸色越来越好，一觉醒来差不多就神志清醒了。

我们坐那看了一会儿，不久，他动了动，然后睁开眼睛看了看，说：

“嗨，我怎么在家呀？怎么回事？木筏呢？”

“没事，都没事。”我说。

“吉姆呢？”

“他也很好。”我吞吞吐吐地说，不过他没注意到。

“那好，这下没事了，你跟莎丽阿姨说了吗？”

我正想讲已经说过了，但她突然问：

“赛德，跟我说什么？”

“事情的前前后后。”

“什么事情？”

“就整件事，也就一件事，就是我和‘汤姆’怎么把吉姆放走了。”

“天哪！放走——宝贝，你在说胡话吧，大脑又不清醒了。”

“哪有，我清醒得很，知道自己在说什么。我和‘汤姆’确实把吉姆放走了。我们是有预谋的，成功地把他放走了。”我坐在一旁睁着眼听他一点儿一点儿说下去，不需打断他，也不用插嘴。“阿姨，我们费了好大的劲儿——干了好几个星期——在你们睡着的时候，争分夺秒地干。我们偷蜡烛、床单、衬衫，偷你的衣服，还有勺子、铁盘子、小刀、暖炉、磨刀石、面粉，不知道偷了多少东西。我们花了好大的力气去做锯子和笔，还在石头上刻字，估计你也想象不出来其中的乐趣。我们需要画一幅棺材画，写杀人犯的匿名信，顺着避雷针爬上爬下，挖通往小屋的洞，又把做好的绳梯包在馅饼里送过去，勺子是放在你围裙口袋里才送进去的。”

“天哪！”

“我们在屋里放了许多老鼠和蛇，给吉姆做伴。你为了黄油的事情缠住‘汤姆’老半天，帽子里的黄油都化掉，差点儿搞毁整个计划。还没等我们逃出小屋，他们就赶过来了，我们只能快点儿跑。他们一听到动静就追上来，然后我中了一枪。我们躲到路边，让他们先过去，那些狗对我们没有兴趣，直接朝声音最吵闹的地方奔去了。我们找到独木舟，向木筏划去，终于脱离危险，吉姆也成为自由人了。一切都是我们干的，阿姨，你看多棒呀！”

“我这辈子都没听过这么荒唐的事！原来是你们两个小鬼捣的鬼，都快把我们吓死了，我恨不得现在就揍你一顿。你想想，我不分日夜地在这儿守着——等你病好了，不打得你们哭爹喊娘才怪。”

汤姆既高兴，又得意，压根儿不想停下来，嘴一松就刹不住了——莎丽阿姨也不依不饶，两人各说各的，屋里吵得像菜市场一样。她说：

“行呀，你倒是快活了。听着，要是你们再管他的闲事——”

“谁的闲事？”汤姆怔住了，一脸吃惊的样子。

“就那个逃跑的黑奴了，还能有谁？”

汤姆一脸严肃地看着我，说：

“‘汤姆’，你不是说他好好的吗，没逃掉吗？”

“当然没有逃掉，又被活生生地抓回来关在小屋里了，还给他面包和水，全身被铁链拴着，就等他的主人前来认领，如果不来的话，就直接拍卖掉。”莎丽阿姨说。

汤姆腾地坐起来，两眼像是要往外喷火，鼻孔像鱼鳃一样一张一合。他冲着我大声叫：

“他们没有权利把他关起来，快去，别耽误时间，把他放了！他不是奴隶！他跟其他人一样，是个自由人！”

“傻孩子，说啥呢？”

“阿姨，我每句话都是认真的。你们要是不去，我就自己去。我了解吉姆，‘汤姆’也了解。两个月前，沃森女士去世了，她一直在为想把吉姆卖到下游而自责，所以在遗嘱里宣布恢复他的自由之身了。”

“既然你都知道他已经自由了，为啥还放他走？”

“问到点子上了，女人都会这样问。我就是想体验冒险的滋味，就是需要淌没脖子的血泊——啊，波莉阿姨！”

波莉阿姨来了，就站在门口，一副很开心很甜蜜的样子，就像个天使。真没想到她这个时候会来。

莎丽阿姨跑过去，紧紧抱着她的脖子，哭了起来。屋里很憋人，我钻到床底下，偷偷地往外看。过不久，汤姆的波莉阿姨松开手，站在那儿，透过眼镜打量着汤姆——仿佛要把他一脚踩在地上似的。她说：

“汤姆，你还是把头转过去吧，如果我是你，我就转过去了。”

“天哪！”莎丽阿姨说，“他变了吗？这不是汤姆啊，他是赛德。汤姆——汤姆——汤姆呢？去哪了？刚才还在这儿呢。”

“你说的是哈克。我抚养汤姆这么多年，不至于见面还认不出来。哈克，从床底下出来吧。”

我极不情愿地钻了出来。

莎丽阿姨依然没有搞清事情的来龙去脉，我还是第一次见到这么迷糊的人。塞拉斯叔叔进来时，大家又把情况说给他听，他听了也犯迷糊，像喝醉酒一样，一整天都是这样。那天晚上，他在祷告大会上搞个布道，这次布道给他赚了不少名声，因为就连世上年龄最大的老人也没听出个所以然来。波莉阿姨把我的身份和底细一股脑全都抖出来了，我不得不说出自己的困境，当时菲尔普斯太太错以为我是汤姆·索亚——她打断我，说还是叫我莎丽阿姨好了，我都习惯了，用不着改口。莎丽阿姨以为我就是汤姆·索亚，我也只好顺水推舟了——没其他法子。我知道汤姆不会在意，他最喜欢这种神秘感了，完全可以当作冒险，以获取某种满足感。所以，他也假装自己是赛德，好让我把戏演下去。

波莉阿姨说，汤姆说得是实情，沃森女士在遗嘱里给吉姆恢复自由了。汤姆确实是费尽周折去解放这个黑奴。我先前还不理解，凭他的教养，怎么会去帮着解放黑奴，现在终于明白了。

波莉阿姨还说当收到莎丽阿姨写的信，说汤姆和赛德已安全到达时，自己曾自言自语：

“完了，我早该料到不该让他一个人去的，根本没人管得了他，看来我得搭船走一千一百英里的路来看看他这次都搞了哪些把戏。给你写信你也没回。”

“奇怪了，我没收到你的来信呀。”莎丽阿姨说。

“那咋回事呀？你来信说赛德在你那儿，我就回两封信问是啥意思。”

“啊，我一封也没收到呀。”

波莉阿姨缓缓地转过身，厉声问道：

“汤姆，你！”

“呃——我怎么了？”汤姆也有点儿生气了。

“别给我装，你这个捣蛋鬼——把信交出来。”

“什么信啊？”

“那两封信。我想好了，要是非逼我揪住你的话，我就——”

“信在箱子里，跟从邮局取回来一个样，我既没看，也没拆。不过，我知道这两封信准会惹麻烦。我心想，如果你不着急，我就——”

“欠打，真该揍你一顿。我又写了一封信，跟你说我要过来了，估计——”

“没，信昨天才到，我还没看呢。不过没事，这封信我收到了。”

我本想跟她打两块钱的赌，但转念一想，最好还是算了吧，就啥也不说了。

结 局

就剩我们俩时，我问汤姆当初逃亡的时候究竟是怎么想的？如果成功地帮助本已自由的黑奴恢复自由，接下来该怎么办？他说，一开始他的计划是，如果能顺利地把吉姆解救出来，我们就安排木筏把他送到河下游，来场真正的历险，然后告诉吉姆，他自由了，再坐轮船气派地回家。中间耽误的时间，我们会拿钱补偿。事前也会放出消息，把周围的黑奴全都叫来，让他们组成一个火炬队伍，再搞个军乐队，一路吹吹打打，热热闹闹地把吉姆接回镇里。到时，他就是大英雄了，咱们俩也是。这主意不错吧。

我们赶紧打开吉姆身上的铁链，波莉阿姨、塞拉斯叔叔和莎丽阿姨知道吉姆如何尽心尽力帮助医生照顾汤姆后，狠狠地夸他一番，对他好得不得了，叫他啥也别干，想吃啥就吃啥，痛痛快快地玩一玩。我们把他带到病房好好聊一聊，汤姆给他四十块钱，算是他捺着性子当犯人，并且表现得这么好的奖励。吉姆开心得要死，大声说：

“哈克，我怎么跟你说的？——在杰克逊岛上我是怎么跟你说的？我说，我胸口上有毛，这什么命？我说我发过一次财，以后还会。看吧，都应验了吧。我发财了！别说话——命都是注定的，我就知道自己早晚会发财，以后也会像今天一样发大财。”

接下来汤姆也说个不停，说我们三个哪天晚上溜出去，把东西备齐，到领地去，跟印第安人混两三个星期，来一场惊心动魄的历险。我说，这行，我同意，但就是没钱买装备，估计家里也没钱了，很可能老爸早就把钱从撒切尔法官那儿夺过来，喝酒喝光了。

“不，没有，”汤姆说，“钱还在那儿——六千多块钱呢。你老爸至今都还没回来，至少我走的时候没有回来。”

吉姆很严肃地说：

“哈克，他再也不会回去了。”

“吉姆，为啥呀？”

“你别问为啥——反正他就是再也不会回去了。”

我追问个不停。最后，他说：

“你还记得从河上游漂来的那个屋子吗？屋里有个人被布盖着，我过去掀开看了一下，还不让你过去，那个人就是你老爸。所以如果想要回那笔钱，还可以要到。”

吉姆的身体恢复得差不多了。他用表链把子弹拴好，然后挂在脖子上当钟表使，经常拿出来看时间。接下来，就没什么可写的了。我也很高兴，早知道这么费劲儿的话，就不写了，以后再也不写了。不过，我最好还是比他们早点儿去领地，因为莎丽阿姨想收养我，教我读书写字、学习礼仪。这种罪我受过一回，再也不想受了。

完

你真诚的朋友

哈克·费恩